A GAROTA

DE

BOSTON

nVersos

ANITA DIAMANT

Tradução Guilherme de Oliveira Ferreira

A GAROTA DE BOSTON

Copyright da tradução em língua portuguesa © 2016 nVersos Editora.
Copyright © 2014 Anita Diamant.
Todos os direitos reservados.

Título original: *The Boston Girl*

Publicado mediante acordo com a editora original, Scribner, uma divisão da Simon & Schuster, Inc.

DIRETOR EDITORIAL E DE ARTE
Julio César Batista

EDITORA ASSISTENTE
Letícia Howes

EDITOR DE ARTE
Áthila Pereira Pelá

PROJETO GRÁFICO
Erick Pasqua

PREPARAÇÃO
César Carvalho

REVISÃO
Marina Silva Ruivo

ARTE DA CAPA
Marlyn Dantes

FOTO DA CAPA
© Keystone-France/Hulton Archive/Getty Images

Dados Internacionais de Catalogação na Publicação (CIP)
(Câmara Brasileira do Livro, SP, Brasil)

Diamant, Anita
   A garota de Boston / Anita Diamant ; tradução Guilherme de Oliveira Ferreira. -- São Paulo : nVersos, 2016.

   Título original: The Boston girl.
   ISBN 978-85-8444-080-1

   1. Ficção norte-americana. I. Título.

16-00125   CDD-813

Índices para catálogo sistemático:
1. Ficção : Literatura norte-americana 813

1ª edição – 2016
Esta obra contempla
o Acordo Ortográfico
da Língua Portuguesa
Impresso no Brasil
Printed in Brazil

nVersos Editora
Av. Paulista, 949
18º andar
CEP 01311-917
São Paulo – SP
Tel.: 11 3382-3000
www.nversos.com.br
nversos@nversos.com.br

Para Robert B. Wyatt e S.J.P.

1985

NINGUÉM LHE CONTOU?

Ava, querida, se me perguntar como me tornei a mulher que sou hoje, o que acha que direi? Eu me sinto lisonjeada por você querer me entrevistar. E eu alguma vez já disse *não* para minha neta favorita? Sei que digo isso para todos os meus netos e digo de coração toda santa vez. Pode soar ridículo ou parecer que estou com um parafuso a menos, mas é verdade. Quando você for avó, vai entender.

E por que não? Olhe só para vocês cinco: uma médica, uma assistente social, dois professores, e agora você.

É claro que vão aceitar você nesse programa. Não seja boba. Meu pai deve estar se revirando no túmulo, mas eu acho que será maravilhoso.

Não conte para os outros, mas você é realmente a minha favorita e não só por ser a mais jovem. Sabia que você recebeu seu nome em minha homenagem?

É uma boa história.

O nome de todos os outros é em homenagem a alguém que faleceu, como sua irmã Jessica, que recebeu o nome por causa do meu sobrinho Jake. Mas eu estava muito doente quando você nasceu e, como acharam que eu não iria sobreviver, usaram o meu mesmo assim e torceram para que o anjo da morte não fosse se confundir e levar você, Ava, em vez de mim, Addie. Seus pais não eram tão supersticiosos, mas tinham de dizer para todo mundo que seu nome é em homenagem à Arlene, prima do seu pai, para que as pessoas não ficassem muito no pé deles.

São muitos nomes para se lembrar, eu sei.

Seu avô e eu demos o nome de Sylvia à sua tia por causa da mãe do seu avô, que morreu durante a epidemia de gripe. Sua mãe se chama Clara por causa da minha irmã Celia.

Como assim você não sabia que eu tive uma irmã chamada Celia? Impossível! A Betty era a mais velha, depois vinha a Celia e depois eu. Você deve ter se esquecido. Ninguém lhe contou? Tem certeza? Bem, talvez não seja uma surpresa tão grande assim. As pessoas não falam muito de lembranças tristes. E já faz muito tempo. Mas você devia saber. Então vá em frente. Pode ligar o gravador.

▼

Meu pai chegou a Boston vindo do que hoje deve ser a Rússia. Trouxe minhas irmãs, Betty e Celia, com ele. Isso foi em 1896 ou talvez em 1897; não tenho certeza. Minha mãe veio três ou quatro anos depois, e eu nasci aqui, em 1900. Vivi em Boston minha vida toda, algo que qualquer pessoa percebe assim que eu abro a boca.

1915-16

FOI LÁ ONDE COMECEI A SER EU MESMA

O bairro onde vivi – North End – quando era garotinha não era muito peculiar. Fedia a lixo e a coisas piores. No meu prédio, para ir ao banheiro, tínhamos que descer três lances de escada do nosso apartamento até as latrinas no fundo. Eram nojentas, acredite em mim, mas eram as escadarias que realmente me assustavam. À noite, mal dava para ver a mão na frente do rosto, e a sujeira e a graxa as deixavam escorregadias. Uma senhora quebrou a perna nos degraus e nunca mais voltou a andar normalmente depois disso.

Em 1915, havia quatro de nós morando em um cômodo. Tínhamos um fogão, uma mesa, algumas cadeiras e um sofá velho no qual Mameh e Papa dormiam à noite. Celia e eu dividíamos uma cama no que parecia um corredor estreito que não dava em lugar algum; os donos dos apartamentos os repartiam para enfiar mais pessoas e receberem mais aluguel. A única coisa boa acerca do lugar era que tínhamos uma janela com vista para a rua; logo, entrava um pouco de luz. Muitos apartamentos davam para a ventilação de ar, onde era sempre a calada da noite.

Mameh não gostava de quando eu olhava pela janela.

– E se alguém visse você aí? – ela dizia. – Parece que você não tem nada melhor para fazer.

Eu não entendia por que isso a incomodava, mas ficava de boca fechada para não levar um tapa.

Éramos pobres, mas não passávamos fome. Papa trabalhava numa fábrica de cintos como cortador, e Celia era rematadora numa fábrica de *chemisiers* que ficava acima de um açougue italiano. Acho que não chamávamos de suadouros naquela época, mas eram isso. E, no verão, era quente demais.

Quando minha mãe não estava cozinhando ou limpando, estava remendando lençóis para a lavanderia que ficava do outro lado da rua. Acho que recebia um centavo por peça. Juntos, conseguiam dinheiro suficiente para o aluguel e a alimentação. Eu me lembro de comer batata e repolho na maioria das vezes e até hoje não suporto o cheiro do repolho.

Às vezes, Mameh acolhia hóspedes, geralmente marinheiros que precisavam de um lugar para passar algumas noites. Eu não me importava porque ela não gritava tanto quando eles estavam na casa, mas eles deixavam a Celia nervosa.

Celia era "delicada". Era assim que Mameh a chamava. Minha irmã era magra e tinha as maçãs do rosto do meu pai, olhos azuis e cabelo liso e castanho como o dele também. Era para ela ter sido tão linda quanto os desenhos das revistas, mas era tão tímida que estremecia quando falavam dela, principalmente os homens que Mameh empurrava para ela.

Celia não gostava de sair de casa; dizia que era porque o inglês dela era ruim. Na verdade, ela entendia bem o idioma, mas não queria falar. Minha mãe também era assim. Papa era um pouco melhor, mas, em casa, falava apenas em iídiche.

Quando Mameh falava da Celia para os vizinhos, dizia:
— Já tem vinte e nove anos. — Como se fosse uma sentença de morte. Mas, no fôlego seguinte, vangloriava-se:
— Minha Celia tem mãos de ouro. Ela conseguiria costurar asas num passarinho. E é uma garota tão boa: modesta, obediente, nunca me dá trabalho.

Eu era "a outra".
— A outra tem quase quinze e ainda está na escola. Egoísta e preguiçosa; ela finge que não sabe costurar. — Mas eu não estava fingindo. Toda vez que pegava uma agulha, me furava. Uma vez, quando Mameh me deu um lençol para a ajudar a costurar, deixei tantas manchas de sangue nele que ela não conseguiu tirar nem lavando. Ela teve que pagar pelo lençol, que custou sei lá quantos dias de trabalho. Levei uns bons tapas por causa disso, fique sabendo.

Ninguém dizia que Celia e eu éramos irmãs só de olhar para nós. Tínhamos o mesmo nariz – reto e um pouco chato – e medíamos um pouco mais de um metro e meio de altura.

Mas eu era robusta feito minha mãe, forte sem ser gorda, e comecei a ter curvas aos treze anos. Tinha os pulsos finos de Mameh e o cabelo acobreado dela, tão grosso que arrancava as cerdas das escovas. Eu me achava tão comum, exceto pelos meus olhos, que são iguais aos seus, Ava: cor de avelã, com um pequeno círculo dourado no meio.

Eu tinha apenas dez anos quando minha irmã mais velha, Betty, saiu de casa. Lembro-me que estava escondida debaixo da mesa no dia em que ela partiu. Mameh gritava que garotas deveriam morar com suas famílias até se casarem e que o único tipo de mulher que saía para morar sozinha era uma *kurveh*. Quer dizer "prostituta" em iídiche; tive que perguntar para uma garota da escola o que isso significava.

Depois disso, Mameh nunca disse o nome da Betty em público. Mas, em casa, vivia falando dela:

– Uma americana de verdade – dizia, fazendo soar como se fosse um xingamento.

Mas era verdade. Betty tinha aprendido inglês rapidamente e se vestia como uma garota moderna: usava sapatos pontudos com saltos e deixava os tornozelos à mostra. Arrumou um emprego: vendia vestidos na loja de departamentos Filene's no centro da cidade, o que não era comum para alguém que não tinha nascido no país. Eu não a via muito depois que se mudou e sentia saudade. Era calmo demais sem a Betty na casa. Não me importava que havia menos brigas entre ela e Mameh, mas só minha irmã fazia Celia e meu pai rirem.

Minha casa não era muito boa, mas eu gostava de ir à escola. Gostava da sensação de estar em salas com tetos altos e janelas grandes. Gostava de ler e de tirar nota dez e de ouvir que era boa aluna. Eu ia à biblioteca toda tarde.

Depois que terminei o primário, um dos meus professores foi ao apartamento para dizer a Mameh e Papa que eu devia fazer o colegial. Ainda me lembro do nome dele: sr. Wallace.

Disse que seria uma pena se eu parasse de estudar e que eu poderia arrumar um bom emprego se continuasse. Eles o ouviram, muito educados, mas quando meu professor concluiu, Papa disse:

— Ela sabe ler e sabe fazer contas. Está bom.

Chorei até dormir naquela noite e fiquei até tarde na biblioteca no dia seguinte, mesmo sabendo que isso me renderia problemas. Nem queria mais olhar para os meus pais, eu os odiava tanto.

Mas, naquela noite, estávamos deitadas, e Celia me disse para não ficar triste, que eu faria pelo menos um ano do colegial. Ela deve ter conversado com Papa. Toda vez que dizia que alguma coisa a estava deixando chateada ou infeliz, ele ficava com medo de que ela parasse de comer, algo que ela fazia às vezes. Ele não conseguia suportar.

Eu estava tão animada para ir para o colégio. Os tetos eram ainda mais altos, o que me dava a sensação de ser um gigante, de ser importante. E, além de tudo, eu adorava lá. Minha professora de inglês era uma senhora que sempre usava um colar de renda e que dava nota dez para os meus trabalhos, mas continuava dizendo que esperava mais de mim.

Eu era quase tão boa em aritmética, mas o professor de história não gostava de mim. Ele perguntou se havia formigas na minha calça na frente da turma toda porque eu vivia erguendo a mão. As outras crianças riram, e parei de fazer tantas perguntas. Mas fazia uma ou outra de vez em quando.

Depois da escola, eu ia à fundação da Salem Street com várias outras garotas da minha turma. Uma vez, fiz uma aula de culinária, mas na maior parte do tempo ia à biblioteca, onde podia terminar meus trabalhos da escola e ler o que quer que encontrasse nas prateleiras. E, às quintas-feiras, havia um clube de leitura para garotas da minha idade.

É provavelmente onde a resposta para a sua pergunta começa.

"Como me tornei a mulher que sou hoje?"

Tudo começou na biblioteca, no clube de leitura. Foi lá onde comecei a ser eu mesma.

TRÊS VIVAS PARA ADDIE BAUM

A fundação era um prédio de quatro andares que se destacava de todo o restante do bairro. Era novo e tinha tijolos amarelos em vez de vermelhos. Tinha eletricidade em todos os cômodos. Então, à noite, iluminava a rua como uma lanterna. Passava o dia todo cheia. Havia uma creche para os bebês das mães que trabalhavam, uma carpintaria para ensinar uma profissão aos meninos e aulas de inglês para imigrantes. À noite, as mulheres iam pedir comida e carvão para que seus filhos não passassem fome nem congelassem. O bairro era realmente pobre.

A srta. Edith Chevalier era a responsável por tudo isso e muito mais. Foi ela que deu início aos grupos de leituras para garotas: um para as irlandesas, um para as italianas e outro para as judias. Às vezes, ela perguntava o que estávamos lendo. Não para nos testar. Apenas queria saber.

Foi isso o que aconteceu no dia em que meu clube lia o poema "The midnight ride of Paul Revere" em voz alta. Acho que eu era melhor que as outras porque, depois da reunião, a srta. Chevalier me pediu para recitar o poema inteiro para o Clube Sabático. Ela disse que um professor famoso faria uma palestra sobre Henry Wadsworth Longfellow, e pensou que a apresentação do poema mais famoso dele seria uma maneira agradável de iniciar a noite. Disse também que eu precisava decorá-lo:

– Mas isso não será problema para uma garota com a sua habilidade.

Posso dizer que meus pés não tocaram o chão durante o caminho de volta para casa. Era a coisa mais importante que tinha acontecido comigo, e eu decorei o poema inteirinho em dois dias para estar preparada para o meu primeiro "ensaio".

A srta. Chevalier era uma mulher baixa, alguns centímetros a menos do que eu, ou seja, tinha menos de um metro e meio de altura. Ela tinha um rosto em formato de lua, dedos gorduchos e cabelos acobreados que saíam do alto de sua cabeça – é por isso que algumas garotas a chamavam de "poodle". Mas ela tinha um desses sorrisos que faz você ter a sensação de que acabou de fazer algo certo, o que era bom, já que eu estava uma pilha de nervos quando fui à sala dela para ensaiar.

Tinha chegado apenas na metade do poema quando a srta. Chevalier me interrompeu e perguntou se eu sabia o que significava "impetuoso". Ela foi gentil, mas eu queria cavar um buraco no chão e me enterrar, porque além de não saber o significado da palavra, eu a tinha pronunciado errado.

Tenho certeza de que fiquei toda vermelha, mas a srta. Chevalier fingiu que não percebeu, me entregou o dicionário e me pediu para ler a definição em voz alta.

Nunca vou me esquecer: "impetuoso" significa duas coisas: "fazer algo com ímpeto ou violência", e "agir repentinamente, de maneira impulsiva".

Ela me perguntou qual definição eu achava que o sr. Longfellow tinha em mente. Reli as definições repetidamente, tentando descobrir a resposta, mas a srta. Chevalier deve ter lido minha mente:

– Não existe resposta errada – ela disse. – Quero saber sua opinião, Addie. O que *você* acha?

Nunca haviam pedido minha opinião, mas eu sabia que não podia deixá-la esperando, então disse a primeira coisa que me veio à cabeça, que foi:

– Talvez ele tivesse em mente as duas definições.

Ela gostou.

– Os patriotas precisavam ser impetuosos das duas maneiras ou não teriam se atrevido a desafiar os britânicos. – Então ela perguntou:

– Você se acha impetuosa, Addie?

Dessa vez, eu sabia que ela estava pedindo uma opinião.
– Minha mãe acha que sou.
Ela disse que as mães tinham razão em se preocupar com o bem-estar de suas filhas.
– Mas eu acredito que garotas precisam de diligência também, ainda mais nesta época. Eu acredito que você é uma garota com diligência.
Depois de procurar a palavra "diligência", nunca mais deixei ninguém a chamar de poodle.

▼

Contei para Celia e para os meus pais sobre a grande honra de recitar para o Clube Sabático, mas, quando chegou o dia e vesti meu casaco, Mameh disse:
– Você não vai a lugar algum.
Eu lhe disse que estavam esperando por mim, que eu tinha ensaiado e que não poderiam começar sem a minha presença, mas ela encolheu os ombros como se não fosse nada.
– Está frio demais. Deixe outra pessoa pegar pneumonia.
Eu não podia acreditar no que ela estava dizendo. Argumentei, implorei e, finalmente, comecei a gritar:
– Nenhuma outra pessoa pode fazer isso. Estão contando comigo. Se eu não for, não vou ter coragem de voltar à fundação!
Mameh disse:
– Na sua idade, eu não punha um pé para fora de casa sem minha mãe, então feche a boca antes que eu fique brava.
Celia interveio:
– Deixe-a ir, Mameh. Não é longe. Ela pode usar um cachecol.
Era raro minha mãe perder as estribeiras com a Celia, mas disse:
– Fique fora disso. Essa aí vive na escola enquanto você se mata trabalhando. Ela já está estragando as vistas de tanto ler. Nenhum homem quer se casar com uma garota estrábica.

— Talvez eu não queira me casar. — Assim que disse isso, corri para trás de onde Celia estava sentada para Mameh não me dar um tapa. Mas ela só riu.
— Você é idiota? Casamento e filhos são a coroa de uma mulher.
— Como a sra. Freistadt? — retruquei.
Mameh não tinha resposta acerca da sra. Freistadt. Ela morava do outro lado da rua. Um dia, o marido dela chegou do trabalho e disse que não podia viver com uma mulher que não amava. Então, após vinte anos e quatro filhas, ele foi embora. Simples assim.
A esposa não falava inglês e não sabia fazer nada além de limpar e cozinhar. Elas ficaram tão pobres — ela e as filhas — que todos no bairro sentiam pena delas.
Falar da sra. Freistadt foi a última gota-d'água para Mameh, e ela veio atrás de mim dando tapas com as duas mãos, me xingando e dizendo coisas como:
— Sua ingrata. Monstro. Você é uma praga.
Eu fiquei pulando para todo lado para me manter longe dela, o que a deixou ainda mais brava.
— Meu pai teria dado uma surra de cinto em você! — ela gritou e, finalmente, acertou um tapa na minha bochecha que ressoou e fez Celia gemer como se tivesse sido nela.
Minha mãe me encurralou na parede, segurando-me pelos punhos, e eu gritava:
— Me deixe em paz!
Quando Papa entrou, mandou ela me soltar. Mameh berrou:
— Você não faz nada, e eu não vou deixar mais uma desta família virar uma vagabunda.
— Não use essa palavra — ele retrucou. — A Betty é uma boa garota.
Alguém começou a bater à porta.
— Calem a boca aí dentro.
Celia passou todo esse tempo chorando, mas então começou a bater a testa na mesa. Ela dizia:

– Parem, parem, parem! – Batia a cabeça com tanta força que ouvíamos o som do rosto dela na madeira. Papa a agarrou pelos ombros. – Lena, ela está se machucando. – Mameh me soltou para olhar, e eu corri.

▼

A sensação do vento frio no rosto parecia fazer desaparecer tudo o que havia acontecido no andar de cima. Eu caminhava depressa e sussurrava o poema baixinho seguindo o ritmo dos passos.

Minhas crianças venham ouvir
Sobre a cavalgada noturna de Paul Revere,
Em dezoito de abril de setenta e cinco;
Mesmo um homem que pense com afinco
Não se lembraria do dia e do ano existir.[1]

Eu estava quase calma quando cheguei à fundação, mas foi um choque ver todas as cadeiras e bancos na grande sala de reuniões cheia de garotas, conversando e rindo umas com as outras.

O Clube Sabático era diferente dos outros. Era maior: cinquenta garotas – em vez de dez ou doze – de todas as religiões se juntavam. Elas eram mais velhas também; algumas estavam no colegial, mas muitas tinham emprego. Faziam eleições e conduziam suas próprias reuniões. Eu tinha só três ou quatro anos a menos que elas, mas, para mim, eram praticamente adultas.

A srta. Chevalier estava à porta e me mandou sentar na primeira fileira enquanto esperava pelo professor. Ela disse que ele chegaria a qualquer momento, mas passaram-se cinco

---

1 No original: *Listen my children and you shall hear / Of the midnight ride of Paul Revere, / On the eighteenth of April, in Seventy-five; / Hardly a man is now alive / Who remembers that famous day and year.* (N. dos E.)

minutos e depois mais cinco e eu ficava mais ansiosa a cada minuto. Minhas mãos tremiam quando ele finalmente chegou. Parecia tão idêntico às fotos de Longfellow – com a barba branca e o cabelo comprido – que era como se ele tivesse voltado dos mortos.

Rose Reardon, a presidente do clube, bateu com um pequeno martelo e fez alguns anúncios. Não ouvi uma palavra sequer, e a srta. Chevalier teve que me dar alguns tapinhas no ombro quando chegou a hora de tomar meu lugar na plataforma. Meus joelhos pareciam ser de borracha.

Tinha de me lembrar de muita coisa, não só das palavras. A srta. Chevalier havia me dirigido para "acrescentar dramaticidade". Estávamos no bairro North End de Boston, onde cada estudante conhecia "The midnight ride" e estava farto dele.

A srta. Chevalier deu um grande sorriso e acenou com a cabeça para que eu começasse.

Lembrei-me de começar como se estivesse um pouco sem fôlego, como se tivesse uma surpresa para contar. Depois tentei fazer com que Paul Revere parecesse uma pessoa de verdade, batendo com o pé para passar a impressão de que ele estava impaciente para continuar. Sussurrei que os túmulos eram solitários, e espectrais, e sombrios, e silenciosos, dando um tom mais assustador. Na parte final, li bem devagar.

No perigo da noite e da escuridão,
O povo se levanta só para ouvir
O som apressado dos cascos do alazão
E a mensagem noturna de Paul Revere[2]

Contei até três e curvei a cabeça como a srta. Chevalier havia me ensinado. Ouviu-se uma grande salva de palmas e até

---

2 No original: *In the hour of darkness and peril and need, / The people will waken and listen to hear / The hurrying hoof-beats of that steed, / And the midnight message of Paul Revere.* (N. dos E.)

"Três vivas para Addie Baum". A srta. Chevalier me envolveu com seu braço e me apresentou ao professor, que disse que eu havia deixado o Grande Homem orgulhoso.

Depois ele deu a palestra. E, nossa, como falou! Além de a palestra ser longa, era tão chata que parecia que estava ouvindo o tique-taque de um relógio. As garotas começaram a bocejar e a olhar para as unhas, e até a srta. Chevalier teve que fingir que estava prestando atenção. Quando ele parou para assoar o nariz, ela se levantou e aplaudiu como se ele tivesse terminado. Todo mundo aplaudiu também, mas acho que foi para agradecer à srta. Chevalier por ter nos salvado.

Após a palestra, eu fui a atração da festa. Garotas que eu nem conhecia vieram me dizer que eu tinha me saído muito bem e me perguntaram onde eu trabalhava e ainda se eu queria outra xícara de ponche ou um biscoito.

A srta. Chevalier me apresentou para a srta. Green, a artista que tinha um ateliê de cerâmica na fundação. As duas moravam num apartamento na cobertura. O primeiro nome delas era o mesmo, então todos as chamavam de "as Ediths".

Tinham quase a mesma altura, mas a srta. Green parecia mais um pardal comparada à srta. Chevalier, que estava mais para pombo. A srta. Green inclinou a cabeça feito um passarinho e me examinou com seus olhos redondos e brilhantes.

– A srta. Chevalier me falou tanto de você – ela disse. – Espero que ela tenha falado com você sobre ir para Rockport Lodge neste verão. É perfeito para uma garota como você.

A srta. Chevalier explicou que Rockport Lodge era uma pensão para moças numa vila no litoral de Boston. Ela disse que não era caro e que alguns membros do Clube Sabático iam regularmente.

– Você deve saber que as meninas Frommer já foram lá algumas vezes – disse a srta. Green.

Imagino que ela pensava que todas as garotas judias se conheciam, mas eu só conheci Helen e Gussie Frommer naquela noite. Helen era a mais velha e de uma beleza perfeita.

Deve ter sido difícil para Gussie, que era nariguda e tinha tez acentuada, mas nunca se viam duas irmãs que cuidavam uma da outra como essas duas.

Helen era doce, mas Gussie tinha uma personalidade forte; ela me levou pelo salão e me apresentou a praticamente todo mundo. Quando chegamos à Rose Reardon, ela disse:
– Madame Presidente, a senhora não acha que a Addie deveria entrar no Clube Sabático? A srta. Chevalier a trouxe, então a senhora sabe que ela concordará.
– É claro que você deveria entrar! – Ela era uma garota saudável, de cabelo castanho e olhos verdes e bonitos e tinha um vão entre os dois dentes da frente. As pessoas chamavam o tipo de rosto dela de "mapa da Irlanda".
– Você também deveria ir ao Rockport Lodge – disse ela. – À noite, fazemos peças e cantamos, e algumas das meninas leem poemas. Tudo o que você gosta. E não passamos fome. – Ela deu tapinhas na barriga. –Três refeições por dia e bolo no jantar.

Eu estava me divertindo tanto que era difícil pensar em voltar para casa. Fui uma das últimas a ir embora. Saí com a Filomena Gallinelli, que disse que não se imaginava de pé na frente de tantas pessoas como eu fiz.
– Parecia que você estava... gostando.
– Eu estava aterrorizada – eu disse.
– Então você deve ser uma ótima atriz.

Havia visto Filomena na fundação e a achava linda: olhos escuros, cabelo escuro, pele morena – uma verdadeira italiana. Usava uma longa trança sobre o ombro, que era completamente fora de moda, o que não era problema para ela, não só por lhe cair bem, mas também porque era uma artista. Filomena era uma das garotas que tinham empregos de período integral no ateliê de cerâmica da Salem Street. Era a favorita da srta. Green, e ninguém se importava porque ela era extremamente talentosa.

Ela perguntou se meu nome era realmente Adeline por causa da música *Sweet Adeline*. Eu disse que não.

— Só Addie. Foi ideia da minha irmã Betty, e meu pai gostou porque lembrava o nome da minha avó, Altie.

Ela falou que me invejava por ter um nome americano.

— Filomena é longo demais, e ninguém consegue pronunciar.

— Mas seu nome combina com você. É lindo e diferente.

Addie é sem graça e comum — eu disse.

— Do que você está falando? — ela perguntou. — Você tem um corpo bonito e olhos lindos. Ninguém comum consegue recitar como você recitou nesta noite.

Depois de darmos boa-noite, eu estava animada demais para ir para casa, então continuei caminhando e caminhando — subindo e descendo a Hanover Street, dando voltas no colégio, andando em círculos em volta do meu quarteirão. O frio não me incomodava porque minha mente estava a um milhão por hora. Perguntava-me qual era a intenção da srta. Green ao dizer "uma garota como você", e se eu poderia ser amiga da Gussie, da Helen e da Rose. Eu me lembrava do aplauso, de cada elogio e da simpatia de Filomena.

— Até semana que vem — disse ela.

Havia sido a melhor noite da minha vida, e se eu não tivesse pisado numa poça e encharcado os sapatos, teria caminhado até Rockport Lodge — onde quer que fosse.

PARA QUE SERVEM AS AMIGAS?

Nunca vou me esquecer de quando levei sua mãe para ver *O Mágico de Oz*. Sabe a cena em que tudo muda de sépia para colorido? Foi assim que me senti na primeira vez que fui para Rockport. Tudo era colorido, tudo era novo, mesmo as coisas que eu tinha visto a vida toda.

O oceano, por exemplo. O ancoradouro de Boston ficava a algumas quadras de onde cresci e, claro, o mar lá era sujo e as docas eram fedorentas e perigosas, mas como eu poderia não entender de maré baixa e alta? Eu nunca tinha visto uma nuvem mudar a cor do mar em questão de segundos, nem sabia que o som das ondas quebrando podia ser tão alto que não dava para escutar a pessoa ao seu lado.

Na primeira semana em que fiquei no Rockport Lodge, vi os pés de milho crescendo, e os bodes, e os faróis. Quando fechava os olhos à noite, ainda conseguia ver os vagalumes reluzindo. Eu não me cansava deles.

Foi a primeira vez que dormi sozinha numa cama. E os lençóis? Passados! Parecia que estava dormindo sobre seda. Tinha minha própria toalha e um travesseiro que cheirava a flores. Tantos aromas novos: rosa-rugosa, alga, a fumaça de uma fogueira. Comi cachorro-quente, torta de cereja e bala puxa-puxa, aquela que ficava presa nos dentes.

Não era muito caro ficar no Rockport Lodge em 1916. Acho que eram sete dólares por semana – sete dólares a mais do que eu sempre tinha. Quando a srta. Chevalier descobriu que eu não podia pagar, me empregou como assistente dela. Na verdade, ela criou um emprego na hora.

Eu levava as cartas até a caixa de correio, ajudava na creche quando alguma das funcionárias estava doente e guardava livros na biblioteca. Também varria o ateliê de cerâmica, onde assistia à Filomena e às outras meninas fazerem os desenhos da srta. Green nos pratos e vasos que vendiam numa lojinha de presentes no térreo.

Quando a srta. Chevalier não tinha mais coisas para eu fazer, me deixava ficar sentada na sala dela lendo livros de Charles Dickens para conversarmos sobre eles depois. Eu me familiarizei bastante com o dicionário dela.

Ela me pagava cinquenta centavos por semana, mas eu estava ganhando muito mais que isso. Tinha aula particular de literatura, a chance de observar artistas trabalhando e tempo para ler. Na época, não dei valor, mas eu não sabia de nada. Tinha quinze anos.

Não falei para ninguém de casa sobre o que estava fazendo. Até teria contado para a Celia, mas minha irmã nunca conseguia guardar um segredo nem contar uma mentira. Meus pais não sabiam o que eram férias. O que eu iria dizer? Que eu estava ganhando dinheiro para sair por aí e não fazer nada? Que tinha dinheiro mas não ajudava a pagar as contas, sendo que a Celia entregava cada centavo dela? Eu realmente me sentia culpada. Tentei compensar comendo menos. Tenho certeza de que ninguém notou.

▼

Fui para Rockport no dia do meu aniversário de dezesseis anos, 10 de julho.

Não precisei fazer muita coisa para me aprontar. Dava para vestir praticamente todas as roupas que tinha e enfiar o restante numa fronha velha que comprei de um trapeiro por alguns centavos. Deixei um bilhete no sapato da Celia para dizer que ia sair de férias com algumas garotas legais que conhecia. Deixei também dois dólares – todo o dinheiro para o dia a dia –, mesmo sabendo que não faria diferença para minha mãe. Passei gordura de frango nas dobradiças para elas não rangerem de manhã; fiquei muito orgulhosa de mim mesma por pensar nisso.

Não preguei os olhos a noite inteira antes de partir. Saí da cama assim que começou a clarear e segurei a respiração até chegar à varanda, quando parei para calçar os sapatos.

Era estranho estar fora de casa tão cedo. As ruas estavam completamente vazias e silenciosas. Não se via nem o leiteiro. Ninguém. Era assustador.

Sem as pessoas, dava para ver como tudo era sujo. Havia lixo empilhado por todo canto, e eu via ratos entrando e saindo apressadamente. Nas sarjetas, havia todo tipo de sujeira, a pior

25

imaginável. Corri o mais rápido que conseguia para sair dali e chegar ao ancoradouro onde a Gussie, a Helen e a Rose estavam esperando.

A maioria das meninas ia de trem para Rockport, mas a srta. Chevalier havia conseguido passagens de barco para nós. Era um dia lindo – o mar estava calmo; e o sol, quente – e fiquei no corrimão dianteiro a viagem toda. Não queria perder nada. Queria ter tido um diário, mas ainda me lembro de como a água batia no casco da embarcação e como isso, para mim, soava como palmas. Uma gaivota baixou voo e pairou no ar a cerca de três metros do meu ombro, e pude ver todas as marquinhas na asa e os olhos dela, que mais pareciam bolas de gude cinza girando na cabeça. Quando chegamos em Gloucester, meu rosto doía de tanto sorrir.

Ao nos aproximarmos da doca, Rose começou a saltitar e a acenar para uma mulher corpulenta de chapéu grande.

– Não acredito que mandaram a sra. Morse para nos buscar – disse ela. – Ela é a melhor cozinheira do mundo.

A sra. Morse não parecia tão empolgada em nos ver. Ela nos levou apressadamente até uma carroça muito antiquada, e nos sentamos no chão entre sacos de farinha com os pés pendurados para fora.

Ainda bem que estávamos apertadas porque, quando passávamos por algum desnível da estrada, voávamos como se estivéssemos numa montanha-russa. Era até divertido, mas o meu traseiro estava todo dolorido quando paramos.

Rockport Lodge era mais lindo que eu imaginava; uma casa rural grande pintada de branco com cortinas pretas, dois andares e varandas em cada lado da porta da frente. Trepadeiras com botões de rosas subiam pelos parapeitos, quase chegando às janelas do segundo andar, onde cortinas brancas entravam e saíam por elas com o vento. Próximo à casa, havia um pomar com bancos à sombra.

Filomena nos encontrou à porta e disse que havia pedido para que eu fosse a colega de quarto dela.

– Espero que não haja problema para você.
Eu não conseguia acreditar. Desde que nos conhecemos no Clube Sabático, só tínhamos trocado algumas palavras no ateliê. Fiquei um pouco maravilhada com ela, não só pela aparência e pelo talento, mas também por sua autoconfiança. Filomena era a única garota no ateliê na qual a srta. Green confiava para decorar os vasos realmente importantes – aqueles que eram exibidos em exposições de arte e vendidos por muito dinheiro. Sei que algumas garotas gostariam de ter tido a chance de fazer isso, mas ela não pedia desculpas por ter sido escolhida. Não que ela ficasse se gabando – Filomena apenas sabia quem ela era, o que não era tão fácil naquela época. Acho que continua não sendo fácil, não é mesmo? Foi só quando eu já tinha quase quarenta anos que soube o que queria ser quando crescesse.

Eu a segui e subi a escadaria frontal que dava num corredor longo, com todas as portas abertas, e eu podia ver as meninas desfazendo as malas e trocando de roupa, conversando e rindo como se fosse uma festa. Nosso quarto ficava no final do corredor.

– É pequeno, mas é só para nós duas; tem outros quartos com quatro garotas espremidas.

O quarto era grande o bastante para duas camas estreitas, uma cômoda e uma cadeira de madeira. Era bem simples: paredes brancas e assoalho de madeira desgastado, mas a luz que vinha da janela refletia nas paredes e fazia com que a roupa de cama branca parecesse brilhar.

Filomena se esticou em uma das camas, mas eu não queria amarrotar nada, então fiquei perto da porta.

– Quando subir com sua mala, pode deixar suas coisas nas gavetas de baixo. – Quando Filomena disse "mala", soltei minha fronha cheia de protuberâncias e pensei: "Ai, não. O que estou fazendo aqui?".

Mas ela percebeu na hora.

– Como você é inteligente! Trouxe pouca coisa. Eu sempre trago um monte de roupas e dividir faz parte da diversão.

Foi tanta gentileza da parte dela que eu poderia ter gritado de alívio, mas felizmente alguém tocou o sino no andar de baixo.

– É o almoço – disse Filomena. – Dizem que o ar fresco aumenta o apetite e devem ter razão, porque sempre chego aqui faminta.

Na sala de jantar, havia seis mesas grandes de carvalho com pratos, copos, talheres e guardanapos brancos de pano – algo que eu só havia visto em filmes. Filomena me levou para onde Rose estava sentada com Helen e Gussie Frommer.

– Até mais tarde – ela disse, e foi a uma mesa cheia de garotas de cabelo escuro, que poderiam ser primas dela.

Rose estava sentada do lado de uma menina magricela e de pele pálida, com olhos verdes, cabelo cor de cenoura e um milhão de sardas. Rose disse:

– Esta é a minha colega de quarto, Irene Conley. Ela também é de Boston. – Eu a cumprimentei, mas Irene encolheu os ombros e nem olhou para a minha cara. Rose, que estava sempre sorridente, olhou feio para ela. – Você está com dor de dente ou algo parecido?

Irene voltou a encolher os ombros e cruzou os braços.

Helen perguntou se eu estava bem acomodada no meu quarto e se precisava de alguma coisa. Era como uma mãe coruja, de tão gentil e bonita, e, naquele dia, estava vestindo um *chemisier* que a fazia se parecer com uma flor. Mas quando eu comecei a dizer como ela estava linda, ela me interrompeu.

– Minha irmã já apresentou você para todas? Gussie é a prefeita de Rockport Lodge.

Gussie não tinha nada que a fizesse se destacar, mas as pessoas gostavam dela porque ela as fazia se sentirem importantes. Toda vez que conhecia alguém novo, Gussie queria saber tudo sobre a pessoa. Helen a provocava com relação aos "interrogatórios", mas era bom quando alguém pedia para você falar de si mesma. No meu segundo encontro do Clube Sabático, Gussie me encurralou e me perguntou sobre a escola, minhas estrelas favoritas de cinema, minha família e o que eu achava do Movimento de Temperança.³ Quando disse que não entendia muito bem, ela explicou como aquilo era uma boa ideia que não poderia funcionar.

Gussie nunca se esquecia de um nome nem de nada que você contasse a ela. Ela teria sido uma grande política. Quando percebeu que eu estava olhando para a mesa da Filomena, disse:

– Elas são amigas desde sempre. Os italianos ficam juntos, como todo mundo. Todas as garotas atrás de nós vêm de um clube em Arlington. A mesa ao lado delas é cem por cento de irlandesas. Às vezes, há um grupo de judias, mas a nossa mesa é como o Clube Sabático, tudo misturado.

– Como um ensopado – eu disse.

Rose riu.

– Adorei isso. Devíamos nos chamar Ensopado de Malucas – loucas o bastante para falar com qualquer uma que fale conosco.

Gussie brindou com seu copo de água.

– Ao Ensopado de Malucas.

Antes do almoço, conhecemos as mulheres responsáveis pelo Rockport Lodge naquele ano. A srta. Holbrooke e a srta. Chase me lembravam um pouco a srta. Chevalier e a srta. Green. Elas eram bem mais jovens e não se pareciam em nada com as Ediths, mas eram inteligentes e usavam sapatos bonitos. Mas nada de batom.

A srta. Holbrooke usava uma calça folgada azul-marinho que de tão antiquada parecia uma fantasia. Ela tinha dentes grandes e cinzentos e cabelo comprido cor de areia que a fazia parecer um cavalo; usava uma corda com um apito em volta do pescoço que ficava pendurado até a altura dos seios. Ela ficava no comando de todas as atividades ao ar livre: tênis, arco

---

3 Nos Estados Unidos, os anos 1920 a 1933 ficaram conhecidos como a época da Lei Seca. Durante esse período, a fabricação, o transporte e a venda de bebidas alcoólicas foram proibidos pela Constituição norte-americana. O Movimento de Temperança costuma ser apontado como um dos precursores da proibição no país, uma vez que criticava o consumo excessivo de álcool e incentivava a abstinência. (N. dos E.)

e flecha, croqué, andar de bicicleta, visitas à cidade e outras "atrações" – era assim que ela chamava.

A srta. Case era tão loira que as sobrancelhas e os cílios dela eram praticamente invisíveis. Era mais baixa e mais calma que a srta. Holbrooke, mas era a chefe. Eu me lembro de que ela andava com um livro de registros e o segurava aberto na frente dela, como se fosse uma escrivaninha.

A srta. Case disse que daríamos graças antes de comer. Rose e Irene reclinaram a cabeça e juntaram as mãos, mas Gussie, Helen e eu ficamos congeladas. A srta. Case fechou os olhos e agradeceu a Deus pela comida, pelas pessoas que deram dinheiro para que pudéssemos desfrutar das bênçãos da terra frutífera de Deus, pela boa saúde e pelos Estados Unidos, e disse que devíamos tudo a Jesus Cristo.

Perguntei para Gussie se elas sempre faziam isso.

– Elas sempre rezam – ela disse – mas nunca ouvi ninguém dizer a última parte. – Judeus nunca diziam "Jesus" nem "Cristo" em voz alta. Também não podíamos entrar numa igreja. Era como se fosse uma doença contagiosa.

Na verdade, eu não pensava muito sobre ser judia quando era criança. No meu bairro, havia judeus, italianos e irlandeses, e todos se davam muito bem. Às vezes, os garotos arrumavam brigas, e algumas tinham a ver com religião. Mas, na maior parte do tempo, era uma questão "cada um vive a sua vida", se me lembro bem.

Fiquei um pouco constrangida quando vi Helen e Gussie tirarem o presunto do sanduíche delas e comerem apenas o pão com mostarda.

Mas eu estava com fome e comi a carne, e não era a primeira vez. Passava muita fome quando era jovem e nunca recusava comida, até mesmo as que sabia que não eram *kosher*.[4]

---

4 *Kosher* é o termo iídiche utilizado para designar qualquer alimento que esteja de acordo com as leis judaicas e que, portanto, pode ser consumido por judeus. Já os alimentos cujo consumo não é permitido recebem o nome de *treif*. (N. dos E.)

Nada de ruim aconteceu comigo, e muitas delas eram deliciosas. Então comi tudo que puseram na minha frente em Rockport Lodge. Tirando os picles. Quem já ouviu falar de picles doces e macios? Eca.

▼

Após o almoço, elas mandaram todas para o andar de cima para colocar sapatos e chapéus e se aprontar para uma marcha. Eu não tinha dicionário lá, então perguntei para a Rose o que era uma "marcha".

– Marchar é igual caminhar, só que mais quente e duas vezes mais longe do que você quer ir. Mas geralmente ficamos felizes por fazer – ela respondeu. Eu não tinha chapéu nem outro par de sapatos, então fui esperar na varanda. As únicas cadeiras lá fora eram feitas de galhos finos entrelaçados. Não acreditava que algo assim poderia ser confortável, o que já mostra como eu era imatura; toda animada por causa de uma cadeira de vime.

Rockport Lodge ficava na estrada entre Gloucester e Rockport, mas só vi um carro passar. Era tão tranquilo que dava para ouvir o zumbido das abelhas em volta das rosas e um passarinho cantando ao longe. Uma menina gritou do andar de cima:

– Alguém viu minha escova de cabelo?

Na cozinha, ouviam-se alimentos sendo picados. Cada som era singular – como quadros emoldurados numa parede. Eu pensei, "Aha! É isso que se chama paz e tranquilidade".

▼

Rose saiu com um chapéu velho de palha e sapatos de lona. Irene estava com ela, mas era óbvio que não queria estar lá. Rose me contou:

– Prometi que se ela viesse comigo desta vez, não iria incomodá-la novamente.

A srta. Holbrooke trouxe uma pilha de jornais e começou a dobrá-los em formato de chapéu de três bicos. Ela experimentou um, e algumas das meninas riram.

– Sei que não estão na moda, mas não quero que nenhuma de vocês desmaie por causa de insolação no primeiro dia.

No fim das contas, as únicas meninas sem chapéu eram Irene e eu. Ela acabou ficando com um que tinha propagandas de corpetes para mulheres nos três lados. Eu tive sorte: fiquei só com a pontuação de beisebol.

A srta. Holbrooke tocou o apito e disse:

– Vamos lá. – Ela tinha uma voz alta e aguda cujo som chegava tão longe quanto o apito.

Éramos cerca de vinte meninas. Nós a seguimos pelo pomar ao lado da pensão até a estrada de terra com plantações em longas fileiras de cada lado. A srta. Holbrooke nos mostrou quais eram pés de abóbora e quais eram de milho, mas estava ainda mais interessada nas muralhas de pedra. Ela as chamava de relíquias.

– Um Stonehenge americano, se preferir.

Mais tarde, pesquisei sobre isso.

Ao fim da estrada, nos encontramos bem no litoral, olhando diretamente para o mar. O brilho do sol na água era tão reluzente – parecia que estávamos olhando para um milhão de pequenos espelhos.

Ouvi Irene sussurrar:

– Minha nossa!

– Amém – respondi, sussurrando.

Ela acabou sorrindo, e nunca mais se viu um par de covinhas mais fofo.

▼

A srta. Holbrooke nos acompanhou por uma fileira de mansões, a maioria delas com duas ou três sacadas de frente para o oceano. Uma delas com uma pequena torre de contos de fada. Rose suspirou.

– Eu nunca sairia daquela varanda.

Pegamos uma trilha que dava uma volta nos fundos de Rockport e subia a colina até Dogtown, que é uma grande floresta no meio de Cape Ann, onde a srta. Holbrooke disse que tinha algo muito especial para nos mostrar. Quanto mais longe da água íamos, mais quente ficava. Eu estava vestindo um *chemisier* de manga longa, e meus sapatos estavam machucando, então esperava que a surpresa envolvesse sorvete ou limonada.

Estava mais fresco quando chegamos à floresta, e a srta. Holbrooke disse:

– Estamos chegando, meninas. – Começamos a caminhar mais rapidamente, e todas tentaram adivinhar que maravilha veríamos. Uma cachoeira? Mirtilos?

Então ela parou e disse:

– Chegamos! – Não vi nada de especial. Apenas árvores, arbustos e pedras.

– Onde estamos? – perguntou Gussie.

A srta. Holbrooke foi até um pedregulho enorme e passou a mão nele como se fosse um cachorrinho.

– Chegamos à nossa primeira rocha errática e um dos meus espécimes favoritos. Não é lindo? – Ninguém deu um pio até Irene resmungar:

– Viemos até aqui para ver uma pedra idiota?

Eu estava suada e com sede, minhas pernas doíam, havia bolhas nos dois pés e achei que foi a coisa mais engraçada que já tinha ouvido.

A srta. Holbrooke deu meia volta e olhou para mim com cara feia, mas eu não conseguia parar de rir. Cobri a boca e me virei, mas, a esta altura, Rose estava rindo, e ela tinha uma dessas risadas escandalosas que contagiava todo mundo.

A srta. Holbrooke ficou furiosa. Depois, ofendida. E depois magoada.

– Suponho que nem todas gostem de geologia – disse ela.

– Ainda bem que ela não é a cozinheira – disse Irene, e voltei a gargalhar.

Irene não foi jantar naquela noite. Rose disse que ela estava com uma queimadura feia de sol.

— Mas foi culpa dela por ter jogado o chapéu fora. Eu lavo minhas mãos com aquela garota.

— Ela não é tão ruim assim, mas não consigo entender por que ela veio para cá — eu disse.

Rose já havia descoberto o motivo. O irmão dela a havia mandado para cá e pagado por tudo.

— Eu disse para a Irene que ele era um santo, e ela quase me fulminou com o olhar.

Após o jantar, a srta. Case abriu o livro de registros para nos informar sobre o horário para a semana, e tudo parecia maravilhoso. Haveria café da manhã ao ar livre, uma viagem para a praia Good Harbor, iríamos colher mirtilos e depois fazer compras em Rockport e Gloucester. Também íamos a um baile na cidade, o que deixou todas cochichando e dando risadinhas.

Foi quando percebi que Irene estava espiando do corredor. Estava pressionando um pedaço de pano contra a testa, e perguntei se ela estava bem. Ela disse que sim.

— Se a sra. Morse não tivesse mandado buscar gelo na cidade, acho que meu nariz teria descascado.

— Parece que está doendo — eu disse.

Irene deu de ombros, escondeu o rosto com a toalha e começou a chorar.

Sentei com ela nos degraus, e ela me contou a história de como havia vindo para os Estados Unidos com seu irmão mais velho cinco anos atrás e como os dois tinham cuidado um do outro. Mas ele tinha se casado e a nova esposa dele, "a vaca da Kathleen", queria Irene fora do apartamento imediatamente. Sem dizer nada para Irene, a esposa arrumou um emprego para ela como empregada em tempo integral em Worcester.

— Você faz ideia de como é longe de Boston? — Irene disse.

O irmão dela não enfrentou a esposa e mandou Irene para Rockport com o intuito de apaziguar a situação. Irene chamava isso de "velha rejeição".

– Trabalhei por um dia e nunca mais voltei. A dona da casa achava que eu era propriedade dela e me chamava de ladra se eu comia as cascas de pão que ela deixava no prato, mas era ela que roubava meus dias de folga. Prefiro ficar nas ruas.
Eu disse que teria de haver alguma coisa que pudéssemos fazer para ajudar. Ela balançou a cabeça e disse:
– Você é uma boa menina. – Depois, foi sozinha para o andar de cima.
Fui diretamente até Rose e contei a ela tudo sobre Irene. Ela chamou o irmão de vagabundo imprestável e de mais algumas coisas, e disse:
– Estou me sentindo péssima pelas coisas que disse para a coitadinha. – Subiu e disse para Irene que ficaria com ela até ela se recuperar, sem discussões nem agradecimentos.
– Para que servem as amigas? – disse Rose.
E, então, a carranca de Irene desapareceu. As covinhas dela foram objeto de inveja de todas, e as suas imitações da srta. Holbrooke nos faziam rolar no chão de tanto rir.
– Permitam-me apresentar-lhes uma amostra do cenário – Irene falava, com a voz da srta. Holbrooke, cantada e melosa, parecida com a da Julia Child, imagine.
– Quem quer um pedaço quentinho de granito?
Ainda me faz rir.

VOCÊ TEM UM OLHO BOM

A melhor parte daquela semana foi o tempo que passei com Filomena.

Ficamos acordadas até de madrugada todas as noites conversando, conversando e conversando. Ela parecia uma adulta.

Eu não conseguia acreditar que ela só tinha dezenove anos – apenas três a mais do que eu.

Começamos por nossas famílias, e ainda me lembro do nome de todas as irmãs dela: Maria Immaculata, Maria Teresa, Maria Domenica, Maria Sofia, e ela era Maria Filomena – a mais jovem e a única que não havia casado.

Seus pais faleceram quando ela era bebê, então a Mimi – Immaculata – a criou. A família toda morava a algumas quadras uns dos outros em North End e, quando conheci Filomena, ela ficava na casa da Sophie – Maria Sofia – e dividia o sofá com dois dos três meninos dela. Filomena disse que não via a hora de ir para Rockport Lodge, só para poder dormir sem um garoto ao seu lado se revirando e acordando-a.

Filomena saiu da escola quando tinha doze anos e foi trabalhar como costureira numa fábrica. Alguns anos depois, começou a frequentar a fundação da Salem Street aos sábados.

– Eu disse para a Mimi que queria melhorar meu inglês – ela contou –, mas, na verdade, era só para ter um tempinho livre quando não estava trabalhando nem cuidando do bebê de alguém. – A srta. Chevalier a viu desenhando na biblioteca quando deveria estar lendo.

– Mas, em vez de gritar comigo, ela me levou à srta. Green. E cá estou.

Não é tão diferente da minha história, não é mesmo? A srta. Green a mandou para a Escola do Museu para estudar desenho.

– Devo tudo a ela – Filomena disse. – Ela me ensinou a mexer com cerâmica, a fazer criações e me dá livros de arte para eu ver. Diz que ser artista é mais que um trabalho ou uma habilidade, é uma maneira de caminhar através do mundo.

Eu só fui entender o que aquilo significava alguns dias depois, quando fomos para Headlands, que a srta. Holbrooke dizia ser a vista mais linda de Cape Ann.

– Alguém aceita sopa de pedra? – Irene revirou os olhos.

Mas a srta. Holbrooke tinha razão quanto a Headlands. É um lugar especial – bem no alto, talvez cerca de trinta metros acima do nível do mar, com água dos três lados. Você sabe de onde estou falando, não sabe, Ava? É o lugar aonde sempre levo pessoas que nunca foram a Cape Ann. Dá para ver por quilômetros o litoral acima e abaixo. Tem uma boa vista dos barcos no ancoradouro de Rockport e da maior parte da cidade também. A primeira vez que vi todas aquelas casas de tábuas brancas e a torre da igreja, pensei em quanto devia a Paul Revere por me fazer chegar até lá.

A srta. Holbrooke chamava de pitoresco, e eu sabia exatamente o que ela queria dizer sem ter que olhar no dicionário. Era como um daqueles cartões-postais coloridos: um céu perfeitamente azul, nuvens brancas e fofinhas, veleiros e até algumas senhoras de sombrinha.

As meninas da pensão saíram para colher flores ou se sentaram nas pedras para conversar. Rose e Irene desceram até a metade da costa íngreme, e a srta. Holbrooke quase enfartou. Filomena saiu sozinha para desenhar, mas eu a segui na ponta dos pés e espiei o caderno de rascunhos dela.

Ela estava desenhando uma pilha de pedras na frente dela, o que parecia ser um tema sem graça. Mas quando voltei a olhar, vi que ela tinha transformado o mesmo formato no corpo de uma mulher, deitada de lado, completamente nua. Eu provavelmente nunca tinha visto a imagem de alguém nu e devo ter soltado um suspiro de surpresa. Filomena se virou e ergueu o desenho para que eu visse melhor.

– O que você acha?

Antes que eu pudesse responder, a srta. Holbrooke aproximou-se de nós correndo, acenando para que Filomena fosse com ela. Duas mulheres haviam armado cavaletes para pintar aquarelas do ancoradouro.

– Você precisa conhecê-las, elas estão fazendo quadros tão charmosos do ancoradouro!

Filomena franziu o nariz.

– A srta. Green diz que "charmosos" é uma armadilha que mulheres artistas devem evitar a todo custo.

A srta. Holbrooke insistiu:

– Elas são muito talentosas, eu garanto.

Filomena olhou nos olhos dela e retrucou:

– A srta. Edith Green é instrutora na Escola do Museu de Belas Artes e foi ela que me disse para voltar a minha atenção ao desenho nesta semana. Estou certa de que concorda que devo levar a tarefa a sério.

A srta. Holbrooke não podia dizer não àquilo e saiu com o rabinho entre as pernas.

– A srta. Green realmente disse isso? – perguntei.

Filomena riu.

– Poderia ter dito. A Edith Green acha que tudo se resume a desenhos. Vê-se isso nos padrões na cerâmica.

– Gosto do jeito que você faz as árvores – comentei. – São só algumas linhas, mas parecem vivas.

– É isso mesmo – Filomena disse. – Você tem um olho bom.

Foi um elogio do qual nunca me esqueci – obviamente.

Perto do fim de semana, Filomena trocou de mesas e se juntou ao Ensopado das Malucas. Gussie, para provocar, perguntou se ela tinha sido expulsa do clube das italianas por ficar tanto com as judias e irlandesas.

– É que eu preciso falar de outra coisa que não seja casamento – Filomena disse. – Elas vão se casar este ano! Todas elas.

– Sua hora chegará – Helen disse.

– Não para mim – declarou Filomena. – Eu nunca vou me casar.

Rose disse que ela era bonita demais para ser uma solteirona.

Gussie não gostou.

– A Filomena pode querer fazer outras coisas com a vida dela. Eu, por exemplo, vou fazer faculdade.

– E, depois disso, ela vai fazer Direito – disse Helen.

– Mas você não quer ter uma família? – Rose questionou.

Gussie disse:

– A Helen vai ter filhos; pego os dela emprestados. – Helen ficou vermelha, e Irene disse:
– Parece que ela já sabe quem será o pai.
– Não a deixe envergonhada – disse Rose. – Além disso, ela nos diria se houvesse alguém, não é mesmo, Helen?
– Minha irmã pode escolher quem ela quiser – afirmou Gussie. – E você, Rose? Irene? Algum pretendente? Addie?
– A Addie é jovem demais para pensar nessas coisas – Filomena disse.

Eu era jovem demais, mas era impossível não pensar em casamento. Mameh falava dos "pretendentes" da Celia o tempo todo e, em cada encontro do Clube Sabático, elas falavam dos casamentos aos quais tinham ido ou iriam. Até as Ediths, quando ouviam falar de noivados, agiam como se fosse uma vitória – e elas eram a favor dos direitos e da educação para mulheres.

Eu não tinha tanta certeza quanto ao casamento. Sabia que meus pais eram infelizes e, pelo que ouvi através da ventilação de ar, outros casais diziam coisas horríveis uns aos outros o tempo todo. Por outro lado, quem não quer estar apaixonada e ter um homem olhando para si como o Owen Moore olhava para a Mary Pickford? Eu costumava sair desses filmes me sentindo triste porque nada assim aconteceria comigo, mas sempre voltava para ver outro final feliz.

Nas histórias de revistas, podia me imaginar como uma das garotas espertas e corajosas que os homens apaixonados queriam por causa da inteligência e da presença de espírito. Elas eram aviadoras ou pilotos de corrida ou até médicas, mas, no fim das contas, abriam mão por causa do amor e do casamento.

Quando perguntei à Filomena o que faria se se apaixonasse, ela deu de ombros.

– Sei que para ser esposa teria de abrir mão da arte, que é algo que me faz feliz. Quando digo que não quero me casar, minhas irmãs dizem que estou sendo egoísta, e talvez eu esteja sendo mesmo. Ou talvez haja algo de errado comigo.

Eu disse que achava que não havia nada de errado com ela.

– Queria que minhas irmãs fossem mais parecidas com você, Addie – ela disse. – A Betty e a Celia têm sorte de ter alguém que escuta na família.

Na verdade, as minhas irmãs e eu não conversávamos muito. Elas eram bem mais velhas que eu, para começar; a Celia era muito quieta, e quanto à Betty, era raro vê-la e ela só ia me visitar quando tinha certeza de que Mameh não estaria em casa. Mesmo assim, ela conversava mais com a Celia e com o Papa.

COMO ALGO REALMENTE INTOCÁVEL PARA MIM

Eu não conheci meu pai muito bem. Não era como é hoje, com pais trocando fraldas e lendo livros para os filhos. Na minha infância, os homens trabalhavam o dia todo e, quando voltavam para casa, tínhamos que ficar quietos e deixá-los em paz.

Papa era um homem bonito; tinha um rosto longo e fino, olhos azuis e cabelo castanho como o da Celia. Ele era detalhista quanto a roupas, tinham que estar limpas e asseadas. Toda vez que via um judeu malvestido na rua, dizia:

– Vão achar que somos todos camponeses.

A maior parte do que soube sobre ele foi Betty que me contou. Ele cresceu numa pequena *shtetl* que mal chegava a ser um vilarejo, era só um lugar com uma hospedaria, uma sinagoga e um mercado que abria uma vez por semana, no qual as pessoas compravam e vendiam tudo. A família de Papa tinha vacas, então não era a mais pobre, mas também não tinha dinheiro suficiente para mandar nem ele nem seus irmãos à escola. Estudaram com o pai deles, meu avô, que estudara num grande yeshivá[5] quando garoto. Eu me lembro de que Papa tinha um antigo livro de orações; talvez fosse da família dele.

    Quando Papa tinha dezoito ou dezenove anos, houve uma epidemia de cólera que matou o pai e os irmãos dele, o que o tornou responsável pela mãe e pelas duas irmãs. Ele vendeu as vacas para que as meninas pudessem se casar e depois a mãe dele arranjou o casamento com Mameh, que era de uma família pobre, mas conseguiu arranjar um cavalo para pagar o dote. Assim, Papa poderia trabalhar transportando coisas de um lado para o outro.

    Betty e Celia nasceram lá, embora se chamassem Bronia e Sima naquela época. Minha mãe estava grávida pela terceira vez quando alguém acusou meu pai de roubar um cálice de prata da igreja. Naquela época, isso significava o mesmo que uma sentença de morte para um judeu, então ele veio para os Estados Unidos com as duas meninas. Elas deveriam ter dez e doze anos, mas foram trabalhar com ele para que ele ficasse de olho nelas. Quando Papa recebeu uma carta dizendo que Mameh havia tido um menininho, ele as deixou sozinhas durante as noites e arrumou outro emprego para juntar dinheiro mais rápido e comprar uma passagem para que ela viesse.

    Quando Mameh chegou, desembarcou sozinha do navio. Nahum – o nome do bebê era em homenagem ao pai de Papa – havia morrido durante a viagem. O corpo tinha sido jogado no mar.

    Em volta deles, as pessoas sorriam e estavam felizes por estarem nos Estados Unidos, mas ela estava aos soluços, e Papa rasgava as roupas dele.

---

5 Nome dado às instituições para estudo da Torá e do Talmude. (N. dos E.)

Betty e Celia também estavam lá. Deve ter sido uma lembrança horrível.

Mameh teve outro menino nos Estados Unidos, mas ele morreu aos três anos de idade, e eu nem sei o nome dele – se é que chegaram a dar um. Depois que nasci, não houve mais bebês.

Minha mãe achou que vir para os Estados Unidos foi um erro terrível e nunca deixou que Papa esquecesse isso.

– Deveríamos ter ficado onde estávamos – ela dizia. – Seu filho não teria morrido naquele barco horroroso. As nossas filhas estariam casadas, e eu teria netos no meu colo.

Geralmente, meu pai não respondia, mas, às vezes, ele ficava farto.

– Teria sido melhor se tivessem me matado? – perguntava. E depois saía da casa e ia à pequena sinagoga dele, a algumas quadras, onde ninguém gritava com ele.

Ele passava a noite em casa e saía pela manhã feito uma sombra. Como algo realmente intocável para mim.

VOCÊ DEVE SER A INTELIGENTE DA FAMÍLIA

Passei todo o caminho de volta da pensão para Boston vomitando no barco, mas não era de enjoo. Durante a semana, não tinha me permitido pensar no que aconteceria quando chegasse em casa, mas, àquela altura, não conseguia pensar em outra coisa e era isso que revirava meu estômago.

E se Mameh não me deixasse voltar para casa? Nenhuma das minhas amigas tinha lugar para mim, eu não fazia ideia de onde Betty morava, e não ia pedir à srta. Chevalier – não depois de tudo que ela fizera por mim. Minha única esperança era que Celia me defendesse e trouxesse meu pai para o lado dela, e isso significaria no mínimo uma briga enorme e cheia de gritos.

Enquanto subia as escadas para o nosso apartamento, eu me sentia como uma criminosa prestes a ser enforcada. Mas, ao chegar à porta, ouvi o som de colheres de chá batendo em xícaras. Isso só poderia significar que havia açúcar na mesa, o que significava que havia visita, o que quase nunca acontecia.

Quando olhei pelo buraco da fechadura, tudo o que vi foram as costas de um homem e meu pai esfregando o queixo – um sinal claro de que ele estava desconfortável ou bravo. Mameh servia chá e dava seu sorriso de visita, mas deve ter percebido o barulho à porta ou algo assim, porque antes que eu pudesse me dar conta, ela estava no corredor, me pegando pela orelha e falando tão rápido que eu mal conseguia entender.

– Preste atenção. Você dirá que estava em Cambridge para ajudar uma mulher que teve um bebê. A sua irmã vai se casar, graças a Deus, e ele não precisa saber de você.

– A Betty se casará? – perguntei.

– Não ouse dizer esse nome para o sr. Levine. É a Celia que se casará.

Eu não conseguia acreditar. Nunca ouvi Celia dizer uma palavra sobre o chefe dela, nem boa nem ruim.

– Mas o sr. Levine é velho demais – eu disse.

– Ele tem quarenta, não é velho. Faz um ano que a mulher dele faleceu, e ele tem dois garotinhos sem mãe. Ele vê que sua irmã é esforçada: tão limpa, simpática e tranquila. Ele tem um negócio bom, então ela não passará necessidade. Hoje ele trouxe café e uma garrafa de uísque para seu pai. Então dê os parabéns e diga *Mazel tov* sem mais um pio.

Quando Celia me viu, deu um pulo da cadeira e correu para me abraçar. Acho que estava com o primeiro vestido novo que eu a vi usar – com flores que destacavam seus olhos azuis. Ela estava linda.

O sr. Levine se levantou.

– É um prazer conhecê-la, srta. Addie. A Celia fala muito bem de você. – Ele era um homem baixo, cerca de dois centímetros mais alto do que eu, com um rosto estreito e um cavanhaque castanho-acobreado que o fazia se parecer com uma raposa. – Tenho sorte de me casar com uma família de garotas tão bonitas, não é mesmo? Será bom para Myron e Jacob ter uma irmã também.

Eu disse que seria tia deles, não irmã.

Ele riu e respondeu:

– Você deve ser a inteligente da família.

Celia pegou minha mão e disse que eu só tirava nota dez na escola.

Então Mameh tinha que dizer que ela estava certa de que os filhos do sr. Levine eram ainda mais inteligentes.

– A senhora precisa começar a me chamar de Herman – ele disse.

– Qual é seu nome verdadeiro? – Papa perguntou. – Eu preciso para o ketubá – o contrato de casamento.

Levine acenou com a mão para mudar de assunto como se estivesse espantando uma mosca.

– Hirsch, eu imagino.

Papa fez uma cara zangada. Esse era o tipo de homem que meu pai chamava de *gantze ganef* – um verdadeiro ladrão.

Levine estendeu a mão para pegar a garrafa de uísque e disse:

– Vamos brindar ao dia 22 de agosto.

– Ainda não sei para que a pressa – disse Papa.

– E por que esperar? – perguntou Mameh. – Eles não são mais jovens.

Minha mãe e Levine começaram a falar do casamento. A cerimônia seria na pequena sinagoga de Papa. Levine disse que pagaria o bolo de mel e o vinho.

– Mas eu compro o arenque – afirmou Papa. – Não se pode fazer um casamento sem arenque.

Levine sorriu da mesma forma esnobe que a srta. Holbrooke quando uma das italianas tinha dito que a comida da mãe dela era melhor que a da pensão.

Levine disse que estava pensando em entrar para o Templo Israel, e Papa voltou a olhar zangado para ele.

– Está falando da grande sinagoga alemã onde expulsam você se usar um quipá?

– O rabino de lá é muito inteligente – Levine disse. – Posso fazer muitos contatos bons para os negócios, e meus filhos conhecerão uma classe melhor de pessoas. – Ele piscou para mim. – E a Addie gostará porque as mulheres se sentam com os homens, como seres humanos.

– Se quer uma igreja, vá a uma – disse Papa, e as palavras ficaram pairando no ar feito algo fedido. Minha mãe ficou ansiosa e sugeriu que a noiva e o noivo saíssem para passear.

– E a Addie pode ir conosco – disse Celia.

Viu como ela cuidava de mim?

Eu caminhava a alguns passos atrás deles e observava. Celia parecia confortável ao segurar o braço dele, e ele dava leves tapinhas na mão dela, mas não conversavam muito, e eu não sabia dizer se havia sentimento entre os dois.

Estávamos na Hanover Street, que parecia um tumulto depois de Rockport. Havia muitas pessoas caminhando e falando a plenos pulmões – em três ou quatro línguas, sabe? Passamos por uma loja na qual um grupo de meninas observava um homem tirar as roupas de um manequim.

– É isso que chamo de fresco – disse uma delas, o que me fez pensar se Celia sabia algo sobre a hora H. Ela era tão tímida em relação a tudo.

Minha mãe nunca falou comigo sobre sexo. Quando menstruei pela primeira vez, ela me deu um tapa no rosto e me ensinou a lavar as toalhas que tínhamos que usar. Você não sabe a sorte que tem a respeito disso. Foram duas meninas no pátio da escola que me contaram o que acontece entre homens e mulheres – e elas tinham versões diferentes.

Na nossa cama estreita, naquela noite, Celia disse:
— Pelo menos, você terá mais espaço quando eu for.
— Mas sentirei saudade — eu disse.
Ela disse que nos veríamos o tempo todo.
— O apartamento do sr. Levine fica a algumas quadras daqui.
— Você não o chama de Herman?
Ela disse que não estava acostumada. Ela o conhecia há três anos como sr. Levine.
Não entendi como tudo isso aconteceu tão rápido. Fiquei fora só uma semana.
No fim das contas, havia começado em maio, quando a sra. Kampinsky, que morava no andar de baixo, disse à minha mãe que Levine estava procurando uma esposa, e Mameh perguntou por que ele não olhava bem na frente dele.
— Ele me pediu para me acompanhar até em casa depois do trabalho — Celia disse. — Encontrei os filhos dele algumas vezes, e Jacob, o menorzinho, parece tão triste. Levine perguntou se eu me importaria de tomar conta deles e prometeu que eu teria uma boa vida com ele.
Perguntei se ela estava apaixonada por ele.
— Ainda não. Mameh diz que você aprende a amar alguém quando se constrói uma vida junto. Ela disse que um homem que ama seus filhos é um bom homem. Myron tem seis anos, Jacob tem quase quatro, e eles precisam de uma mãe. E, como Mameh diz, já tenho quase trinta e sabe-se lá se terei outra chance como esta! Ele cuidará de mim, de Mameh e de Papa quando ficarem velhos.
Eu podia ouvir as palavras da minha mãe saindo da boca dela, então disse:
— Ela forçou você? Você ainda pode mudar de ideia.
Ela disse que não, que ela mesma tinha decidido.

— Ele me pediu um mês atrás, e eu disse a ele que queria pensar. Só falei para Mameh depois que você partiu. Quando ela descobriu onde você estava, começou a gritar que as mulheres da fundação tinham vendido você para ser escrava branca e queria que Papa fosse à polícia. Mas quando falei sobre mim e o sr. Levine, ela teve coisas mais importantes para pensar.

Tive uma sensação terrível de que ela dissera sim só para me proteger.

— Não é por isso que você se casará com ele, é? — cheguei até a perguntar.

Ela disse que não.

— Na verdade, me sinto mal porque depois que eu for embora, você terá de sair da escola, e eu sei o quanto você quer continuar.

Ela tinha razão. Meus pais não ganhavam o suficiente para pagar o aluguel e todo o resto. Sem o salário da Celia eu teria que arrumar um emprego em período integral.

Parecia que uma rocha caíra no meu peito.

— Sinto muito, Addie — sussurrou Celia.

Eu disse que não era culpa dela, o que era verdade. Também disse que estava tudo bem, mas não era verdade.

MAZEL TOV

Quando soube da existência da minha irmã Betty, Levine a convidou para o casamento. Mameh começou a discutir, mas ele fez aquele aceno com a mão e disse:

— Não seja tão antiquada. Quero conhecer uma dessas Novas Mulheres. Enfim, a Celia quer a presença dela.

Quando Betty entrou no apartamento algumas noites depois, minha mãe nem sequer olhava na direção dela. Betty abriu um largo sorriso para mim.

– Quem diria que a pequena Addie se transformaria numa rebelde? Sair para uma aventura assim, sem avisar ninguém? Muito bem, menina. Eu não conhecia Betty de verdade. Do que mais me lembrava era das brigas que ela e Mameh tinham sobre ela não voltar direto para casa após o trabalho ou sobre sair à noite com as amigas. O engraçado é que, tirando o fato de ela ser mais jovem e ter mais curvas, Betty era uma cópia exata da nossa mãe: os mesmos olhos castanhos, o mesmo cabelo castanho ondulado e o mesmo nariz largo. Falavam igual também, como se soubessem a resposta para tudo, viviam balançando a cabeça para cima e para baixo, como se você concordasse com elas, mesmo quando não concordava.

Betty era uma falastrona. Contou tudo sobre o emprego dela no Filene's e como tinha passado de empacotadora a vendedora mais rápido do que qualquer pessoa podia se lembrar.

– Estão vendo esta saia? – Betty apontou. – Saiu praticamente de graça. Uma senhora a devolveu para a loja e disse que estava rasgada quando comprou. Acho que ela mesma rasgou, mas a loja tem que fingir que o cliente tem sempre razão, principalmente aqueles que gastam muito dinheiro. Então nós conseguimos boas barganhas.

Ela fez várias perguntas à Celia a respeito "desse Levine"; foi direta e quis saber se ela realmente queria cuidar dos dois filhos e da casa dele. Mameh ficou brava.

– É claro que ela quer. É o que toda mulher quer.

Celia disse que não deveríamos nos preocupar e que ele era um bom homem. Betty começou a vir muito em casa e geralmente trazia presentes: tabaco para Papa, um cachecol para Celia, meias para mim e gotas de chocolate para Mameh. Mas independentemente do que ela trazia ou de como Celia tentasse ser simpática, sempre acabava em briga. Mameh reclamava dos Estados Unidos; de como as maçãs não tinham sabor e de que as crianças não ouviam seus pais – até o ar era pior aqui.

– As pessoas ficam doentes porque todos respiram o mesmo ar. Na nossa aldeia, pelo menos, tínhamos espaço. O ar era limpo.

Mais cedo ou mais tarde, Betty iria bater na mesa e dizer:

– Já chega! Eu me lembro de como era o ar lá, e ele fedia a merda de vaca. E o chão da casa era de terra. Consegue imaginar isso, Addie? Sujo e nojento! Nos Estados Unidos, pelo menos, é o século XX.

Quando começavam a brigar, Celia murchava como uma planta sem água. Às vezes, eu me perguntava se ela iria se casar com Levine só para ficar longe do barulho e da tensão.

Celia disse que queria fazer o próprio vestido de casamento, então Levine comprou para ela um lindo pedaço de cetim branco. Porém, como ainda não estava pronto dias antes do casamento, Betty disse que ajudaria com os toques finais e fez Celia experimentá-lo.

O vestido era folgado e ia dos ombros ao tornozelo, com mangas compridas e uma gola simples. Betty fez um escândalo.

– Você não pode vestir isso. Parece uma camisola.

Celia disse que ficaria melhor depois que ela pusesse a faixa.

– Talvez você fique parecendo uma enfermeira – Betty disse.

– Vou comprar o véu mais chique que encontrar e um pouco de renda para a gola e para a bainha. Você ficará uma noiva linda, caso contrário, eu não vou a este casamento. – Celia riu e, por um instante, eu as vi como crianças: a irmã mais velha mandona e a mais nova, que a seguia por todo canto.

▼

O casamento da Celia foi num dia lindo e ensolarado, então Mameh teve de cuspir três vezes para espantar o olho gordo.

– É chuva que traz sorte – ela disse. Betty revirou os olhos e mexeu no véu, que era inteiro coberto por pequenas pérolas costuradas que cobriam a maior parte do vestido, fazendo Celia parecer uma princesa.

Antes de sairmos da casa, Betty me puxou de canto e perguntou se Mameh tinha explicado para Celia o que acontece na noite do casamento.

– Provavelmente não – eu disse.

Betty suspirou.

– Isso não é bom. Eu digo a você, Addie, a Celia não é uma pessoa forte. Precisamos ficar de olho nela, nós duas.

Mas agora que Celia iria partir, percebi o quanto ela havia cuidado de mim e ficado entre minha mãe e mim. Iria ser horrível sem ela.

▼

Celia pegou o braço de Papa enquanto dávamos a volta no quarteirão até a frente da sinagoga, onde Levine e seus filhos esperavam à porta. Os garotos pareciam tristes com seus sapatos novos e camisas engomadas, e o noivo piscava como se houvesse algo em seu olho.

– Onde está sua família? – Mameh perguntou.

Levine tinha apenas alguns primos de segundo grau nos Estados Unidos, mas os filhos deles estavam com caxumba, então, no total, oito pessoas participariam do casamento, incluindo os garotos.

A sinagoga ficava numa loja onde vendiam peixe e, como era agosto e fazia calor, o cheiro ressurgiu. Eu só tinha ido lá para as celebrações dos Dias da Penitência, quando estava lotada – principalmente no fundo, onde as mulheres se sentavam. Mas naquele dia podia-se ouvir eco, e estava tão escuro que levou alguns minutos para meus olhos enxergarem os senhores de pé ao lado da mesa com comida.

Papa cumprimentou cada um deles e perguntou sobre as esposas e filhos. Ele rezava com esses homens antes do trabalho toda manhã, então era como se estivesse em um clube. Mameh não os queria no casamento – ela os chamava de *schnorrers* – parasitas. Mas eu estava feliz por eles estarem lá. Achava que eles deixavam as coisas um pouco mais divertidas.

O rabino entrou correndo e pediu desculpas pelo atraso. Tinha barba comprida com manchas amareladas de tabaco em volta da boca, mas o olhar era jovem. Deu tapinhas nas costas do Papa e do Levine e disse:

– *Mazel tov*. – Pegou quatro homens para segurar os mastros da chupá e pediu para que Levine e Celia ficassem em pé junto dele debaixo do *talit* do meu pai, que era a tenda em si.

O rabino cantou bênçãos, Levine pôs a aliança no dedo de Celia e eles deram um gole na taça de vinho. Depois que Levine pisou no copo, os senhores bateram palma e cantaram *Mazel tov*. Tudo acabou em questão de minutos.

O rabino apertou a mão de todos, até de Celia e dos garotinhos, e foi embora o mais rápido que pôde.

– Ele tem um funeral – Papa explicou.

Nós comemos pão, arenque e bolo de mel, e os senhores fizeram três brindes ao casal com copos grandes cheios do uísque de Levine. Celia ficou ao lado do marido e comeu alguns pedaços do bolo, mas quando Jacob começou a reclamar e a esfregar os olhos, ela disse que talvez fosse hora de ir.

Nós os acompanhamos até o fim da quadra e assistimos enquanto viravam a esquina.

Betty estava chorando.

– Qual o problema com ela? – perguntou Mameh.

Papa deu leves tapinhas na bochecha da Betty.

– Minha avó costumava dizer que não é um casamento se ninguém chora.

▼

O apartamento ficou muito mais triste com a saída da Celia. Ninguém sorria para mim quando eu entrava pela porta e, mesmo tendo a cama só para mim, eu não dormia melhor.

Meus pais brigavam constantemente. Mameh voltou a culpar Papa pelo bebê que morreu no barco.

– Se tivesse esperado comigo até ele nascer, talvez ainda estivesse vivo.

Então meu pai dizia:

– Se eu ficasse e fosse morto, você e todos nossos filhos teriam morrido com o restante da família de febre tifoide ou seriam mortos pelos cossacos. E se tivesse me deixado levar o outro garoto ao hospital aqui, ele ainda estaria vivo.

Foi a primeira vez que ouvi falar do bebê que nasceu nos Estados Unidos antes de mim. Ele já nasceu pequeno e fraco, mas a minha mãe não o deixava sair de casa.

– Ninguém volta vivo do hospital.

Ele a chamava de idiota.

Ela o chamava de fracassado.

Noite após noite, eles culpavam, xingavam e esgotavam um ao outro. Papa começou a ir à sinagoga logo após a ceia. Mameh resmungava enquanto costurava até ficar com dor de cabeça. Eu ficava na minha cama o máximo possível e, quando os dias ficavam mais curtos e estava escuro demais para ler, eu pegava no sono cedo e acordava antes de o sol raiar. Não me importava. Assim, eu saía da casa antes de as discussões reiniciarem.

ESSA SUA FILHA É DANADINHA

Betty disse que poderia conseguir um emprego no Filene's para mim.

– O supervisor tem uma queda por mim – confessou.

Eu gostava da ideia de sair do bairro e trabalhar numa loja de departamentos. Não iria ficar suja nem machucar as mãos nem forçar a vista como aconteceria numa fábrica – isso se eu arrumasse um emprego numa fábrica.

Mas o Filene's não estava contratando e, como eu não sabia datilografar nem operar uma mesa telefônica, fui a todas as casas de chá e sanduicherias que pude. Mas nenhuma estava procurando por uma garçonete. Também não tive sorte com as lojas nem cinemas.

Num domingo, quando Betty, Levine e Celia estavam visitando, Mameh reclamou que eu era preguiçosa.

– Ela acha que é boa demais para sujar as mãos. A filha de Ethel Heilbron tem o cérebro de uma mula e está ganhando um bom dinheiro na fábrica de sapato.

– Não é culpa da Addie, Mameh – Celia disse.

– Ela encontrará algo. Li no jornal sobre como uma garota judia está cuidando da biblioteca inteira no bairro East Boston – disse Levine. As histórias de sucessos de judeus eram um de seus tópicos prediletos.

– Vejam o meu caso. Eu nem nasci aqui e sou dono de uma loja com vinte trabalhadores. Ontem mesmo, fui comprar botões do Glieberman, e havia uma menina lá anotando os pedidos para ele ficar sentado feito patrão. E digo mais: comparado a mim, Glieberman é dono de um negócio pequeno.

– Mas se o Glieberman tem secretária, como fica para você não ter uma também? – perguntou Betty.

Levine deu de ombros.

– Ele está gastando um monte de dinheiro só para se exibir.

– Não é para se exibir – ela disse. – É profissionalismo. Além do mais, li numa revista que é preciso gastar dinheiro para ganhar dinheiro.

– Também ouvi isso – ele falou.

Betty piscou para mim.

– E, por acaso, você tem a garota perfeita bem na sua frente. Addie tem uma boa caligrafia e tirava nota dez em aritmética. Diga a ele sobre seu trabalho no escritório da senhora na fundação. Você era quase uma secretária, não era?

De repente, todos estavam olhando para mim como se eu fosse uma vaca à venda. Levine bateu na mesa com tanta força que as xícaras fizeram barulho.

– Sr. Baum – ele declarou –, essa sua filha é danadinha.
– Ela poderia começar nesta semana – Betty disse.
Todos passaram a olhar para Levine, que esfregou a barba e olhou de relance para Celia.
– O que me diz, sra. Levine?
Ela estava curvada, costurando algo, e não respondeu. Então ele repetiu, mais alto.
– Celia, você ficaria feliz se eu contratasse a Addie?
Quando ela percebeu que ele estava falando com ela, ela ergueu a cabeça e disse:
– Sim?
– Claro que sim – Betty disse, e estava muito orgulhosa de si mesma por ter tido a ideia. Ela continuou falando e, antes que Levine ou eu soubéssemos o que havia se passado, ela organizou para que eu iniciasse no dia seguinte. Quando eu cheguei a H. L. Shirtwaists às sete horas da manhã seguinte, ele precisou de um minuto para se lembrar do que eu estava fazendo ali.

A "fábrica" dele era uma sala grande no segundo andar, em cima de um açougue. Havia cerca de doze máquinas de costura, algumas prensas mecânicas e algumas mesas para cortar e aplicar os toques finais, tudo isso amontoado. Naquela época, as pessoas não tomavam muitos banhos, então é possível imaginar o cheiro.

Levine não tinha um escritório de verdade, apenas um canto próximo a uma das janelas dos fundos onde ele empilhava alguns engradados com a mercadoria a ser separada. A mesa dele era uma porta em cima de engradados e, sobre ela, havia uma enorme bagunça de papéis, envelopes e restos de materiais.

Peguei um recibo e me lembrei de como as secretárias que conheci em Rockport Lodge falavam de seus chefes como se fossem criancinhas que não sabiam limpar o nariz sem ajuda.

– Talvez eu possa arrumar isto aqui para o senhor – eu disse.

Levine piscava como sempre fazia quando ficava nervoso e disse:

– Era exatamente isso que eu tinha em mente.

Ao final do dia, tinha separado tudo em pilhas organizadas e dito a Levine que ele precisava de caixas ou de um armário para os papéis e livros de registro e de alguns lápis novos.

– Aqui só há pena de ponta grossa.

– Você não vai me fazer economizar dinheiro – Levine disse, mas dava para perceber que ele gostou do que eu tinha feito. – Amanhã você fará compras.

No começo, estava ocupada. Guardei a papelada velha e criei um sistema para pagar as contas. Registrei um ano inteiro de negócios num livro-caixa, e vi como Levine estava indo bem. Ele se livrou da porta e comprou uma escrivaninha de verdade, tão grande que tivemos que levar para os fundos os engradados, que eram usados como divisória, para ter espaço. Ele tinha muito orgulho da escrivaninha e, depois de poli-la, não dava para perceber que era de segunda mão.

Nos dias que os compradores ou fornecedores vinham, eu ficava em pé atrás de Levine com um bloco novo de anotações e um lápis apontado para marcar os pedidos: quantas *chemisiers* de tais tamanhos até tal e tal dia ou quanto de linha de certas cores deveriam ser entregues com tal e tal preço.

Os homens ficaram impressionados por Levine poder pagar uma funcionária de tempo integral, mesmo eu sendo a cunhada dele e provavelmente tendo um salário baixo. Na verdade, por fazer o livro-caixa dele, eu sabia que recebia quase tanto quanto as melhores costureiras, que ganhavam um dos melhores salários do bairro. Também percebi que ele não demitia as pessoas quando ficavam doentes e que, quando um dos homens tinha um bebê, Levine lhes dava uma semana de folga para a cerimônia de circuncisão e nem sequer descontava do pagamento.

O marido da Celia não era um ladrão no fim das contas.

Mas, após algumas semanas, eu não tinha tanta coisa para fazer e, em alguns dias, me dava vontade de gritar de tanto tédio. Por que ficamos mais cansadas de ficar sentadas sem fazer nada do que na correria com um monte de coisa para fazer?

Mas mesmo um dia ruim no trabalho era melhor do que ficar em casa. A melhor parte da semana era ir aos encontros do Clube Sabático, onde eu era uma pessoa que sabia cozinhar ovos numa fogueira, e jogar tênis de grama, e dançar *ragtime*.

Minha mãe nunca me deixava sair de casa no sábado à noite sem fazer algum comentário.

– Essas mulheres, elas sorriem na sua cara, mas, por trás, riem de você e te chamam de judia fedida.

Eu não respondia nada. Nós duas sabíamos que eu iria de qualquer maneira. Levine me pagava uma boa quantia em dinheiro, ou seja, ela podia comprar frango toda semana e não precisava costurar tanto em casa.

Eu guardava o suficiente para Rockport Lodge e até comprava algo para mim de vez em quando. A primeira coisa que comprei foi um clochê verde de feltro. Você sabe do que estou falando? Um chapéu em formato de sino que encaixa em volta do rosto.

Na vida toda, nunca gostei de ter comprado nada mais que aquele chapéu. Não foi caro, mas era estiloso, e eu me sentia feito uma estrela de cinema quando o usava. Eu adorava aquele chapéu.

Minha mãe deu uma olhada e disse que eu ficava *meeskeit*, feia. Aquilo me magoava e me deixava tão brava que eu disse a ela que só falaria com ela em inglês. E, aliás, ela sabia o bastante para entender todas as partes das fofocas que ouvia no mercado.

Eu disse que era para o bem dela.

– E se houvesse uma emergência e eu não estivesse presente?

– Eu morreria, e você se arrependeria – ela disse. Em iídiche, é claro.

Depois disso, quando ela de repente precisava que eu fosse à loja ou buscasse meu pai na sinagoga – sempre no sábado à noite – eu encolhia os ombros e batia a porta ao sair. Eu me sentia importante. O que ela poderia fazer? Sem o que eu ganhava, ela voltaria a costurar lençóis dez horas por dia e a comer batatas toda noite.

Dinheiro é poder, certo?

TALVEZ EU CONSEGUISSE UM PAR PARA DANÇAR NO FIM DAS CONTAS

Não sei o quanto você quer ouvir acerca da vida amorosa da sua avó. Não que eu tenha tido muitos namorados. Meu primeiro beijo foi naquele verão em Rockport quando tinha dezesseis anos. Houve um baile e, como havia um campo de treinamento da guarda costeira na cidade, havia sempre mais homens que mulheres, então todas as meninas do Rockport Lodge sabiam que iriam ser tiradas para dançar. Eu nunca tinha ido a um baile, então Rose me ensinou a dançar foxtrote e valsa. Ela disse que eu nasci sabendo.

– Se alguém pedir para você fazer algo mais complicado, diga que está sem fôlego e que gostaria de ficar de fora desta dança.

De todas as garotas, eu realmente não tinha nada para vestir, mas Filomena pregou e alinhavou um dos vestidos da Helen para que parecesse que fora feito para mim. Irene passou pomada no meu cabelo e o prendeu no alto da minha cabeça, e Gussie beliscou minhas bochechas para ficarem coradas.

Quando terminaram, fui me ver no espelho do banheiro. Era como uma dessas fotos de antes e depois. Quando me olhei no primeiro dia em que estava lá, vi uma garota pálida e assustada com olheiras. Mas agora havia uma mulher adulta com uma margarida atrás da orelha, dando um sorrisinho rápido.

Meu cabelo castanho estava mais claro por causa do sol e, com ele preso para trás num penteado chique, podia ver que Celia não era a única garota Baum de rosto oval e olhos grandes. Talvez eu conseguisse um par para dançar no fim das contas.

O baile foi num celeiro vazio que cheirava a alvejante e a cavalos. Havia uma vitrola no canto tocando valsa, mas as garotas da cidade estavam todas amontoadas num canto, sussurrando e fitando os cadetes da guarda costeira em seus uniformes brancos e brilhantes, encostados na parede oposta, fumando cigarros.

– Elegantes, não? – Irene disse.

Quando entramos, os cadetes se ajeitaram e, logo, Helen, Irene e Filomena estavam na pista de dança. Rose me levou à mesa de bebidas, onde um cadete alto estava em pé perto da tigela de ponche.

– Permitam-me, senhoritas – ele disse, e encheu um copo para cada uma de nós.

Ele era tão alto que tive que inclinar a cabeça para cima para olhar para ele. O cabelo dele era preto como o da Filomena, mas muito fino e repartido na lateral. Os olhos eram azul-escuros – quase roxos – com aqueles cílios compridos com os quais as meninas sonham. Ele olhou para mim de cima a baixo e disse:

– Verde lhe cai bem.

Fiquei tão nervosa que quase disse: "Você também".

Ele me perguntou se eu gostava de dançar.

– A Addie é um pé de valsa. E você? – perguntou Rose.

– Não sou tão ruim assim, sem querer me vangloriar. Minha mãe me ensinou. Aliás, meu nome é Harold George Weeks, de Bath, Maine.

Rose balançou a cabeça.

– Sou Rose Reardon, e esta é Addie Baum. Somos de Boston.

– Muito prazer, srta. Reardon. Primeira vez em Rockport, srta. Baum?

Nesse momento, a música mudou, e ele me agarrou pela mão.

– *Ragtime* é vibrante. É só dar quatro passos e saltar.

Antes de perceber o que estava acontecendo, estávamos na pista de dança, e ele tinha suas mãos em minhas costas. Ele se inclinou para baixo e sussurrou:

– Não pense. – E logo depois, eu estava saltitando e girando no salão e me divertindo como nunca. Estávamos praticamente voando em círculos, mas, por algum motivo, não estava tonta.

Fiquei completamente sem fôlego quando a música acabou, mas Harold não me soltou quando começou a tocar foxtrote. Fiquei contando os passos na cabeça, mas me perdia e tropeçava. Harold me puxou para mais perto dele – cheirava a limões e couro – e disse:

– Você está pensando. Deixe-me levar você, e tudo ficará bem. – Ele realmente sabia o que estava fazendo, porque a maneira como me conduzia pelo salão me fazia parecer que sabia dançar.

Quando a música chegou ao fim, ele se curvou e caminhou elegantemente até os outros cadetes, que apertaram sua mão e lhe deram tapinhas nas costas. Minhas amigas correram até mim, e Gussie disse:

– Pensei que não soubesse dançar. – Helen me perguntou o nome dele. Irene disse que ele era o mais bonito do salão.

Mas Filomena fez uma careta.

– Ele é metido.

– Como pode dizer isso? – perguntei. – Você nem conversou com ele.

– Conheço esse tipo quando vejo um.

Rose beliscou a bochecha da Filomena.

– Ai, ela só está com ciúmes porque ele convidou você para dançar e não ela.

Dancei com alguns outros cadetes, mas eles tinham o pé pesado e eram atrapalhados se comparados a Harold Weeks. Fiquei esperando que ele voltasse, mas ele estava dançando com uma das meninas de lá que entendia de tango e usava meias 7/8 e muito ruge.

Eu havia desistido de dançar com Harold novamente, até que ele cutucou meu ombro e disse:

– Concede-me uma valsa?

Não queria parecer que estava morrendo de vontade de dançar com ele, então disse:
– Eu lhe devolvo a pergunta.
– Ciumenta, é?
Apenas sorri e tentei flertar como as outras meninas. Inclinei a cabeça para um lado e abri bem os olhos. Alguém tinha me dito que os homens gostam quando você os deixa falar sobre si mesmos, então perguntei por que ele entrou para a guarda costeira.
– Era para eu assumir o lugar do meu pai na serralheria, mas eu odiava a ideia de construir navios e nunca ir para o mar.
– O que ele disse quando você se alistou? – perguntei.
– Eu não contei a ele.
– Quer dizer que você fugiu? – Fiquei empolgada ao pensar que tínhamos tanto em comum.
– Contei à minha mãe para ela não ficar preocupada. Somos muitos parecidos, e ela tem opinião própria. Você devia ter visto os olhares que ela recebeu na igreja ao entrar com o cabelo curto, como o da Irene Castle.
Lá se foram as semelhanças.
Quando a música acabou, ouvi a srta. Holbrooke me chamar junto com as outras meninas da pensão para a pista de dança.
– Acho que tenho que deixar você ir – Harold disse. Pegou minha mão, levou até os lábios dele e disse:
– Encontre-me lá fora, na varanda, à meia-noite. Vou esperar por você.
E, sem mais nem menos, eu tinha um *encontro secreto*! Não sabia exatamente o que iria se passar, mas imaginava que fosse algo romântico – talvez não tão respeitável, mas completamente empolgante.
Contei a Filomena no caminho de volta, mas, em vez de ficar feliz por mim, ela disse:
– Não ouse fazer isto. Ele acha que pode se aproveitar de você porque você é jovem.

– Talvez ele goste dos meus olhos – eu disse. – Talvez ele ache que sei ouvi-lo.

– Você acha que ele sairá no meio da noite para *conversar* com você? Pensei que fosse mais esperta.

A discussão não saía disso. Ela me disse que ele vivia atrás de rabo de saia e que eu devia acordar para a vida, mas pensei que ela estava apenas sendo malvada ou que talvez Rose tivesse razão e ela estava com ciúmes.

Finalmente, ela desistiu.

– Se não posso convencer você a não ir, jure que ficará na varanda, senão eu vou com você.

Depois de me fazer prometer não sair da varanda, Filomena não trocou mais uma palavra comigo a noite inteira. Ela apagou as luzes e puxou o travesseiro para debaixo da cabeça.

Odiei o fato de ela estar brava comigo, mas Harold era tão lindo, e nenhum homem tinha prestado atenção em mim daquele jeito. E quando eu iria ter outro encontro secreto?

Eu estava deitada por cima do lençol, esperando o primeiro badalar da meia-noite – feito a Cinderela, apesar de estar com os dois sapatos. Desci as escadas correndo e saí pela porta da cozinha, a qual eles nunca trancavam.

Estava escuro – não havia lua nem estrelas – e eu não via Harold em lugar algum. Esperei, fiquei preocupada e estava prestes a desistir quando vi o uniforme branco dele atravessando o pomar.

Ele pegou minhas mãos e as beijou muito lentamente, não só na parte de cima, mas nas palmas também. Isso me fez estremecer. Mas quando ele tentou me puxar em direção às árvores, me sentei no degrau e ajeitei a saia em volta das pernas.

– Ah, então você é uma boa garota – ele disse, e se sentou com a perna direita encostada na minha. – Boas garotas geralmente não dançam daquele jeito.

– Como? – perguntei, tentando fingir que já havia tido essa conversa um milhão de vezes.

– Livres. Dispostas a seguir e se deixar levar. Aconteceu algo especial quando estávamos juntos, Addie. Você não sentiu? Eu poderia ter ficado dançando com você a noite toda.

Ele parecia tanto com um personagem de uma história de revista que acabei dando risada.

– Qual a graça?
– Nada – respondi. – Acho que não estou acostumada com elogios.
– Deveria estar. – Ele passou o braço em volta da minha cintura, encostei a cabeça no ombro dele e imaginei como deveria ser romântica esta cena.

Então ele virou meu rosto em direção ao dele, e nós nos beijamos.

– Sua primeira vez? – ele disse.
– Ah, não! Não sou nenhum bebê, sabia?
– Claro que não – ele disse. – Não faria isto com um bebê.
– Voltou a me beijar. Beijava tão bem quanto dançava, e eu o segui como fiz com o foxtrote – sem pensar.

Foi muito empolgante e, bem, digamos que só percebi até onde as coisas tinham ido quando o sino da igreja soou.

Foi quando me ajeitei e disse que tinha que entrar.

Harold estava com o braço ao redor da minha cintura e disse que deveríamos ir até a rede do pomar onde poderíamos olhar para as estrelas.

– É tão lindo, Addie! – ele sussurrou.

Eu disse que não podia, que tinha que entrar. Como ele não me soltou, repeti.

Uma janela no andar de cima se abriu, e alguém tossiu. Harold me soltou.

– Eu não devia ter vindo – ele parecia bravo.
– Não fique bravo – falei.
– Venha comigo e eu não ficarei.

Mas não me mexi, e a tosse ficou mais alta.

Harold se levantou, acendeu um cigarro e saiu caminhando. Sem se despedir. Nada. Foi horrível.

Filomena fingiu que estava dormindo quando me deitei, e foi melhor para mim. Não queria conversar sobre o que havia acontecido nem como estava me sentindo e, nossa, como estava sentindo coisas! Não sabia se isso significava que eu era uma sem-vergonha ou se estava apaixonada. E o que Harold Weeks estava sentindo? Talvez ele fosse mesmo um aproveitador ou talvez eu tivesse feito algo de errado.

A última coisa que queria ouvir da Filomena era "Eu avisei". Principalmente porque faria de tudo para vê-lo outra vez e porque estava devastada, pois sabia que isso jamais aconteceria.

TEMOS UMA SUFRAGISTA NA FAMÍLIA

Desde setembro, Levine não parava de falar do Dia de Ação de Graças.

– Os americanos dão graças antes de começar a comer – ele disse. – O que acha disso, sr. Baum?

– Para nós, não é feriado – afirmou Papa.

– Por que não? Nós moramos nos Estados Unidos, então devemos comemorar como os americanos. Esta semana, preenchi a documentação de cidadania para Celia e para mim. Meus filhos nasceram aqui, então eles não precisam se preocupar. Nem a Addie. Mas o restante de nós tem que fazer a solicitação.

– Para quê? – Papa perguntou. – Para que eles nos encontrem com mais facilidade e possam nos expulsar? Ou convoquem os garotos para o exército?

– Para votar – disse Levine.

Betty fungou.
– Então por que devo me importar, se não me deixam votar? Levine bateu palmas. – Temos uma sufragista na família. O que você acha, Celia? A Betty está certa? As mulheres devem votar como os homens? Celia?

Como sempre, Celia estava consertando roupas sem prestar atenção. Estava com olheiras e havia ficado tão magra que suas roupas sobravam como se tivessem sido postas em um cabide.

Levine repetiu a pergunta:
– O que acha sobre as mulheres votarem?

Ela parecia perdida, então eu disse:
– É claro que as mulheres deveriam votar. Na Austrália, elas votam, e na Dinamarca também. – Após um ano no Clube Sabático, tinha ouvido muitas palestras sobre o sufrágio e estava prestes a dizer a eles todos os estados onde as mulheres já votavam nos Estados Unidos quando Levine levantou as mãos.

– Não estou brigando com você. O sr. Louis Brandeis diz que na Palestina as mulheres deveriam votar; e eu concordo.

– O senhor é um homem moderno, sr. Levine – disse Betty.

– Espero que sim. E quero que todos venham comer conosco no Dia de Ação de Graças, como verdadeiros americanos, com peru e torta de maçã!

Isso a Celia ouviu.
– Você nunca tinha dito nada. – Ela parecia aterrorizada.
– Talvez devesse ter dado a opção de voto a ela – eu disse.
– Ficará tudo bem, Celia – ele disse. – A Addie ajudará você. Ela terá o dia inteiro de folga, sem desconto no salário.

Mameh fez uma careta. Ela tentara ensinar Celia a cozinhar, mas Celia queimava tudo que punha no fogão e cortava os dedos toda vez que pegava numa faca. Não conseguia ferver água nem picar cenoura ao mesmo tempo e, toda vez que Mameh tentava corrigi-la, ela cobria o rosto com um guardanapo.

– Quem diria que uma menina com mãos de ouro para costurar teria problemas para descascar uma batata?

O apartamento da Celia era uma bagunça: panelas e pratos empilhados na cozinha, pó nos cantos e um cheiro azedo de roupas sujas. Mameh ficou tão enojada que parou de ir lá. Mas eu sentia falta da Celia e ia vê-la com frequência, embora não tivesse certeza de que ela sempre ficasse feliz por me ver. Em vez de dizer "oi", ela se desculpava pela bagunça e tentava limpar a mesa para que tomássemos chá, mas, antes, precisava lavar as xícaras e depois não conseguia encontrar o chá. Parecia que nunca terminava nada e nunca se sentava.

Mas o pior de tudo era como os filhos do Levine a tratavam. No início, eram verdadeiros monstros. Myron, que tinha seis anos, era simplesmente malcriado quando Celia conversava com ele, e Jacob, de três anos, imitava o que o irmão mais velho fazia. Toda vez que Celia dava banho no menorzinho, ficava toda roxa nos braços.

Apesar de tudo o que faziam, ela não deixava ninguém dizer uma palavra contra eles.

– Imaginem como eles devem se sentir tendo perdido a mãe de verdade. Quem sou eu? Uma desconhecida.

As coisas melhoraram um pouco depois que Levine deu uma surra no Myron por responder a ela. Mas esse "melhorar" queria dizer que eles a ignoravam, o que não era difícil de fazer uma vez que ela ficava cada vez mais quieta.

No dia depois da grande discussão sobre o Dia de Ação de Graças, Levine estava esperando por mim à porta quando cheguei ao trabalho.

– Sua irmã não quer peru. Não adianta, ela não o quer na casa. Seria bom para toda a família. Gostaria que conversasse com ela. Os garotos ficarão tão desapontados.

Achei que era Levine que ficaria desapontado, mas entendi como ele se sentia. Todo ano, na escola, aprendíamos sobre os peregrinos e como os índios lhes davam peru. Eu queria ter um Dia de Ação de Graças como os das imagens nos jornais também, mas não se fosse para deixar Celia triste. Não poderia ficar do lado dele e contra ela.

Eu disse a Levine que seria melhor se ele pedisse à Betty para falar sobre o peru, na esperança de que ela conseguisse fazê-lo desistir dessa ideia. Ela vivia dizendo para a Celia se impor.

Mas, no fim das contas, Betty concordava com Levine.

– Não é tão difícil assim – ela argumentou. – Ele não pede nada para nós, e estamos todas melhores por causa dele, sobretudo você. Você precisa me ajudar a convencer Celia.

Fazia tempo que Betty não ia ao apartamento da Celia e, após ficar chocada com a bagunça, tirou o chapéu e as luvas e começou a lavar os pratos como se fosse algo que fizesse o tempo todo.

– Não precisa – disse Celia.

– Claro que não – Betty falou. – Vá pentear o cabelo.

Depois que a pia estava vazia e a mesa estava limpa, Betty nos serviu chá.

– Que gostoso! – Celia falou e sorriu como não fazia havia meses.

Betty bateu levemente na mão dela.

– Que história é essa de você não querer fazer peru para o seu marido?

Imediatamente, a luz do olhar da Celia se apagou.

– Como ela fará um peru neste lugar? – eu perguntei. – Está vendo alguma panela grande o bastante? Está vendo um forno?

– Ele é o marido dela – Betty disse. – Ele paga as contas, então ele quer o que ele quer. Eu disse ao Herman que ele poderia comprar um desses perus cozidos do açougueiro italiano.

– Carne *treif* na minha casa? – Celia sussurrou, como se não quisesse que Deus ouvisse. Ela esfregou as mãos para cima e para baixo nas bochechas. – Não. Se tem de ser assim,

você pode vir comer aqui, mas que seja frango do açougueiro *kosher*. – O chá esfriava enquanto Betty usava um argumento após o outro, mas nada fazia Celia mudar de opinião. Finalmente, Celia disse:
— Acho melhor você ir embora. Preciso fazer alguma coisa para ele e os garotos comerem.

Assim que saímos, eu disse:
— Desde quando você o chama de Herman?
— Por que está brava? – Betty perguntou. – Foi você que o mandou vir falar comigo. Ele não sabe mais o que fazer com ela. Ela vive chorando, até dormindo. Então eu contei a ele que ela ficou um ano inteiro sem falar quando o Papa nos trouxe para os Estados Unidos. Inicialmente, ela chorava tanto que acabava vomitando. Tinha crises de sonambulismo também. A Celia não é uma pessoa forte. Ela tem medo de tudo.

Betty abaixou a voz.
— De tudo mesmo. Desde a noite do casamento, ela não o deixou se aproximar dela. Digo, na cama. Pode imaginar isso? Todos esses meses? Ele poderia pedir o divórcio por causa disso – completou.

Tentei pensar onde Levine e Betty poderiam ter falado de tal assunto: um de frente para o outro num restaurante onde desconhecidos poderiam ouvir? No escritório dele depois que eu saí? No quarto da Betty?
— Eu dou crédito a ele – Betty disse. – Ele está dando o melhor dele. Eu disse a ele que, se for preciso, levo o peru do açougue dos italianos. A Celia não precisa comer.

Mas nunca chegou a esse ponto.

De alguma forma, Celia ganhou a discussão sobre o peru, e Levine disse que comeríamos frango no Dia de Ação de Graças às dezessete horas, um horário ridículo, já que as pessoas só saíam dos trabalhos às dezoito. Mas Levine disse que era nesse horário que a maioria dos americanos comia, então nós comeríamos também.

Papa tirou sarro da *goyishe simcha*, a festa dos gentios, mas, na semana anterior ao feriado, ele me pediu para lhe contar a história sobre os peregrinos e os índios. Mameh decidiu que faria *tzimmes* com purê de cenoura.

– Pelo menos, haverá algo para comer.

Betty disse que ajudaria Celia a limpar o apartamento, e Papa foi ao barbeiro. Achei que talvez não iria ser tão ruim no fim das contas.

ACHEI QUE ESTAVA APAIXONADA

Lembra-se do meu cadete, Harold Weeks? Bem, eu o vi novamente.

Estava indo para o Clube Sabático quando um homem de sobretudo escuro veio até mim e disse:

– Belo chapéu numa bela garota.

Quando percebi quem era, tudo que consegui dizer foi:

– O que está fazendo aqui?

– Não está feliz por me ver? – ele respondeu.

Ele fora transferido para Boston e "procurou por mim". Lembrou-se de que eu tinha dito alguma coisa sobre reuniões de sábado à noite e vasculhou um pouco.

Quem diria que é possível ficar feliz demais para falar? Ele tinha tido todo o trabalho de me encontrar, e eu tinha certeza de que ele havia se esquecido totalmente de mim. Parecia um sonho.

Ele disse que queria me levar para jantar, e eu aceitei.

Ele falava enquanto caminhávamos, embora eu estivesse praticamente correndo para acompanhar suas pernas longas.

Ele me disse que não gostava mais de estar na guarda costeira. Vivia entediado, e seus colegas de navio eram idiotas. Não conseguia dormir de jeito algum quando estavam no mar, e o quartel em Boston era nojento. O uniforme dele não servia, e ele não tinha tido uma refeição decente havia semanas.

Fomos a um famoso restaurante do qual eu nunca tinha ouvido falar e onde todos estavam comendo coisas que não me pareciam comida: mariscos, ostras, lagostas. Mas achei que tudo deveria ser uma delícia, porque era tudo tão elegante! Nas mesas havia talheres de prata e taças de vinho, e os garçons usavam um avental grande e branco e andavam pelo salão como se estivessem de patins.

As mulheres estavam de vestidos lindos e chapéus magníficos com penas. Achei que deveria estar parecendo uma erva daninha num canteiro de rosas, mas Harold não parecia se importar. Estava empolgado com o cardápio e pediu um monte de comida e uma garrafa de vinho.

Eu experimentei a lagosta, que não era ruim. Mas os mariscos eram tão pegajosos que tomei meia taça de vinho para tirar o gosto da boca. Então fiquei um pouco alta, o que foi mais uma "primeira vez" pra mim.

Mal conseguia ver Harold comer as ostras.

– Você não sabe o que está perdendo – ele disse.

Era mais bonito do que me lembrava. Seus dentes eram perfeitamente brancos; as unhas, perfeitamente limpas, e, à luz do lampião, os olhos eram preto-azulados. Quando ele falava, podia sentir sua voz reverberar na minha cabeça, como se estivesse ao lado de um grande sino.

Quando o garçom trouxe o café, Harold disse:

– Não parei de falar a noite toda, não é? Mas e você? Ainda trabalha na loja?

Não conseguia me lembrar de qual mentira havia contado a ele e estava tentando pensar numa maneira de mudar de assunto, quando reconheci um homem sentado do outro lado do salão.

– Está vendo aquele senhor perto do vaso de planta? – perguntei. – Aquele de barba branca que parece que irá pegar no sono e cair no prato de sopa? Eu o ouvi dar uma palestra sobre Longfellow uma vez.

Harold pegou minha mão por debaixo da mesa e moveu a perna para que ela tocasse a minha.

– Longfellow, hein? Não sabia que você era tão intelectual! Tinha me esquecido completamente do tempo até sairmos do restaurante e eu perguntar que horas eram. Se eu chegasse em casa após às nove e meia da noite, Mameh poderia mandar meu pai atrás de mim, e, se ele fosse à fundação, a srta. Chevalier iria achar que usei o clube como desculpa para fazer algo que não deveria. Não queria decepcioná-la – o que aconteceria em casa era o de menos.

Harold disse que não eram nem nove horas, e o toque de recolher dele era às onze.

Quando eu lhe disse que precisava começar a ir para casa, ele parou de sorrir.

– Depois de uma refeição como aquela, achei que iríamos passear e nos divertir um pouco.

Eu pedi desculpas, mas não podia me atrasar.

Ele subiu a rua com os ombros na altura das orelhas, e eu realmente precisei correr para alcançá-lo. Depois, ele diminuiu o ritmo e passou o braço à minha volta.

– Nunca parei de pensar em você, Addie – ele disse, e quando se inclinou para baixo para me beijar, retribuí imediatamente.

– Essa é a minha garota – ele falou.

Eu era a garota dele! Ele me puxou até uma porta e nos beijamos um pouco mais.

▼

Eu não tinha número de telefone para dar a ele, então decidimos nos encontrar em frente do prédio State House no próximo sábado à noite.

Guardar esse segredo me fez ter a sensação de estar vivendo num romance. A semana parecia que nunca acabaria. Eu ficava trombando nas coisas no trabalho e, em casa, fiquei tão irritada que Mameh disse que iria fazer uma lavagem intestinal em mim – era a cura dela para tudo.

Para o nosso segundo encontro, Harold me levou para assistir a um filme do Charlie Chaplin. Eu adorava o Chaplin, mas Harold parecia entediado e, após alguns minutos, ele me beijou e depois, bem, se assanhou e eu o mandei parar.

Ao sair do cinema, ele perguntou se eu tinha medo dele. Tentei transformar isso numa piada.

– Deveria ter?

Ele me deu tapinhas debaixo do queixo.

– O que você acha?

Ainda era cedo, então caminhamos pela Washington Street com todos os outros casais que estavam passeando de braços dados. Harold disse que em um de seus passeios pela cidade encontrara uma escultura de madeira que parecia exatamente como os navios que sua família construía.

– Fica na porta de um banco, então ninguém percebe – ele disse. – É uma das minhas coisas prediletas em Boston. O que acha de eu mostrar para minha garota predileta de Boston?

Saímos da multidão e fomos para a rua onde ficavam todos os grandes bancos e escritórios de advogados. Durante o dia, era lotado e barulhento, mas, à noite, parecia um cemitério, e eu fiquei um pouco nervosa.

Harold entendia bastante das decorações nas laterais dos prédios – o que elas representavam e quando foram feitas. Então ele parou.

– Chegamos.

A porta que ele queria me mostrar ficava no fim de um corredor longo tão escuro que eu nem conseguia enxergar a escultura. Harold pegou minha mão e passou sobre os contornos dos barcos e da água. E, é claro, começamos a nos beijar.

Como eu disse, Harold beijava muito bem e, àquela altura, eu já estava pegando o jeito, então fechei os olhos e parei de pensar. Mas depois ele começou a esquentar as coisas. Mordeu a minha orelha e apertou meus seios e, quando tentei afastá-lo, ele me pressionou contra a parede. Quando me dei conta, suas pernas estavam no meio das minhas, e ele estava se apertando contra mim com força, com a boca encaixada na minha para que eu não pudesse mandá-lo parar. Eu mal conseguia respirar.

Não demorou muito. Quando ele se afastou, beijou minhas bochechas e minha testa, docemente como nada igual. Depois falou numa espécie de murmúrio:

– Agora aposto que você gostaria que eu dissesse que amo você.

Não é muito agradável, não é mesmo? Não é o tipo de coisa que se conta para a neta. Acho que nunca contei para ninguém sobre essa experiência. Para quem iria contar? Filomena me aconselharia a não vê-lo outra vez, e eu não queria ouvir isso. Achei que estava apaixonada.

▼

Devo ter falado algo sobre onde trabalhava porque foi para lá que Harold enviou a carta. Começava com "Querida," e estava cheia de elogios. Eu era maravilhosa, inteligente, bonita, agradável e moderna. Disse que nunca havia conhecido alguém como eu – uma verdadeira garota da cidade sem ser dura. Havia até uma florzinha no envelope.

Ele disse que iria para Washington, D.C., por alguns dias, mas que eu deveria escolher o horário e o local do nosso próximo encontro e que ele iria ou "morreria tentando". Achei isso tão galante.

Na carta de resposta, pedi que me encontrasse às nove da manhã nos degraus do State House na quinta-feira do Dia de Ação de Graças. Eu estaria de folga nesse dia para ajudar

Celia, mas ainda poderia chegar à casa dela a tempo. E, como seria em plena luz do dia, não precisaria me preocupar com o assanhamento dele.

Cheguei alguns minutos antes, mas Harold já estava lá, me esperando com uma rosa. Foi a primeira vez que o vi durante o dia e fiquei nas nuvens novamente. Os botões de latão de seu casaco brilhavam, e o sol reluzia no cabelo preto dele. Ele tinha deixado um bigode pequeno crescer, o que lhe dava um ar vistoso e mais velho.

– Você está tão lindo! – comentei.

Ele riu.

– Por ter dito isso, tomará café da manhã no Parker House.

Eu conhecia tudo sobre o Parker House. Perguntei se poderíamos pedir um dos pães deles.

Ele disse que eu era adorável.

– Acho que não deixam você sair a não ser que coma uma dessas coisas.

Havia tapetes orientais e um lustre grande no saguão, tão silencioso quanto uma biblioteca, mas o restaurante era completamente diferente – barulhento e cheio de fumaça de charuto das mesas cheias de homens de ternos finos. Eu era a única mulher ali, tirando uma senhora de cabelos brancos que bebia chá e lia um jornal.

Um garoto de paletó branco nos trouxe café e uma cesta dos famosos pães, lindos e quentinhos.

Harold me falou tudo sobre as pessoas importantes com quem ele tinha se encontrado em Washington e sobre como os monumentos eram bonitos.

– Um dia você tem que vê-los.

Quando terminou de comer seu bacon com ovos, Harold pôs a mão na parte interna do meu joelho e disse:

– É bonito ver você admirando tudo isso com seus olhos grandes e verdes. Igual na noite em que nos conhecemos, eu pensei comigo mesmo, "eis uma garota fora da caixinha". Você era livre feito um passarinho, Addie. A nova mulher.

Tentei empurrar minha cadeira para trás e disse:
— Como pôde descobrir tudo isso sobre mim apenas com algumas danças?
— Sei reconhecer talento. — Ele apertou minha coxa. — Foi uma noite de muita sorte para mim. Mas, de qualquer forma, sou um homem de sorte.
Harold não deixou que o garçom voltasse a encher minha xícara de café e pediu a conta.
— Fui designado para o gabinete do comandante da guarda costeira. Acho que meu pai tem algo a ver com isso. Mas não me importo; é uma saída da porcaria daquele quartel.
Eu disse a ele que isso era maravilhoso.
— É claro, isso quer dizer que me mudarei para Washington — ele disse, como se estivesse falando de uma mudança no clima. — Embarco amanhã.
— Amanhã?
Parecia que eu tinha levado um soco — como quando a maré me fez ficar de cabeça para baixo na praia. A srta. Holbrooke tinha dito:
— É o recuo das ondas. Uma garota foi levada para o mar no mês passado. O corpo dela não foi encontrado.
Harold disse:
— Não queria contar para você até tudo estar acertado. E tenho outra surpresa para você. — Ele me abraçou e me conduziu até o elevador. — Consegui um quarto para nos despedirmos de forma adequada.
Foi nesse momento que eu não podia mais me enganar. Filomena tinha razão: eu tinha sido uma idiota.
— Acha que eu iria para um quarto de hotel com você? É isso que pensa de mim? — eu disse.
Um sino soou, e um senhor de boné vermelho abriu a grade do elevador.
Harold se aproximou de mim e sussurrou:
— Não faça assim. Você aceitou as refeições caras que paguei para você. Você não reclamou quando apalpei você

de um lado ao outro. Não pode dizer que não tenho sido paciente. Então cale a boca e faça o que eu mandar.

Tentei me afastar dele, mas ele me segurou com mais força.

– Você está me machucando – eu disse, e não foi num sussurro.

Harold olhou em volta para ver se alguém estava ouvindo.

– Ah, minha querida – falou, para fazer parecer que estávamos tendo uma briga de casal –, agora seja uma boa garota.

Ele me empurrou para dentro do elevador, mas eu disse:

– Me solte! – Alto o bastante para que o ascensorista ouvisse e perguntasse:

– O que está acontecendo?

Harold estava com um ar de assassino.

– Sabe quanto me custou o quarto, sua vadiazinha judia? Quando ele esticou o braço para abrir a grade, eu o mordi. Cravei os dentes em sua mão.

Ele urrou e cerrou o punho. Comecei a gritar:

– Não bata em mim, não bata em mim!

Quando Harold viu um funcionário do hotel vindo na nossa direção, se afastou de mim, ergueu o colarinho do casaco e começou a cruzar o saguão – sem pressa alguma – como se estivesse passeando no parque. Eu o observei, me sentindo como aquela garota que se afogou no mar.

Quando o porteiro abriu a porta para ele e ele sumiu, percebi que todos estavam me encarando e saí na direção oposta à porta. Corri sem nem saber para onde. Acho que estava procurando por uma outra saída, mas tudo que encontrei foi uma escadaria para o andar de baixo; desci até o porão, onde quase me acertaram no rosto com uma bandeja grande cheia de xícaras e pires. Ela parou a alguns centímetros do meu nariz, e eu ouvi:

– Minha nossa!

Era o garçom que me havia servido café. Ele deixou a bandeja no chão e perguntou o que eu estava fazendo no porão e o que havia acontecido com o meu marinheiro.

Eu comecei a chorar.

Ele era tão gentil! Disse:

— Está tudo bem. Você não me parecia ser desse tipo. Acho que todo mundo no restaurante pensou que eu era uma sem-vergonha, para não dizer coisa pior.

▼

Voltei andando para North End o mais rápido que conseguia. Mantive a cabeça baixa, pensando em como tinha sido idiota. Eu gostava de pensar que era mais esperta que a maioria das meninas, mas me forcei a acreditar que estava apaixonada por um homem que achava que eu era fácil, que me insultava, que estava pronto para me forçar a fazer algo. Quanta burrice! A questão é que eu já deveria saber que tipo de homem ele era desde quando dançamos no baile. Quando Harold se inclinou para me pedir para encontrá-lo na varanda — não acredito que vou dizer isto a você —, ele enfiou a língua no meu ouvido. Fiquei com nojo por alguém fazer tal coisa, mas fiquei também tão empolgada — de cima a baixo, se é que me entende.

Mas mesmo depois da noite no corredor escuro, quando fiquei com hematomas nas costas inteiras? Mesmo assim continuei me enganando.

Ainda fico com vergonha e com raiva de mim mesma. Mas, depois de setenta anos, também sinto pena por ter sido aquela garota. Ela era extremamente dura consigo mesma.

A CULPA FOI MINHA

Não eram nem onze horas quando cheguei à casa da Celia, mas a cozinha já estava um desastre. Havia panelas e pratos em cada superfície e uma pilha de batatas sem descascar sobre a mesa, onde Celia estava com um caldo grosso e grudento que pingava no chão. Jacob veio correndo em minha direção, com as mãos e o rosto sujos, mas Celia ficou olhando para mim como se não tivesse certeza do motivo de eu estar lá.

Depois ela começou a abaixar, como se os joelhos estivessem cedendo em câmera lenta, até estar sentada no chão entre a mesa e o forno. Deve ter sido nesse momento que percebi que a poça no chão era sangue porque gritei na hora, o que assustou Jacob, que começou a chorar.

As mãos da Celia estavam sangrando por causa dos cortes nos dedos e nas palmas que iam até os pulsos.

– O que houve? – eu perguntei. – Está doendo?

Ela não parecia estar sentindo dor. Sorriu para mim e me observou enquanto eu tentava envolver suas mãos com os guardanapos como se não tivesse nada a ver com ela.

Enquanto isso, eu implorava para ela me dizer o que havia acontecido. Ela apenas balançava a cabeça.

Tentei erguê-la e pô-la na cadeira, mas, apesar de ela ser apenas pele e osso, por algum motivo, não conseguia tirá-la do lugar. Fiquei dizendo:

– Celia, levante-se. Celia, por favor. Celia, fale comigo.

Nessa altura, os olhos dela estavam fechados, e eu nem tinha certeza se ela me ouvia.

Finalmente, consegui deixá-la apoiada no fogão. Peguei Jacob, que estava aos prantos, e disse a Celia que ia buscar ajuda.

Foi aí que ela abriu os olhos e disse:

– Sinto muito por causar tantos problemas.

– Está tudo bem. Fique calma. Já volto – eu disse.

As pessoas estavam na calçada para ver o que estava acontecendo com Jacob, que não parava de gritar, e, quando viram nós dois cobertos de sangue, alguém berrou:

– Assassinato!

Tentei contar a eles sobre Celia, mas eles gritavam:

– Chamem a polícia! Tirem a criança de perto dela!

Um policial empurrou a multidão e falou:

– Entregue-me o garoto.
Eu disse a ele que Jacob não estava machucado.
– É a minha irmã. Ela se cortou, mas não consigo carregá-la. Ela precisa de um médico. Depressa.
Ele entrou correndo, e fiquei na varanda com o Jacob, que choramingava e tremia nos meus braços. Eu podia sentir o sangue começando a endurecer entre minhas mãos e a camiseta dele.
O policial saiu voando com a Celia nos braços, a cabeça dela recostada sobre seu peito como um bebê dormindo.
– Saiam da frente! – ele gritou, e correu até o bar do outro lado da rua. Abriu a porta com um chute e gritou:
– Riley, vou pegar sua charrete! – Envolveu Celia numa manta para cavalos e a deixou numa cadeira ao seu lado. Quando tentei passar pela multidão, ele disse:
– Você, leve o garoto para algum lugar seguro e vá buscar o marido. – Ele parecia calmo, mas podia ver as mãos dele tremendo; ele não era muito mais velho do que eu.
Conforme o seguia, gritei:
– Para onde a está levando?
Alguém atrás de mim disse:
– Ele irá para o Hospital Geral de Massachusetts na Fruit Street.
– Não. O Hospital Monte Sinai é mais perto – disse outra pessoa.
– Não acho que fará diferença. Viram a cor dela?
Uma mulher fez o sinal da cruz e disse:
– Coitadinha.
Eu corri para casa, deixei Jacob com Mameh, disse que Celia havia sofrido um acidente e que iria buscar o Levine.
Ainda estava coberta de sangue quando entrei na sala dele e, antes que ele pudesse perguntar, eu disse:
– Jacob está bem. Celia se cortou.
– O que está dizendo? Onde ela está?

– No Hospital Monte Sinai, eu acho. Não tenho certeza. Um policial a levou. Ele me mandou buscar o Myron na escola e esperar por ele na minha casa. Mas antes fui buscar Papa e juro que as marcas de expressão no rosto dele ficaram mais profundas quando contei o que acontecera.
Quando voltei com Myron, Jacob estava envolvido numa toalha, com o cabelo molhado do banho, e minha mãe estava lhe dando cenouras. Papa sentou-se à frente deles com um livro de orações nas mãos, balançando-se para frente e para trás.
Fiquei perto da janela para esperar por Celia. Imaginei o policial entrando pela porta com ela nos braços, mas dessa vez ela estaria de olhos abertos. As mãos dela estariam cobertas com ataduras brancas e limpas. Mameh daria uma bronca nela por ser tão desastrada. Papa pegaria no rosto dela com as duas mãos e a beijaria na testa, e eu me tornaria a irmã que Celia merecia.
Celia não me deixaria pedir desculpas por estar atrasada. Ela iria dizer:
– Acidentes podem acontecer a qualquer momento. – Ninguém perdoava como Celia. Ela era a única pessoa na minha família que já tinha me beijado.
Eu fechei os olhos e rezei:
– Volte para casa agora, volte para casa agora.
A tarde se arrastou. Jacob pegou no sono na minha cama. Myron foi até a varanda, e ninguém tentou impedi-lo. Quando começou a escurecer, Papa acendeu a luz e ficou num canto com seu livro de orações enquanto Mameh olhava fixamente para a porta, mordendo os lábios e apertando as mãos. Ouvi os vizinhos sussurrando na escada e, por mais que quisesse ir até lá para espantá-los, estava com medo de sair de perto da janela. Pus na cabeça que tinha que ficar ali, senão Celia não voltaria.

O falatório do outro lado da porta parou, e Levine entrou cabisbaixo com os olhos vermelhos, seguido pela Betty, que parecia assustada e perdida, e ainda carregava uma caixa de bolo para o Dia de Ação de Graças. Então o policial que levara Celia para o hospital entrou. A parte da frente do uniforme dele estava preta de sangue, mas os braços estavam vazios. Ele tirou o chapéu e foi até Papa.

– Senhor, eu sinto muito por trazer notícias tão terríveis. O médico disse que a sua filha perdeu muito sangue, e não havia nada que eles pudessem fazer.

– Sima! – Mameh caiu de joelhos. – Minha joia! – ela gritou. – Ela valia ouro. Puro ouro.

– Sinto muito – disse o policial. – Talvez se eu tivesse chegado antes...

– Não foi culpa sua – Papa disse. – Minha filha disse que você ajudou rapidamente. Gostaria de lhe agradecer.

Levine encostou a testa na parede e chorou sem emitir som. Betty abraçou Papa.

Eu abri a porta para o policial, Michael Culkeen – nunca vou me esquecer do nome dele. Ele disse:

– Podemos falar por um minuto, senhorita?

Ele me levou para longe dos vizinhos, e descemos a quadra até que ninguém pudesse nos ouvir. Ele voltou a tirar o chapéu e suspirou.

– Eu me sinto muito mal por isto, mas preciso perguntar se a senhorita viu o que aconteceu com seus próprios olhos. O médico disse que preciso fazer um relatório por causa da maneira que ela cortou os pulsos. Ele disse que levaria um certo tempo para uma pessoa sangrar daquele jeito.

Eu disse que nada disso teria acontecido se eu tivesse chegado mais cedo. Falei que minha irmã podia costurar asas em borboletas, mas, na cozinha, vivia cortando os dedos. Não conseguia parar de falar:

– Ela era a pessoa mais doce que você poderia conhecer. É tudo culpa minha. – Eu lhe disse que poderia me prender.

O policial Culkeen suspirou e disse:

– Não fique se culpando. – Ele tinha olhos azuis e ternos e um sotaque irlandês que me remetia a Rose. – Foi você que deu a ela uma chance de lutar. – O suspiro seguinte dele transformou-se num gemido. – Faz só um ano que sou policial, e passei a pensar que é como o sacerdote disse: "Deus quer os bons com ele". Eu não devia ter dito nada. Sua irmã era tão miúda. Ela me fez me lembrar de uma prima minha – ele disse. – Volte lá para dentro agora. Você não para de tremer.

▼

Celia foi enterrada num cemitério em algum lugar chamado Woburn – bem longe da cidade. Levine providenciou o terreno no cemitério, o caixão e um carro funerário. Ele pagou para um carro levar a família ao enterro também, mas fiquei em casa com Myron e Jacob.

Não podia decidir o que era pior: vê-los enterrar Celia ou não estar lá para ver. De qualquer maneira, tinha certeza de que não havia castigo que eu merecesse.

Não teria acontecido se eu estivesse lá.

Foi a primeira coisa que pensei ao acordar e a última coisa à noite. Celia ainda estaria viva se eu não estivesse com aquele homem sórdido, se eu não tivesse sido uma burra.

A culpa foi minha.

A semana inteira, os vizinhos e os desconhecidos entravam e saíam do apartamento. Os homens eram silenciosos quando vinham para rezar antes do trabalho e, novamente, à noite. Nesse meio tempo, as mulheres entravam e saíam com comida e ficavam para tomar chá, lavar a louça e conversar.

Elas nunca ficavam sem idiotices para dizer. Todas tinham uma irmã ou prima que perdeu um filho e nunca superou.

A srta. Kampinsky tinha ouvido falar de uma mulher que caiu morta exatamente um mês após o filho dela ser atropelado por um carro.

Mameh repetiu a história do acidente da Celia repetidas vezes: os planos para a grande refeição, a faca que escorregou, o policial, o funeral num lugar feio, horrível e longe demais para visitar. Depois caía em lágrimas e gritava:

— Ai, ai, ai. — Precisavam agarrar as mãos dela para impedir que ela arrancasse o cabelo. Diziam que sentiam muito e depois olhavam de soslaio pelas costas de Mameh. Quando ouvia a versão da minha mãe do que aconteceu, meu estômago revirava.

No último dia de shivá, os homens também ficaram, comendo e bebendo, falando de demissões, do preço do carvão, do tempo — como se não fizesse nenhuma diferença o fato de Celia estar enterrada.

Eu os odiava.

Betty e Levine levaram os garotos para passear, e Mameh foi se deitar na minha cama no fim da tarde depois de lavar e guardar a última xícara. Papa pegou no sono dormindo no sofá.

Fiquei perto da janela sem enxergar a cor do céu nem as pessoas na rua. Celia estava morta, e eu não tinha o direito de pensar sobre mais nada. Eu a manteria na minha mente para sempre. Pararia de ir ao Clube Sabático e arrumaria um segundo emprego. Daria aos meus pais cada centavo, como Celia costumava fazer. Seria uma pessoa melhor. Seria uma garota diferente.

Alguém bateu à porta.

Papa acordou.

— Deve ser o Gilman — ele disse. — Addie, diga a ele que pago o aluguel na semana que vem.

Mas não era o dono do apartamento.

Rose estendeu um pequeno buquê de violetas.

– É de todas as meninas do clube – disse. Sua pele clara estava rachada por causa do vento. Gussie estava com um cachecol xadrez que cobria até o nariz. Helen estava com um chapéu vermelho. Irene pegou minha mão e não soltava. Filomena me deu um beijo em cada bochecha.

Parecia que as estava vendo pela primeira vez, e não podia acreditar em como elas eram lindas!

– Pegue seu casaco – Filomena disse. – Vamos levar você para tomar um ar fresco.

1917-18

FOI COMO ACORDAR DE UM PESADELO

Se não fosse pela Filomena, acho que não teria saído de casa após o trabalho nem nos fins de semana durante o inverno inteiro. Ela me arrastou para o Clube Sabático algumas vezes, mas eu realmente não estava preparada para ficar numa sala cheia de garotas felizes, então ela passou a me levar para as matinês de cinema aos domingos. Eu só queria ver filmes tristes, ou seja, vimos várias pessoas tossirem até morrer. Filomena sempre escolhia comédia.

– A vida já é dura o bastante – ela dizia.

Ela também me levava para o museu de arte. Naquela época, a entrada era gratuita. Eu nunca tinha ido, mas Filomena sabia onde ficava tudo. Sabia coisas interessantes sobre todas as pinturas e, quando ninguém estava por perto, ela passava os dedos pelas esculturas. Dizia que isso a fazia vê-las melhor.

Quando a primavera chegou, Filomena disse que escolheria uma semana para ir para Rockport Lodge. Eu disse a ela que não iria.

– Se o problema for dinheiro, posso ajudar – ela insistiu.

Quando eu disse que não era dinheiro, ela perguntou:

– É por causa da Celia?

Ouvir o nome dela me fez estremecer. Havia meses que não o ouvia. Acho que meus pais estavam sempre brigando por coisas idiotas – por nada, na verdade – porque tinham medo de dizer. Levine e eu falávamos apenas sobre o trabalho.

– A Celia iria querer que você fosse comigo – Filomena disse.

Ouvir o nome dela pela segunda vez não foi mais fácil, e eu descontei nela.

– Você não sabe o que a Celia iria querer. Nem eu sei. Eu nunca perguntei como ela estava se sentindo nem como era o dia dela. Eu a tratava como se fosse... uma cadeira.

Filomena sabia que eu me sentia responsável pela morte da Celia, e tenho quase certeza de que ela tinha descoberto que me atrasei para ir à casa dela naquele dia. Ela deve ter suspeitado de que eu estava com um homem, porque, quando me perguntou aonde eu havia ido nos dois sábados em que faltei nos encontros do clube, me atrapalhei e murmurei algo e provavelmente não olhei nos olhos dela. Talvez ela tenha até imaginado que foi Harold.

Filomena pegou minha mão e disse:
– Você sabe que ela amava você e queria que você fosse feliz, certo? Independentemente do que você acha que tenha feito.

Não podia ir contra o que ela disse, então não respondi nada.
– Addie, se você não for, eu também não vou e vou ficar arrasada. Você não quer que eu fique arrasada, quer? – Italianos são tão bons quanto judeus quando se trata de culpa.

Depois acabei cedendo, e a srta. Chevalier agendou para nós em julho.

Levine disse que eu certamente poderia ter uma semana de folga e, pela primeira vez desde a semana de luto da Celia, ele veio ao apartamento e disse a Mameh e a Papa que, por eu trabalhar tão bem, iria me dar férias. Além de tudo, meu cunhado era um homem íntegro.

Não havia como eu ficar completamente feliz por ir para Rockport Lodge por causa da ligação com Harold Weeks e com o que aconteceu por causa dele. Mas seria bom ficar longe da frustração estampada no rosto dos meus pais toda vez que a porta se abria, quando era eu que entrava e não Celia.

Dessa vez, fomos de trem – mais barato do que de barco. E assim que pisei na plataforma de Rockport, senti o cheiro do ar e o sol no rosto, foi como acordar de um pesadelo.

Chegamos à pensão, e eu adorei o fato de que tudo estava como antes: os pratos azuis, a poeira nas cadeiras da sala, as cortinas brancas em todas as janelas. A sra. Morse continuava grande como eu lembrava, e ainda havia manteiga na mesa em todas as refeições.

Filomena e eu ficamos com um quarto só para nós outra vez, o que foi maravilhoso. Quando estávamos guardando nossas coisas – dessa vez, eu estava com roupas extras e até com uma valise – ela disse:

– Quero pedir um favor para você.

– Vou pensar – eu disse, como se eu não fosse pular de um penhasco se ela pedisse.

A srta. Green havia lhe dado uma carta de apresentação para uma artista que tinha uma casa de veraneio nas redondezas.

– Estava pensando em ir lá amanhã enquanto as outras meninas estão na igreja. Ela mora na Old Garden Road.

Era a rua onde ficavam todas as mansões. Eu disse:

– Tente me impedir.

Subimos e descemos a quadra à procura do número no envelope até Filomena perder as estribeiras.

– Talvez o endereço esteja errado – ela disse. – É provavelmente cedo demais para chamar e, de qualquer forma, essa mulher estudou em alguma escola de arte chique em Nova York e acha que eu sou só alguém que pinta flores em louças como uma senhora sem talento que não tem nada melhor para fazer.

Mas eu encontrei a casa. Era difícil vê-la da estrada porque era preciso descer uma série de degraus íngremes de granito no barranco de frente para a água. Não se parecia em nada com os castelos luxuosos do outro lado da rua. Era pequena e coberta com telhas de madeira cinza sem pintura, que só se viam em cabanas de pescadores naquela época. A porta fora pintada de vermelho-brilhante – Filomena chamava de vermelho-chinês – e estava totalmente aberta.

Podíamos ver o interior até uma parede feita de espelhos, com uma porta de vidro e uma pequena sacada que parecia estar flutuando sobre a água. As paredes eram amarelo-brilhantes e havia vigas de madeira no teto; um homem não muito alto poderia estender o braço e tocar. Que *artistique*!

Filomena bateu à porta algumas vezes e, como ninguém atendeu, ela disse:

— Vamos embora.
Mas eu estava morrendo de vontade de ver que tipo de pessoas moravam num lugar daqueles, então gritei:
— Tem alguém em casa?
Uma mulher respondeu imediatamente:
— Pode entrar, pode entrar, pode entrar — como se estivesse cantando.
Eu quase ri quando a vi, porque era praticamente um desenho animado de uma melindrosa. Os olhos dela estavam sujos de *kohl*, um cosmético do Oriente usado para escurecer as pálpebras, e o cabelo estava curto e molhado, o que a fazia se parecer com uma foca. O esmalte das unhas dos pés dela era de um tom esquisito de laranja, e ela usava uma camisa masculina sem mangas e uma calça enrolada até os joelhos. Achei que deveria ter a idade da Filomena.
— Desculpem-me pelo estado em que estou — ela disse. — Mas quem são vocês?
Eu disse que éramos Addie Baum e Filomena Gallinelli.
— Filomena? — ela perguntou. — Que nome singular! Eu sou Leslie Parker, mas estou tentando fazer as pessoas me chamarem de Lulu.
Filomena lhe entregou a carta.
— Você conheceu a minha professora, Edith Green, em Nova York no verão passado e a fez prometer que eu visitaria você quando estivesse em Rockport.
Leslie franziu o nariz.
— Edith Green? Não me recordo.
— Vocês falaram de revestimento.
Ela se lembrou.
— Ah, a moça das *cerâmicas*! Mas olhem só para nós aqui em pé como um bando de cavalos. Sentem-se, sentem-se. —
Acenou em direção ao sofá e ficou nos fitando com seus olhos pretos como os de um guaxinim e me perguntou se eu também mexia com cerâmica.

Filomena disse que não, que eu estava na pensão com ela.

– Você a trouxe para proteger você, caso eu fosse uma pessoa excêntrica, não é? E acho que sou. Mas me falem mais de vocês: sobre o trabalho, a vida amorosa.

Nunca havia visto Filomena tão desconfortável e falando tão formalmente.

– Eu trabalho com a srta. Green na Olaria da Salem Street. A srta. Green é instrutora na escola do Museu de Belas Artes e ilustradora de livros infantis, com vários livros publicados.

– Eu me lembro dela perfeitamente – Leslie gritou. – Ela trabalha com o estilo de William Morris, *n'est-ce pas? Arts and Crafts*. Muito fofo, mas eu sou louca pelas cerâmicas africanas. As máscaras e as esculturas. Chocantes, não acham?

Era quase possível ver fumaça saindo das orelhas da Filomena – não que Leslie tenha percebido. Ela estava remexendo uma pilha de revistas e papéis na mesa de centro.

– Graças a Deus – ela disse, erguendo um maço de cigarros.

– Addie, querida, está vendo meu isqueiro em algum lugar?

Mesmo naquela época, ainda não era comum que mulheres fumassem – pelo menos, não as que eu conhecia, então perguntei se a família dela não se importava com os cigarros.

Leslie respondeu como se ser órfão fosse um pequeno detalhe, como perder as chaves.

– Os meus pais morreram quando eu era bebê. O meu tio tem cuidado de mim desde então; um homem maravilhoso e dedicado. Ele volta semana que vem.

– Mas é tão perfeito vocês estarem aqui agora. O tio Martin comprou uma roda de oleiro e uma estufa há alguns meses. Ele perdeu o interesse depois de dez minutos, como sempre, mas todas as coisas estão ali no fundo e, espero que não se importe, Filomena querida, mas poderia fazer algo para o ateliê? Um amigo meu vem aqui esta tarde. Talvez tenha ouvido falar dele? Robert Morelli? A maior parte do trabalho dele é com bronze, mas ele também mexe com argila.

Filomena ficou em pé.

– Eu adoraria.
– É só sair pela porta da cozinha, à esquerda – disse Leslie.
– Quer que eu mostre o caminho?
– Nós o encontraremos – Filomena disse. – Vamos, Addie.
Ao chegarmos lá fora, disse:
– Que mulher é essa?
Filomena ficou furiosa.
– Ela é horrível. Ouviu como ela falou da srta. Green? Quem já ouviu falar de Leslie Parker? E como fala! Pensei que nunca fosse calar a boca.
O "ateliê" era apenas um galpão, uma caixa de madeira de três metros quadrados tão abafada e empoeirada que nós duas espirramos quando Filomena abriu a porta. Ela deu uma espiada nos barris de argila e examinou as ferramentas e esponjas secas.
– A maioria nunca foi utilizada.
Quando ela descobriu a roda de oleiro, soltou um suspiro.
– É novinha! – Ela pôs o disco de pedra, e começou a girar.
– A srta. Green contrata homens para trabalhar com as rodas e as estufas; eu nunca nem encostei em uma antes.
Leslie enfiou o rosto por entre a porta e perguntou:
– E então? Qual o veredito?
– Eu mataria alguém para poder trabalhar aqui. – Filomena disse.
– Quem você mataria exatamente? – Leslie questionou. – Não responda. Você acha que este local é adequado?
– Parece bom, mas você precisa deixar os barris bem tampados; seria uma pena se toda a argila estragasse. – Leslie agradeceu a Filomena e disse a ela para usar o local o quanto quisesse. – Vê se não desaparece.
Quando voltávamos para a pensão, eu disse:
– Você não foi mesmo com a cara da Leslie, não é?
– Não vá me dizer que gostou dela.
Fingi que fumava um cigarro imaginário e tentei imitar a voz dela.

— Você tem que admitir que ela era divertida.
— Ela se acha. E tem aquela casa inteira só para ela enquanto minha irmã cria cinco crianças em um apartamento de dois cômodos. Sem falar em todo o equipamento sendo desperdiçado. Não é justo! Então eu disse para ela ir usar o ateliê.
— Vê se não desaparece.
— Bem que ela podia desaparecer – ela desabafou. – Além disso, não acreditei numa palavra sequer que ela disse.

▼

No dia seguinte, estava chovendo e frio, ou seja, não podíamos sair. Filomena disse:
— Espero que não nos faça brincar de "o que é o que é" o dia todo. – Ela odiava jogos.
No café da manhã, a srta. Case veio à nossa mesa e entregou um envelope grosso para Filomena.
— Acabou de chegar – ela disse baixinho. – Tomara que não sejam notícias ruins. – Nós corremos para o andar de cima para abrir no quarto, mas dentro havia apenas o desenho a lápis de um passarinho.
— O que isso significa? – perguntei.
— É o desenho de uma coisa que fiz ontem enquanto mexia num pedaço de argila. Era para eu ter posto de volta no barril.
— A Leslie fez isso?
A Filomena apontou para as iniciais no canto: RM.
— Vamos encontrá-lo – eu disse. – Não há muito mais para fazer com este tempo, e prometo que protejo você da Leslie.
A porta da frente estava fechada, mas abriu-se assim que bati, como se alguém estivesse nos esperando.
Ele precisava fazer a barba – havia um pó branco sobre sua roupa inteira e seu cabelo estava começando a ficar grisalho. Mas ele era o homem mais lindo que eu já vira pessoalmente.
Apertou a mão da Filomena e disse:

– Você deve ser a Filomena, filha da luz, mártir virgem, protetora de todos os inocentes. – Ele sorriu feito um astro de cinema. – Não fique surpresa. Era o nome da minha avó.

Depois, apertou a minha.

– Você deve ser a Addie. Leslie me disse que você é profunda, o que significa que você não é de demonstrar sua opinião, então ela não faz ideia de quem você é.

Ele se apresentou como Bob Morelli e disse que Leslie tinha ido à cidade para comprar tinta e pão e que voltaria logo.

– Mas venham para o galpão enquanto isso, quero mostrar uma coisa a vocês.

O lugar tinha sido aberto para ventilar, e cada centímetro tinha sido espanado e esfregado. As ferramentas estavam limpas e organizadas em linha reta, e uma pequena escultura de um pássaro – aquele do desenho – estava na borda da janela, em cima de um ninho feito de fios finos de argila.

Filomena a pegou.

– Sem ovos?

– Você não fez um passarinho macho – ele disse. – Ela está esperando por ele. – Ela o fitou por um momento e deu de ombros.

– O que é isso? – perguntou Filomena, apontando para o saco de aniagem sobre a roda de oleiro. Morelli o ergueu e disse:

– Só não me diga que uma criança de seis anos poderia ter feito.

É exatamente isso que eu teria dito. Era uma tigela, eu acho, lisa e redonda na parte inferior, porém quadrada e disforme na superfície.

Ele passou o polegar em volta da borda.

– É para parecer rústico. Nem sempre os japoneses insistem na simetria. Às vezes, põem fogo nas coisas para que elas pareçam chamuscadas.

Filomena parecia ofendida.

– Não conheço arte japonesa.

– Conhece, sim! Algumas das linhas da Edith Green são muito *japonais*. E compartilham de um tipo de serenidade, eu acho.

– Acho que o que fazemos é lindo.

– Claro que é – ele disse. – Leslie não sabe diferenciar uma bunda de um cotovelo quando se trata de cerâmica. Talvez ela seja uma pintora decente algum dia – ótima não, mas boa. De qualquer maneira, ela só tem vinte anos. Quantos anos você tem, se me permite a pergunta?

– Você não deveria perguntar isso – ela falou, e depois disse que faria "vinte e um".

– *Srta.* Gallinelli. Solteira, vinte anos e passeando por aí sozinha, hmmm – ele disse. – Isso quer dizer que seus pais estão mortos, e você não tem irmãos.

Filomena riu.

– Acho que você é realmente italiano.

– O que posso dizer para fazer você gostar de mim? – perguntou.

– Não sei – ela disse. – Quantos anos você tem?

– Vou fazer trinta e cinco. Sou velho.

– Solteiro ainda?

– Minha esposa e eu não moramos mais juntos.

Filomena fechou a mão em volta do passarinho de argila e o esmagou.

– Ai! – ele disse.

Não entendi o que estava acontecendo e tentei pensar em algo para dizer. Por sorte, Leslie entrou de supetão com um bando de sacolas entulhadas.

– A turma toda está aqui – ela disse. – O Bob me disse que fiquei empolgada com a sua cerâmica, Filomena. Como ele disse? "Resistirá ao teste do tempo." Apesar dos meus pobres esforços, ele não chegou a dizer nada, mas eu sei o que ele pensa.

Um pão caiu no chão, e Leslie esparramou uma sacola de pêssegos enquanto ia buscá-los.

– Trouxe almoço – ela disse. – Mas não fiquem muito empolgados. Vou só abrir algumas latas, como sempre.

– Eu ajudo – Filomena disse, mas Morelli pôs a mão no cotovelo dela. – Não gostaria de experimentar a roda?

– Experimente, Addie – Leslie falou. – Vamos deixá-los brincar com lama. Nós vamos nos divertir.

E eu realmente me diverti. Imediatamente, Leslie me convenceu a experimentar uma calça, que era tudo que ela parecia ter. No fim das contas, foi muito além de uma brincadeira de trocar de roupa. Quando a vesti, meu corpo parecia todo diferente, e eu queria ver o que poderia fazer. Dei passos gigantescos em volta da sala, me sentei de pernas cruzadas e rolei no chão. Acabei na frente do espelho.

Não queria tirá-la, e não era só uma sensação física. Eu disse a Leslie:

– Isso me dá vontade de tentar andar de bicicleta, patinar no gelo e todas essas coisas.

Ela me perguntou quais coisas. E sabe o que saiu da minha boca?

– Eu iria para a faculdade.

Ela perguntou se eu queria ser professora ou enfermeira ou algo assim.

– Não tenho certeza do que quero fazer – respondi.

– Não importa. Você descobrirá quando estiver lá – ela disse, como se fazer faculdade fosse tão fácil quanto caminhar pela cidade.

Quando disse a ela que nem tinha terminado o colégio, ela perguntou:

– Você conhece a Escola Ayer? Meu tio Martin poderia falar de você se eu pedisse.

Ayer era uma escola preparatória para faculdade em Boston.

– Duvido que se interessariam por uma garota judia.

Ela disse:

– Ah, querida! Pensei que Baum fosse sobrenome alemão. Não que isso faça diferença alguma para mim. Tenho vários amigos que são... Digo, metade dos instrutores no Instituto de Arte de Nova York são... – Ela parou. Não era educado usar a palavra "judeu" naquela época. Então ela disse:

– Deve haver outros lugares.
– Há a Faculdade Simmons – eu disse. – Eles aceitam até as irlandesas, se é que imagina.
Isso a irritou.
– Não tente bancar a esnobe comigo. Há vários motivos para mulheres não fazerem faculdade, sejam irlandesas, hotentotes ou de onde quer que seja. Ninguém se importa se uma garota estuda ou não. Na verdade, é mais fácil não se importar. Mas isso não deveria impedir alguém que está saracoteando por aí de calça e contando seus pensamentos mais interiores para uma completa desconhecida.

▼

Quando Morelli e Filomena entraram para se lavar, ela riu ao me ver com as calças da Leslie. Eu disse:
– Leslie acha que um dia as mulheres vestirão calças.
– As ceramistas sérias já usam. – disse Morelli.
Leslie trouxe uma bandeja com pêssegos, bolachas e ovos cozidos, mas Filomena estava empolgada demais para comer.
– No começo foi bastante difícil – contou. – Fiz algumas bagunças colossais, e uma delas saiu voando da roda e foi parar do outro lado da sala. Já estava prestes a desistir, mas Bob não deixou. Então, de repente, peguei o jeito, e ele deixará na estufa a última tigelinha que eu fiz.
– Ela aprende rápido – ele disse.
– Ele é um bom professor – ela comentou.
Pareciam mais relaxados. Ele não a estava fitando mais, e ela não conseguia parar de falar sobre a sensação da argila girando entre seus dedos. Talvez eu estivesse errada em pensar que estiveram flertando. Além do mais, Filomena era esperta demais para se apaixonar por um homem casado.
Morelli se levantou e foi até a porta da sacada.
– Vou sair para fumar.

Filomena removeu a argila debaixo das unhas, tirou o pó da saia, limpou a garganta e seguiu-o lá para fora.

– O amor está no ar – Leslie disse.

– Mas ele é casado! – protestei.

Ela deu de ombros.

– A esposa dele é doida de pedra – um verdadeiro pesadelo! Eles estão separados há anos, mas ele não quer pedir o divórcio por causa do garotinho. Bob é o último de uma espécie em extinção – um verdadeiro cavalheiro.

Não podia acreditar que ela estava falando sobre adultério como se não fosse nada de mais. Como se Filomena não fosse se magoar – ou coisa pior.

Quando eles entraram, eu disse que era hora de voltarmos para a pensão.

Em vez de me responder, Filomena se virou para Morelli, que olhou para o relógio de pulso e disse:

– Preciso ir à cidade para dar o telefonema sobre o qual falei para você.

Então ela disse:

– Tudo bem, Addie, vamos.

Filomena ficou em silêncio no caminho de volta, então fiquei tagarelando sobre como era usar calça e a minha conversa com Leslie sobre fazer faculdade.

– Eu sei que você não gosta dela – eu disse – mas ela não é tão ruim assim.

Quando chegamos à varanda, Filomena parou antes de entrarmos e disse que voltaria mais tarde.

– E amanhã também. Não preciso de outra caminhada por Dogtown.

Mas, no dia seguinte, não seria caminhada; seria passeio de escuna por Cape Ann, e havíamos falado sobre como seria divertido.

Filomena simplesmente deu de ombros.

– Ele é casado – eu disse.

– O que isso tem a ver com o fato de eu estudar com ele?

Eu queria chacoalhá-la, dizer para ela não ser burra e que isso iria acabar mal. Queria dizer: "Acha mesmo que ele se importa com cerâmica? Por que não vê que é um sem-vergonha, igual a Harold Weeks?".

Mas tudo isso ficou na minha mente. O que eu disse – e saiu num tom puritano e bravo – foi apenas:

– O que dirá a srta. Chase?

A resposta dela foi tão fria quanto.

– Não perderei a chance de aprender com um mestre.

Foi horrível. Nunca tínhamos falado uma com a outra daquele jeito, então tentei animar um pouco as coisas.

– Suponho que não faça mal o fato de o professor se parecer com Rudolph Valentino.

Filomena não achou isso engraçado.

– Sei o que estou fazendo.

▼

Não a vi muito pelo restante da semana. Ela saía antes do café da manhã e só voltava um pouco antes de as portas serem trancadas. Houve uma noite em que nem voltou. Fiquei preocupada com ela, mas, acima de tudo, fiquei brava.

Eu tinha imaginado que ficaríamos acordadas até tarde conversando – e ela também. O assunto nunca acabava e, mesmo quando falávamos de outras pessoas, nunca era fofoca. Sempre tinha a sensação de que me entendia melhor depois que passávamos um tempo juntas. E o jeito como ela ria dos meus gracejos e me agradecia pelas minhas opiniões me fazia pensar que talvez eu fosse tão esperta e engraçada como ela dizia.

Mas ela havia escolhido ficar com Morelli em vez de ficar comigo.

Acho que fiquei mais magoada do que brava, mas saí num mau humor tão grande que Irene me deu uma garrafa do tônico Lydia Pinkham's e disse:

– Acho que ou você está constipada ou está com cólica.
– Você não acha que isso funciona, acha? – perguntei.
– Seja lá o que estiver incomodando, aí há álcool suficiente para animar você.
Decidi não desperdiçar o restante das minhas férias me preocupando com Filomena e aproveitei tudo que tinha para fazer: tênis de grama, croqué, baralho, charadas, é só dizer. A única coisa que não fiz foi ir ao baile; disse a todas que estava com uma dor de cabeça terrível naquela noite.
Depois que Filomena desapareceu, muitas meninas ficavam sussurrando e olhando fixamente para a nossa mesa. Gussie tirou a cadeira vazia – da Filomena –, nos sentamos mais próximas e fingimos que nada mudara. Alguém viu Filomena caminhando com Morelli na Main Street, e a srta. Case parou de falar com todas do Ensopado das Malucas, como se fosse nossa culpa.
Só fomos falar sobre Filomena entre nós na manhã de sexta, quando Rose perguntou:
– Acha que é possível que ela apareça no banquete de hoje à noite?
– Acho que não ela não tem tanta cara de pau assim – respondeu Gussie.
– Aposto que ela viria se Addie a chamasse – disse Irene.
Helen entrou na conversa:
– Você a chamaria?
Todos estavam olhando para mim quando Rose disse:
– Sabe, Helen se casará neste ano, então seria a última vez com todas nós juntas na pensão.
Não poderia dizer não para isso, e a verdade era que eu estava feliz por ter uma desculpa para vê-la.
A porta da Leslie estava aberta, então eu entrei e encontrei Filomena e Morelli sentados num dos sofás. A cabeça dela estava sobre o ombro dele, e ele estava passando a mão pelo cabelo dela.
– Olá, Addie. – ele disse.

UM PEQUENO JABUTI XERETA VIU DEZ CEGONHAS FELIZES

Levine mudou o ramo da empresa de *chemisiers* femininos para camisas masculinas. A maior parte das vendas dele eram locais, mas alguns dos clientes eram lojistas judeus do sul. O dia em que ele recebeu um pedido escrito à máquina de uma cidade pequena no Alabama, decidiu que enviar faturas escritas à mão o fazia parecer pequeno. Então comprou uma máquina de escrever de segunda mão e me disse que eu deveria fazer aula de datilografia para usá-la "profissionalmente".

Datilografar não era o que eu tinha em mente para minha primeira aula noturna, mas era algo bom de se saber e significava que poderia sair à noite sem discussões. Melhor ainda, havia uma aula de inglês logo em seguida.

A aula de datilografia era numa sala apertada de teto baixo no andar subterrâneo do colégio onde eu deveria ter me formado. Os vintes lugares estavam ocupados e, exceto por duas garotas americanas, o restante eram filhas de imigrantes como eu.

A professora era a srta. Powder, uma senhorita alta e magricela – não conseguia saber se ela tinha vinte e cinco ou quarenta e cinco anos. Ela ficava ereta feito uma vassoura, e seu cabelo ficava amarrado para trás num pequeno coque no topo da cabeça.

Antes mesmo de tocarmos nas máquinas, ela falava como se esperasse que fôssemos uma decepção.

– Nenhuma de vocês levará este conselho a sério, mas não há nada mais importante para uma datilógrafa do que a posição das mãos e a postura – ela disse. – Uma espinha ereta resulta em exatidão na página. Ficar curvada é sinal de desleixo.

Além disso, os homens farão certas *suposições* sobre meninas que ficam curvadas.

A srta. Powder andava pela sala enquanto praticávamos, batendo nas nossas mãos se não estivessem exatamente na posição certa e empurrando nossos ombros para trás. Assim que aprendemos o básico, ela trouxe um cronômetro e um sino para medir quantas vezes conseguíamos datilografar em dois minutos a seguinte frase: "Um pequeno jabuti xereta viu dez cegonhas felizes".

O sino deixava todas nervosas, menos Maureen Blair, uma linda irlandesa morena que era a melhor da sala. Eu era a segunda melhor, e a srta. Powder nos usava de exemplo para as outras. Ela sempre punha a culpa dos erros delas na postura, mas eu achava que tinha mais a ver com o fato de a maioria delas mal saber ler.

Uma noite, a srta. Powder foi com o cabelo tão puxado que os olhos dela se pareciam com os de uma chinesa. Ela estava uma fera.

– Vocês verão uma cadeira vazia nesta noite – ela disse. – A srta. Blair me informou que, como agora está noiva, não *precisa* continuar.

– Imagino que nenhuma de vocês pensa em fazer algo tão... tão... – Ela não conseguia pensar numa palavra forte o suficiente. – Quando penso nas pobres meninas que foram recusadas por causa de alguém como *aquela*. – Eu acho que a srta. Powder não se sentiria tão ofendida se Maureen Blair tivesse matado a mãe dela.

Depois da aula de datilografia, subi as escadas correndo até o segundo andar para assistir à aula sobre Shakespeare. Acho que não teria escolhido uma aula inteira sobre apenas um escritor, mas era minha única escolha e, no fim das contas, foi boa. Estranha, porém boa.

O professor era o sr. Boyer, um homem baixo e rechonchudo com olhos azul-claros e um bigode branco e grosso. Tinha uma voz grave e falava como se cada palavra iniciasse com letra maiúscula.

É um privilégio apresentar-lhes ao melhor escritor da história da língua inglesa – Eliot. – Algum de vocês teve o prazer de ver a obra do bardo inglês no palco?

Ninguém tinha.

– Que pena! – ele disse. – Nesta aula, pelo menos, vocês ouvirão as palavras imortais de uma das grandes obras dele, a tragédia de *Romeu e Julieta*.

Então ele abriu um livro e começou a ler a peça e não parou até o sino tocar. Na aula seguinte, ele continuou de onde havia parado. Fez o mesmo na próxima.

No começo, não entendi muito do que estava acontecendo, havia muitas palavras que eu nunca tinha ouvido antes, e tive problemas com todos aqueles nomes. Mas era como ouvir música – o sr. Boyer lia com muito sentimento – e, de alguma forma, após um tempo, começava a fazer sentido.

– Quando ele terminou a peça, havia apenas dez alunos dos vinte e cinco que começaram. Um momento depois de fechar o livro, Sally Blaustein se lamentou:

– Os dois morreram? Depois de tudo isso? – Eu me senti exatamente da mesma maneira.

– O resto de vocês – Boyer respondeu. – Não se incomoda tão – ele disse, e então, sem qualquer explicação, começou a ler a peça toda outra vez.

Mas, dessa vez, ele parava após cada cena e nos obrigava a fazer perguntas sobre o que ouvíramos.

Eu aprendi muito com aquelas perguntas – não só sobre a peça, mas sobre as outras pessoas da sala também. Iris Olshinsky pediu ao sr. Boyer a definição de várias palavras – às vezes, das mais simples, e, geralmente, mais de uma vez. Ele nunca ficava irritado nem impaciente com ela nem com qualquer um de nós. Na verdade, parecia ficar feliz quando alguém perguntava qualquer coisa.

Mario Romano parecia não gostar de nenhum personagem, a não ser da Ama. Sally Blaustein sentia pena de todos, mas principalmente de Páris, que também morreu por amor.

Ernie Goldman queria entender os fatos: quem era Capuleto e quem era Montecchio? Havia mesmo uma droga que faria todos acharem que você estava morto sem estar? Eu perguntava sobre a Julieta; em algumas cenas, achava-a maravilhosa; em outras, uma idiota.

O sr. Boyer organizou o tempo de tal forma que deixou a leitura da última cena para o último dia de aula. Mesmo com todos nós sabendo o que aconteceria, houve suspiros quando Romeu pegou a adaga e lágrimas quando Julieta acordou e descobriu que ele estava morto. Quando ele chegou à última palavra da peça, eu me senti um trapo.

O sr. Boyer chamou Ernie, entregou-lhe uma pilha de papéis e anunciou:

— O sr. Goldman distribuirá o exame final de vocês.

Ele não havia falado de um exame final antes. A nossa expressão deve ter sido de terror total.

— Não precisam ficar preocupados, meus amigos — ele disse. — Tudo que peço é que apresentem a pergunta que mais deixou vocês intrigados ou confusos acerca da peça.

Parecia fácil o bastante, e todos terminaram em alguns minutos. Mas quando Ernie começou a recolher os papéis, o sr. Boyer o interrompeu e disse — na verdade, ele nem chegou a "dizer" nada. Se ele não estava lendo a peça, ele geralmente *proferia* ou *declamava* as palavras —, mas dessa vez abaixou o tom de voz como se estivesse nos contando um segredo.

— Mais uma coisa, meus amigos. Favor responder suas próprias perguntas.

Todos foram direto ao trabalho, mas eu congelei. "A Julieta era uma grande heroína ou uma garotinha idiota?" Eu não poderia simplesmente escolher uma opção ou a outra e não via como dizer que ela era as duas ao mesmo tempo, como fiz com Paul Revere.

Outras pessoas estavam entregando suas provas, e eu ainda não tinha escrito uma palavra. Estava começando a entrar em pânico até que, repentinamente, lembrei-me do meu pai dizendo que os judeus respondiam perguntas com outras perguntas. Então foi isso que fiz.

"Julieta era uma poeta melhor que Romeu? Se Julieta soubesse de Rosalina, ela ainda amaria Romeu? Julieta deveria ter dado uma chance a Páris? Por que o amor é tão perigoso para Julieta? Por que os pais de Julieta são tão cegos? Ama era amiga ou inimiga de Julieta? Julieta teria se matado se tivesse vinte e cinco anos em vez de treze?"

Nós nos sentamos e assistimos ao sr. Boyer ler nossas provas. Ele acenava e balançava a cabeça, franzia o cenho, ria um pouco e suspirava muito.

Ao terminar, disse:

– Meus parabéns a vocês, a cada um de vocês, por completarem o curso. Todos receberão a nota mais alta que posso dar. E agora, senhoras e senhores, podem ir. Uma doce tristeza para vocês.

Esperei para ser a última a sair da sala para lhe agradecer e para perguntar qual aula ele daria no próximo semestre e se eu podia assistir.

– Fico lisonjeado – ele disse, porém iria se aposentar. Eu tinha feito a última aula que ele daria. – Isso explica meus métodos nada ortodoxos – revelou. – Agora estou além da reprovação. Mas gostaria de lhe deixar uma tarefa, se me permite.

Eu disse que sim, certamente.

Ele me mandou ver a peça "montada". Sabe, no palco, ao vivo. Ele disse que tinha certeza de que eu entenderia Julieta se a visse caminhando e respirando e falando a poesia dela.

– Você pode até passar a gostar dela.

Vi *Romeu e Julieta* talvez vinte vezes desde então: filmes, na Broadway, até em apresentações de escola. Lembra-se de quando levei você para ver em Berkshires, debaixo das árvores? Agora adoro a Julieta, mas, toda vez, entendo algo de diferente sobre ela. Talvez seja por isso que Shakespeare é um gênio, não acha?

Ir parar na aula do sr. Boyer foi um dos melhores acidentes que já aconteceram comigo. Quando comecei a lecionar, me lembro da maneira como ele falava conosco, e sabe de uma coisa? Se você abordar cada pergunta como se nunca a tivesse ouvido antes, seus alunos têm a sensação de que você os respeita, e todos aprendem mais. Inclusive a professora.

ACHO QUE DEUS TAMBÉM CRIOU A MARGARET SANGER

O Clube Sabático estava mudando. Garotas mais jovens se juntaram, outras mais velhas se casaram e desapareceram, inclusive Helen, que se mudou para Fall River, o que era uma viagem árdua naquela época. Filomena ainda trabalhava para a srta. Green, mas ela havia parado de ir aos encontros. Gussie disse que Morelli estava lecionando arte em Boston; eu não sei como ela descobriu essas coisas, mas descobriu.

Irene e Rose ainda iam regularmente ao Clube Sabático e continuavam as melhores amigas de Rockport Lodge. Dividiam um quarto em South End, e Rose arrumou um emprego para Irene de telefonista na empresa telefônica onde ela trabalhava. Irene sempre tinha histórias bem interessantes sobre as conversas que ouvia.

— Rose nunca ouve, mas ela é boa demais para este mundo — Irene disse. — Se eu não ouvisse escondida, morreria de tédio. — Irene sempre me fazia rir.

Mas, num sábado, quando eu estava a caminho da reunião – deve ter sido na primavera porque estava claro – vi a Irene correndo em minha direção e percebi que havia algo de errado. A primeira coisa que me veio à cabeça era que Rose estava doente. Para uma garota tão grande e forte, ela vivia com resfriado e dor de cabeça demais. Mas não era Rose.

Num fôlego, Irene me disse que Filomena fora ao quarto delas naquela tarde, pálida feito um fantasma, e perguntou se podia descansar ali por algumas horas. Mas, após um tempo, começou a ter terríveis dores na barriga.

– Por que não chamou a irmã dela? A Mimi? Ela iria querer saber que a Filomena estava passando mal – perguntei.

Irene pôs as mãos em volta da minha orelha e sussurrou:

– Ela disse para não chamar ninguém. Ela tinha feito uma coisa consigo mesma para não ter o bebê.

Acho que não tinha ouvido ninguém dizer a palavra "aborto", mas eu sabia exatamente do que Irene estava falando.

Quando uma mulher "perdia" um bebê, havia duas maneiras diferentes de se falar sobre isso. A primeira era com tristeza. As pessoas diziam algo como "coitadinha", e contavam histórias sobre o que aconteceu com a prima ou a melhor amiga que queria um bebê havia anos.

O outro tipo de "perda" fazia as pessoas fecharem a cara e morderem os lábios.

– Como ela está? – sussurravam, às vezes como se estivessem preocupados, outras vezes como se ela fosse a escória do mundo. Quando a sra. Tepperman, que morava descendo a quadra, morreu após "perder" um bebê, houve um rumor de que não queriam deixar que ela fosse enterrada num cemitério judeu, como castigo. Não era verdade, mas isso demonstra como as pessoas pensavam.

– Talvez seja melhor levá-la a um hospital – falei.

– Sabe o que fazem com garotas que dão entradas assim? – Irene disse. Ela tinha razão. Eu tinha ouvido que as meninas eram amarradas à cama enquanto um padre ou policial

Não havia muito o que fazer a não ser esperar por Betty. Rose deu leves tapinhas na testa da Filomena com um pano úmido, e Irene pôs gotas de água entre os lábios dela. Eu segurei sua mão. Nós três geralmente vivíamos conversando, mas não dissemos uma palavra sequer.

Filomena gritou ao acordar e me ver. Eu disse que tudo estava bem, que uma enfermeira estava vindo para ajudá-la e que ela não precisava se preocupar. Eu não acreditava numa palavra que estava dizendo, mas isso pareceu acalmá-la.

Filomena estava dormindo quando Christiane chegou. Ela era franco-canadense e parecia um anjo de uniforme branco, mas foi direto ao trabalho. Após verificar o pulso, nos fez ajudá-la a levar Filomena ao banheiro e a entrar na banheira.

Christiane me entregou uma pilha de panos pequenos de algodão e me mandou enrolá-los o mais apertado possível. Misturou alguma coisa numa garrafa com água quente com um tubo na ponta. Depois olhou nos olhos da Filomena e disse:

– Tente relaxar, minha amiga. Não demorará muito. Respire fundo. Conte até cem.

O rosto de Filomena parecia uma máscara, fitando o teto enquanto o líquido entrava nela, e o sangue jorrava. Christiane a elogiou e disse que ela estava se saindo muito bem. Não demorou muito, como ela havia dito. Mas estávamos exaustas. E Filomena? Acho que ela só soltou o maxilar depois de pegar no sono.

Depois de a colocarmos na cama, Christiane levou a mim, Rose e Irene até o corredor e disse que tínhamos de manter Filomena quieta, alimentá-la com sopa e chá e não deixá-la sair da cama por dois dias.

– Acho que ela usou alvejante – Christiane disse. – Pelo menos não se espetou com um picador de gelo. Ah, sim, já vi isso. Quando acontece, é terrível. Mas eu acho que a amiga de vocês ficará bem. Ainda bem que me acharam rapidamente.

Cheguei em casa bem tarde. Papa estava dormindo, então Mameh não podia fazer um escândalo, e eu saí da casa antes de o sol nascer para ver como Filomena estava.

Elas estavam dormindo – Rose e Irene – numa cama para que Filomena ficasse com outra só para ela. Ela estava pálida, mas respirava normalmente. Quando acordou, segurou minha mão e sussurrou:

– A enfermeira veio aqui agora há pouco. Ela disse que eu tive sorte. Eu disse que você foi a minha sorte, vocês três e sua irmã. Nem cheguei a conhecer Betty. Não estaria viva se não fosse por ela. Ou por você. Principalmente por você, Addie. Passei o dia inteiro com ela. Filomena sentiu muitas dores pela manhã, mas, à tarde, estava melhor. Enquanto cochilava, Irene disse:

– Você sabe que há maneiras de evitar que isso aconteça. Tenho um panfleto que fala sobre isso.

Rose fez o sinal da cruz.

– Que Deus perdoe você.

– Acho que Deus também criou a Margaret Sanger – disse Irene. – Minha mãe teve cinco bebês em seis anos e morreu dando à luz o último, que também morreu. Não vou ter mais do que dois filhos. Vou emprestar o folheto para a Filomena quando ela estiver recuperada. Você também deveria lê-lo, Addie.

– Não se preocupe comigo – falei. Depois de ver o que Filomena tinha passado e dos meus *encontros secretos* com Harold Weeks, eu achava que jamais faria sexo.

▼

Filomena decidiu se mudar para Taos, no Novo México, com Bob Morelli. Tentei convencê-la a ficar, mas ela havia tomado sua decisão.

– Tenho quase certeza de que Mimi percebeu o que aconteceu comigo, o que significa que todas as minhas irmãs sabem. Elas ficarão aliviadas se eu for embora.

Não acreditei nela, mas ela disse que se ficasse não poderia ser a tia solteirona invisível que some na cozinha quando chega visita.

— Algo assim sempre acaba chegando aos ouvidos de alguém — ela contou. — É melhor assim.
Para mim, não era.
Eu a fiz prometer que escreveria, mas artistas são artistas, não escritores. Mas ela mandava cartões-postais. Vários cartões-postais — às vezes quatro por mês. Tenho duas caixas de sapato cheias deles: imagens de montanhas e rios, de índios em cavalos e mulheres tecendo mantas. Filomena escrevia como se estivesse mandando telegramas.

Mudei para casa pequena.
Vendi cerâmica.
Comprei pulseira de prata.

Ela sempre terminava da mesma maneira.

Saudades. Venha visitar.

PODE BEIJAR A NOIVA

Meu pai acreditava que Celia estaria viva se não tivesse casado com "aquele ladrão". Então, quando Betty anunciou que iria se casar com Herman Levine, Papa o xingou de tudo quanto é nome. Em iídiche há muitas opções.
— Ele enterrou uma filha minha e quer outra? O corpo da sua irmã nem esfriou.
— Faz um ano — Betty protestou.
— Eu proíbo.
Betty abaixou a cabeça como se fosse um touro, algo que ela fazia quando estava brava.

a sinagoga inteira de Papa. Chegamos um pouco cedo, então ele nos levou para conhecer o local.

O santuário era enorme. Havia uma cúpula no teto alto e uma abóbada com trompetes dourados pendurados no púlpito. Levine disse que era para que se parecesse com o Templo de Salomão. Mameh disse que era lindo. Meu pai não disse nada, mas como ficava fazendo estalos com a língua e resmungando, nem precisava.

A cerimônia não foi no santuário, ainda bem – teríamos nos sentido como formigas. Foi na sala do rabino, que não era nenhum cubículo, acredite em mim. Eu me lembro de um vaso grande de flores e de livros até o teto.

O rabino era mais jovem que o noivo, não tinha barba nem usava quipá. Apertou nossas mãos e perguntou algo em hebraico ao meu pai, o que fez o semblante amargo do rosto dele transformar-se em confuso. Acho que nunca se deve julgar livros judeus pela capa também.

Betty entrou por uma porta lateral com um traje bege e um chapéu com um pequeno véu que ia até seu nariz. Ela estava linda. Myron e Jacob estavam de ternos iguais – ela tinha escolhido para eles, e Jake levava a aliança para a cerimônia.

O casamento foi rápido e metade em inglês, mas não havia como quebrar algo de vidro no tapete oriental daquela sala, então acabou quando o rabino disse:

– Pode beijar a noiva.

Uma secretária trouxe uma bandeja com um decantador de vinho e um pão de ló; o rabino pediu para Papa dar a bênção e, sete meses depois, Leonard Levine nasceu.

Era um bebê fofo e afável, mas eu quase nunca tive a chance de segurá-lo porque meus pais não o largavam. Para eles, Leonard era um milagre. Mameh acendeu uma vela quando o viu e o tirou dos braços da Betty assim que eles chegaram. Ela cobriu o rosto dele com beijos e fez de conta que iria comer os dedos dele.

– Vejam que delícia – ela disse. – Vejam que lindo! Existe algum garotinho mais lindo?

Meu pai também não se cansava do neto e parou até de ir à sinagoga à noite quando Betty levava o bebê para nossa casa. Lenny recebeu o nome em homenagem ao irmão do meu pai, Laibel, e Papa o chamava de "meu *Cadish*";[6] ele não tinha filho para fazer essa oração por ele depois que morresse e isso foi muito tempo antes de as mulheres poderem fazer isso.

Mas o *Cadish* não tinha nada a ver com a maneira como meu pai brincava com Lenny ou ria a cada espirro ou bocejo do menino. Papa era uma pessoa completamente diferente com ele. Foi a única vez em que o ouvi cantar.

Mas nem Lenny conseguia impedir que minha mãe e minha irmã brigassem. Mameh começava a reclamar de alguma coisa – qualquer coisa – até ficar com raiva de como os Estados Unidos eram.

Principalmente da comida. Tudo era horrível: pães, ovos, repolho.

– O repolho que eu plantava era doce feito açúcar – ela dizia. – Não se acha nada assim neste país miserável. – Ela persistia até Betty não suportar mais e pegar Lenny. – Eu prefiro água encanada e banheiros a repolho. Era eu que tinha que carregar água naqueles baldes nojentos. Lembra-se de quando trouxe a cabra para dentro de casa para que ela não morresse congelada?

– O que acha, Papa? É melhor que seu neto engatinhe no chão de terra ou cresça onde possa ir à escola como uma pessoa de verdade?

Meu pai sorriu para Lenny.

– De acordo com o seu marido, os filhos dele serão médicos e professores neste país. Quem sabe?

Teria sido a coisa mais gentil que Papa disse sobre Levine, mas ele não poderia parar por ali.

– Até um relógio quebrado está certo duas vezes ao dia.

---

6 *Cadish* é o nome dado à oração diária feita em sinagogas e cerimônias públicas em memória aos entes falecidos. Em geral, é realizada por filhos ou parentes próximos da pessoa falecida. (N. dos E.)

SABE, VIVENDO A VIDA

Nós não chamávamos de Primeira Guerra Mundial quando aconteceu. No início, praticamente tudo que eu ficava sabendo sobre a guerra vinha dos cinejornais. Víamos os soldados britânicos marchando enfileirados e explosões com terra voando para o alto, mas, logo depois, os soldados estavam limpando as armas ou sentados em macas de hospitais com belas enfermeiras carregando bandejas. Então o filme começou e esqueceu-se de tudo. Nada parecia real.

Algumas pessoas na vizinhança estavam preocupadas com a família no antigo país, mas nós não tínhamos ninguém lá. Os únicos primos da minha mãe haviam imigrado para a Austrália e a África do Sul. Meu pai tinha um tio que foi para a Palestina, mas ninguém tinha ouvido falar dele havia tanto tempo que ele provavelmente já deveria estar morto.

Por três anos, a maioria das pessoas não se interessava pela guerra. Estavam só trabalhando, tentando seguir em frente, divertir-se. Sabe, vivendo a vida.

Mas meu cunhado não. Levine lia dois jornais todos os dias e sabia onde as batalhas aconteciam e o que os políticos estavam dizendo. Ele tinha certeza de que os Estados Unidos iriam se juntar à guerra mais cedo ou mais tarde.

– E quando isso acontecer, precisarão de muitas camisas.

Levine pôs na cabeça que o comandante da Marinha era judeu e decidiu ir a Washington ter uma conversa de "homem para homem" com ele. No fim das contas, Josephus Daniels era cristão, e Levine nem chegou perto dele, mas disse que a viagem foi um sucesso porque ele tinha conhecido "pessoas com conexões" na pensão onde ficou. Ele estava tão seguro de si que alugou um espaço bem maior no West End e pegou dinheiro emprestado para comprar máquinas de costura e estar pronto quando os grandes pedidos chegassem.

– *Meshuggeneh* – meu pai dizia. – Doido.

— Este não parecia tão doido em 1917, quando a Marinha e o Exército começaram a fazer pedidos de uniforme. Ele tinha que manter a fábrica aberta dezoito horas por dia e não conseguia achar trabalhadores suficientes para seguir com a produção. Depois que eu terminava meu serviço no escritório, ajudava-o a empacotar as caixas.

A guerra era o único assunto sobre o qual as pessoas falavam. Quando começaram a convocar os garotos do bairro, muitos dos judeus mais velhos ficaram com medo. Falavam sobre como os jovens costumavam ser sequestrados pelo exército russo: a maioria nunca voltava. Mas os garotos que eu conhecia não estavam preocupados. Queriam mostrar como eram patriotas e iam se alistar. No começo, parecia uma grande aventura, e todos cantavam *Over There*. A guerra era para ter acabado em alguns meses.

Claro que não acabou. O carvão ficou escasso, e o preço dos alimentos subiu. Havia mais mendigos nas ruas e toda semana mais uma empresa fechava. Uma noite, alguém pintou "Bárbaro" na porta da Frankfurter's Delicatessen e quebrou todas as janelas. O local fechou de uma vez por todas, o que foi ainda mais triste para quem sabia que os donos eram judeus poloneses que escolheram esse nome porque acharam que soava americano.

Era uma sensação esquisita saber que minha família estava bem por causa da guerra. Acho que também deixava Levine desconfortável. Eu era a única que sabia que ele tinha uma gaveta cheia de broches e medalhões por ter comprado tantos bônus de guerra.

Nós nos mudamos em 1918, bem no meio da guerra. Foi coisa da Betty. Ela encontrou dois apartamentos, no térreo e no primeiro andar, no West End. Era perto o bastante da fábrica para que Levine pudesse jantar com seus filhos, e ela poderia trabalhar algumas horas aqui e acolá enquanto Mameh cuidava do Lenny.

Acredite em mim, eu não me arrependi nem um pouco de sair do cortiço, mesmo tendo sido o único lugar onde já havia morado. O apartamento novo tinha encanamento interno e eletricidade, e eu tinha meu próprio quarto com uma porta que poderia fechar. Valia a pena caminhar um pouco mais nas noites de sábado para ver minhas amigas.

Continuei frequentando o Clube Sabático, mas os encontros não eram exatamente divertidos. Nós enrolávamos ataduras e tricotávamos meias, e as palestras falavam de coisas como usar farinha de milho em vez de trigo e chicória no lugar de café. Não havia dinheiro para ponche nem bolachas, e fazia tanto frio na fundação que tínhamos que ficar de casacos, mas eu não me importava; ia lá praticamente só para ver Rose, Irene e Gussie.

Uma noite, a srta. Chevalier nos contou que o prédio da Salem Street estava sendo vendido e que nós nos encontraríamos na biblioteca. Ela tentou fazer soar como se fosse algo melhor, mas sei que isso acabou com ela.

A biblioteca era lotada e abafada, mas as meninas e eu continuamos enrolando e tricotando, contribuindo com o nosso pouquinho pelo esforço da guerra – mesmo não sendo muito. Era uma chatice, exceto pela noite em que a srta. Chevalier trouxe uma amiga que fora motorista de ambulância na França.

O primeiro nome dela era Olive, e ela devia ter a idade da srta. Chevalier, mas com o uniforme e o boné e a maneira como ela dizia coisas como "legal" e "de saco cheio", parecia mais da nossa idade. Ela havia se inscrito para trabalhar com ambulâncias na Inglaterra quando descobriu que eles deixavam mulheres dirigirem.

– Aprendi a trocar pneu nas trincheiras, e todos os rapazes tiveram de admitir que eu era tão boa quanto eles.

Depois que ela nos contou sobre dirigir com o tempo péssimo e histórias sobre outras mulheres motoristas, uma das meninas ergueu a mão e perguntou se ainda procuravam por voluntárias.

– Eu faria qualquer coisa para dirigir um carro.
– Faria qualquer coisa mesmo? – Olive disse com tanta amargura que eu poderia jurar que a temperatura no quarto caiu uns seis graus. Ela olhou feio para a garota que havia perguntado e disse:
– Você seguraria um garoto de dezoito anos nos braços enquanto ele estivesse morrendo? Um garoto com um buraco na barriga, que tinha defecado nas calças e chamava pela mãe aos berros? Você faria isso?

Ela continuou assim até a srta. Chevalier interrompê-la. Mas não antes de a menina que erguera a mão sair correndo aos prantos.

Depois daquela noite, eu me peguei contando bandeiras de estrelas douradas nas janelas – uma para cada filho morto na guerra. Na próxima vez em que vi uma foto de Mary Pickford vendendo bônus de liberdade, eu me perguntei quais dos belos soldados em volta dela estavam mortos. E quando eu passava por um homem com uma manga de camisa presa ao ombro por não ter braço para preenchê-la, eu tremia ao pensar que ele poderia estar vestindo uma de nossas camisas quando o braço dele foi arrancado na explosão.

COMO SEGUIR EM FRENTE DEPOIS DISSO?

Hoje, ninguém se importa quando ouve alguém falar que está gripado. Ainda pode ser perigoso para os mais idosos, mas mesmo a maioria deles se recupera. Em 1918, era quase sempre fatal e afetava os jovens. Morriam mais soldados e marinheiros de gripe do que na guerra.

Acontecia rapidamente. Primeiro, alguns marinheiros ficavam doentes; cinco dias depois duzentos homens estavam de cama; algumas semanas depois e milhares estavam morrendo. Quando a gripe espalhou pela cidade, não havia médicos e enfermeiras suficientes para cuidar dos doentes – em parte porque os médicos também estavam morrendo. Não que houvesse muito que se pudesse fazer. Não havia remédios. Para melhorar era preciso de sorte, pura e simples sorte. Ou da vontade de Deus, para quem acredita num deus que mata crianças e bebês.

A gripe agia rapidamente também. Alguém saía da fábrica com dor de cabeça e, dois dias depois, Levine via o nome do funcionário na lista de mortes por gripe no jornal. Havia semanas em que a lista chegava a quinhentos nomes.

A cidade mandava carroças para pegar os corpos, mas, depois de um tempo, os cocheiros ficaram com medo de entrar em qualquer lugar onde houvesse a doença, então as pessoas deixavam os cadáveres nas varandas e até nas calçadas. Muitos dos mortos foram enterrados em túmulos sem nome. Foi uma praga de verdade e nem faz tanto tempo.

O departamento de saúde fechou os cinemas e casas de concertos e mandou as pessoas ficarem longe de multidões. Ninguém deveria sair para dançar, mas muitas pessoas ignoravam todos os avisos. Minha amiga Rose foi uma delas.

Betty tirou Myron e Jacob da escola antes mesmo de o departamento de saúde fechá-las e os mantinha dentro de casa. Minha mãe pôs um barbante vermelho em todas as maçanetas de porta para manter o olho gordo longe.

Não adiantou. Uma manhã, Myron disse que estava com uma dor de cabeça terrível e não conseguia sair da cama. Levine disse que cuidaria dele e mandou Betty levar Leny e Jacob para o andar de baixo e ficar lá. Mas ela os deixou com minha mãe e voltou correndo para ficar com Myron também.

Não podíamos ficar perto dele, mas eu subi e deixei comida na cozinha – tentando ouvir o que estava acontecendo no quarto dos fundos. Quando retornei mais tarde, ninguém havia tocado numa migalha sequer, e eu os ouvi no banheiro com Myron, tentando esfriá-lo na banheira. À noite, consegui ouvi-lo tossindo e gemendo, e Levine implorando para ele aguentar firme.

No andar de baixo, Jacob estava fora de si e ficava perguntando onde mamãe e papai estavam, onde Myron estava. Lenny estava tranquilo. Mesmo mal tendo completado um ano, ele sabia que algo estava errado. Ninguém estava prestando atenção nele, nem mesmo meu pai, mas ele não fez escândalo: apenas assistia a nós com seus olhos grandes.

Papai não conseguia mais se sentar e saía atrás de um médico, embora não houvesse nenhum. Ficou fora apenas por uma hora, mas, quando voltou, tivemos de dizer a ele que Myron tinha partido. Ele tinha nove anos.

Algumas horas depois de Myron falecer, Betty desceu. Tudo o que ela queria era ver os garotos. Jacob correu até ela, abraçou-a e não queria mais soltá-la. Betty o pegou no colo e sussurrou:

— Como está o meu Jakey? Como está o meu Jake?

Mameh disse:

— Os dois jantaram bem, mas Lenny estava um pouco irritadiço, então eu o pus para dormir na minha cama.

Betty pôs Jake no chão e correu até o outro quarto. Ele estava azul.

Ela levou Lenny para o andar de cima e Jacob tentou segui-la, mas eu o peguei e o segurei bem forte enquanto ele gritava e soluçava até finalmente parar de chorar e cair no sono.

Mameh, Papa e eu passamos a maior parte da noite sentados à mesa, sem conversar nem olhar um para o outro, ouvindo os sons do andar de cima. Quando levei chá quente para cima, Levine se encontrou comigo na cozinha e disse:

— Ele parece um pouco melhor. Bebeu um pouco de água e sorriu.

Eu dormi com as roupas que estava usando e acordei antes de clarear. Deitada na cama, ouvi os passos acima da minha cabeça, para frente e para trás, de um canto do apartamento ao outro. Eles se revezavam. Betty caminhava mais depressa do que Levine, mas ambos seguiam o mesmo caminho: para frente e para trás, uniforme como uma batida de coração. Isso continuou até à tarde.

Quando os passos cessaram, todos olhamos para o teto. Papa disse uma bênção. Mameh jogou um guardanapo sobre a cabeça e lamuriou. Jake pôs a cabeça no meu colo.

Depois de um tempo, eu subi na ponta dos pés e entrei no apartamento da Betty. Na casa dela, tudo era sempre impecável, nada fora do lugar. Mas com a ordem natural das coisas de ponta-cabeça – crianças morrendo antes dos pais – tudo o que ela fazia para manter a ordem parecia em vão e patético.

Eu parei à porta do quarto dos meninos. Uma brisa vinda da janela aberta agitou o lençol que cobria o corpo do Myron. No outro quarto, Betty estava aninhada na cama, de frente para a parede. Levine se sentou de costas para ela, olhando fixamente para o berço, que estava coberto com uma manta. Ele olhou para mim com o olhar morto, e pude sentir a tristeza emanando dele, feito ar frio no rosto.

Eles tinham perdido dois filhos em dois dias. Como seguir em frente depois disso?

▼

Era impossível encontrar caixões e carros funerários, mas, de alguma forma, meu pai conseguiu os dois e, no dia seguinte, fomos ao cemitério; eu, Papa e Levine. A cidade passava num borrão, mas diminuímos o ritmo quando cruzamos uma cidadezinha onde as pessoas empurravam carrinhos de bebê sob folhas vermelhas e amarelas, como se fosse mais um belo dia de outubro.

Parecia que estávamos no carro há horas quando o motorista virou para descer uma estrada de terra e cruzar um campo de ervas até chegar a um conjunto de árvores delgadas que delimitavam o cemitério – o lugar mais triste e desolado que eu já vira. Dois homens com pás estavam esperando por nós, e havia dois montes grandes de terra.

▼

Myron havia se transformado num bom garoto. Betty não o deixara se safar de nada, mas também o abraçava muito. Ela o chamava de Mike, ele a chamava de mãe e fazia suas tarefas sem que precisasse pedir. Ele era bom em aritmética. Seu dente superior da frente era um pouco torto. Ele cantava bem. Esse era o Myron.

Nós seguimos o caixão dele do carro funerário ao túmulo, onde os homens desceram o ataúde de tamanho médio até o chão e esperamos Levine pegar a pá. Mas ele não se mexeu. Não conseguia. Então Papa deu um passo à frente e jogou um pouquinho de terra no buraco, mas com tanta suavidade que parecia que estava chovendo sobre o caixão. Quando terminou, Levine e meu pai disseram:

– *Cadish*.

O motorista voltou carregando algo que, de longe, parecia uma caixa de chapéu. Quando Levine viu, fez um barulho como o de um animal selvagem pego numa armadilha.

Lenny tinha nascido com o cabelo castanho e sedoso. Ele sorria para todos, e Betty brincou que ele seria político quando crescesse. Ele gostava de ervilhas e a primeira palavra dele foi "bola". Esse era o Lenny.

Ele e Myron eram como retratos de silhueta cortados em papel preto – feito sombras de pessoas que poderiam ter sido se tivessem crescido.

Papa tentou forçar Levine a segurar a pá para enterrar o bebê. Eu não podia mais ver aquilo e fui procurar o túmulo da Celia.

Eu estava com uma pedra para ela no bolso. Tinha encontrado na praia em Rockport e andava com ela desde então. Era branca e lisa, quase tão redonda quanto uma pérola. Eu a pus sobre lápide e disse:

— Sinto muito.
Papa chegou e deixou um pedregulho marrom ao lado do meu. Ele passou o dedo sobre o nome "Celia" entalhado.
— Sua mãe disse que Celia não deveria ter vindo para os Estados Unidos comigo. Ela a achava delicada demais. Mas Mameh estava grávida, e a mãe dela também estava doente. Achei que seria mais fácil para ela se eu ficasse com as duas meninas. — Ele enxugou os olhos. — Ela ainda estaria viva se eu a tivesse deixado lá.
Levine caminhou até nós. Papa pôs um braço em volta do ombro dele por um instante antes de começar a voltar para o carro.
Levine não tinha feito a barba nem penteado o cabelo havia dias, e o rosto dele estava inchado. Ele pôs a terceira pedra na lápide da Celia e sussurrou:
— Ela estaria viva se eu não tivesse me casado com ela.
— Não foi culpa sua — eu disse. Como também não era culpa do meu pai. E, pela primeira vez desde que ela morreu, pensei que talvez não fosse tudo culpa minha também.

EU AINDA TINHA MEDO DE HOMENS

Ninguém falava da epidemia quando ela acabou, mas todos carregavam sua porção de sofrimento, agindo como se ninguém tivesse morrido. Eu tinha a sensação de que estava patinando num lago que não estava completamente congelado e se alguém me perguntasse: "Como vai a família?", o gelo se quebraria.

As pessoas continuavam dizendo:
– A vida segue em frente.

Às vezes, isso soava como um desejo e, às vezes, como uma ordem. Eu queria gritar:
– A vida segue em frente? Nem para todo mundo!

Mas quando Betty disse que estava grávida de novo, "a vida segue em frente" se tornou um fato, e eu me peguei ansiosa para conhecer o novo bebê de uma maneira completamente diferente. Ela teve outro menino, Eddy, um loirinho de olhos azuis que ria, eu juro, desde o dia que nasceu, e eu finalmente entendi por que as pessoas ficavam tão bobas com nenéns.

Desde o começo, ele parecia gostar de mim também. Eu era a única que o acalmava quando ele ficava bravo. Betty se divertia com isso.

– Titia Addie, venha ajudar. – Minha mãe ficou empolgada com o novo bebê, mas meu pai mal olhava para ele. Papa nunca mais foi o mesmo depois que Lenny morreu.

Eu passava cada vez mais tempo no andar de cima com Betty. Não sei onde ela aprendeu a ser tão boa mãe. Ela era rígida quanto ao comportamento e à escola, mas se sentava no chão e brincava com os filhos, deixava-os subir nela, tudo pela diversão. E Levine achava que ela fazia o impossível.

Eu finalmente perdoei Betty por ser feliz na vida que fora um desastre para Celia. Tinha deixado de odiar Levine muito tempo atrás, mas, por algum motivo, nunca consegui chamá-lo de Herman.

Quando a guerra acabou, os grandes pedidos pararam de chegar, e Levine teve de demitir metade dos funcionários. Ele dava uma nota de vinte dólares a cada um deles, o que era bastante na época, mas se sentia tão mal por despedir as pessoas que começou a perder peso. Betty não iria tolerar isso. Ela lhe disse para sair do ramo das confecções e ir para o mercado imobiliário.

Levine disse que tentaria, mas o primeiro prédio que ele comprou parecia ter sido um grande erro. Era uma casa em pedaços numa rua acabada, mas era barata e ficava perto do centro. Uma oportunidade de ouro, certo? Ele a vendeu alguns meses depois pelo triplo do que pagara.

Levine saiu dizendo às pessoas:

– Ganhei dinheiro sem prejudicar ninguém. – Então ele vendeu a fábrica de camisa e recomeçou num escritório de uma sala no centro.

A empresa, na verdade, só tinha eu e ele, e ele passava a maior parte do tempo fora, andando pela cidade, conversando com as pessoas, conhecendo os vizinhos e descobrindo onde comprar propriedades que pudesse vender por um valor mais alto depois. Meu trabalho era esperar o telefone tocar e procurar no jornal histórias sobre incêndios e execuções de hipoteca – qualquer coisa que pudesse significar que alguém estava vendendo. É claro que eu olhava nos obituários, mas lia tudo também, até as páginas esportivas; de vez em quando um jogador precisava vender uma casa rapidamente.

Com toda essa leitura, me tornei perita na política de Boston, no parâmetro social e no Red Sox. Também sabia dizer qualquer coisa que quisesse saber sobre o problema do Fatty Arbuckle com bebidas, a Liga das Nações e a briga sobre a Lei Seca. Fiquei com mania de ler jornal mesmo não estando no trabalho porque me fazia ter a sensação de estar vivendo num mundo maior. Eu não parava nunca, nem durante a Depressão. Eu só os lia um dia depois.

Uma vez, vi uma história sobre três irmãos que estavam processando um ao outro por causa da loja de peixes da família, um lugar para onde judeus estavam começando a se mudar. Pelo que pude perceber, nenhum dos irmãos queria tocar o negócio, então disse para Levine ver se eles venderiam e dividiriam o dinheiro. Ele aceitou meu conselho, comprou e vendeu a loja, ganhou muito dinheiro. Por isso, ele me deu um ótimo aumento e me "promoveu" a secretária executiva.

Eu estava indo para o Clube Sabático, mas as meninas que eu conhecia estavam se casando e tendo filhos. Até os membros mais jovens estavam "saindo aos montes", como Gussie dizia.

Gussie já era uma mulher de carreira a essa altura. Depois de alguns anos na Simmons, ela estudou na Faculdade de Direito Portia, que era só para mulheres, e passou no exame da Ordem dos Advogados na primeira tentativa. Como ninguém contratava uma advogada, ela começou a trabalhar por si própria. A primeira cliente dela foi uma mulher que queria abrir uma loja de chapéus, mas não entendia nada de taxas nem aluguel. Logo Gussie tinha uma "especialidade" como advogada de mulheres que queriam abrir seu próprio negócio e, por muito tempo, não precisou pagar por bolos, vestidos nem flores.

Irene, Gussie e eu gostávamos dos nossos empregos e não vivíamos falando sobre homens, então Gussie começou a nos chamar de Três Mosqueteiras. Mas trabalho não era a mesma coisa para Irene e para mim como era para ela. Gussie era advogada até no fundo da alma.

Irene era supervisora numa empresa de telefonia responsável por trinta garotas, mas era só um emprego e ela não queria fazer isso pelo resto da vida. E embora Irene não conversasse sobre isso na frente da Gussie, ela saía com homens. Depois que ela cortou os cabelos estilo "joãozinho", – como todas, exceto eu, naquela altura – os olhos verdes dela pareciam duas vezes maiores e mais bonitos. Mas assim que qualquer homem dissesse o que ela deveria ou não fazer, era o fim para ele. Quanto a mim, eu preferiria não trabalhar para Levine, mas como podia reclamar de um emprego onde eu passava a maior parte do dia lendo?

Eu ainda tinha medo de homens por causa do idiota do guarda costeiro, mas continuava tão romântica como qualquer garota de vinte anos que ia ao cinema. E, àquela altura, eu sabia que nem todos os casamentos eram tão ruins quanto o dos meus pais. Betty e Levine estavam felizes, e eu gostava do marido da Helen, Charlie, que ficava babando pela filhinha deles, Rosie. O nome dela foi em homenagem à nossa amiga Rose, que morreu de gripe. E tem uma coisa estranha: o bebê nasceu com cabelo ruivo. Ninguém da família dos dois tinha cabelo ruivo e já haviam escolhido o nome quando Helen ainda estava grávida, mas Rosie nasceu ruiva.

De vez em quando, Betty tentava me convencer a sair com alguém.

— Não há nada de errado com livros, mas você também pode sair com um rapaz de vez em quando, comer alguma coisa chique. Por que não?

— Imagino que tenha alguém em mente. — A única vez que cometi o erro de dizer isso, ela estava preparada e, dois dias depois, eu estava comendo bife com um homem que vendia sapatos infantis. Na manhã seguinte, antes mesmo de sair da cama, Betty veio até meu quarto para perguntar sobre o meu encontro.

Eu disse que foi muito instrutivo e perguntei se ela sabia que Boston era o centro dos calçados infantis e que é possível vender mais pares de sapatos para meninas — mas dá para cobrar mais dos meninos —, e que sapateiros em Massachusetts iriam sair do ramo se os preços continuassem aumentando.

Betty disse:

— Tudo bem, ele não deixou você encantada, e daí? Você saiu de casa, e a comida era boa, então não foi uma total perda de tempo. – Ela também disse que eu tinha que beijar muitos sapos antes de encontrar o príncipe e arrumou um encontro com um professor de colegial. Ele parecia interessante, mas também acabou se provando um chato. Praticamente a primeira coisa que ele disse quando nos sentamos foi que ele havia perdido uma promoção para ser o diretor, "e o único motivo disso é por eu ser judeu". Enquanto isso, gritava para o garçom trazer mais ketchup, café sem creme e por demorar com a conta. Eu disse à Betty que provavelmente não deram o emprego a ele por ser um idiota.

O próximo foi um homem bonito que estudava para ser dentista. Ele me levou a um restaurante chique e lindo, mas, quando terminei minha chuleta de cordeiro, eu soube que só estava ali como um favor para um dos amigos de negócios do Levine.

Pelo menos o dentista era honesto. Disse que precisava de uma esposa com conexões.

– Sei que parece ruim, mas é a única maneira de eu conseguir montar meu consultório. Mas dinheiro também não é a única condição.

– Acho que também iria querer dois braços e duas pernas. – Só de raiva, pedi a sobremesa mais cara do menu, uma que eles põem fogo nas cerejas. Conhece o ditado de que a vingança é um prato que se come frio? Bem, quente também fica uma delícia.

Betty já estava pronta para me arrumar um escriturário, mas eu disse que não queria conhecer mais sapos.

– O que você fará então? – ela perguntou. – Ficar em casa sentada e ouvir Mameh chamar você de solteirona e dizer "eu avisei" e que você é "esperta demais para seu próprio bem?" – Betty continuou falando para eu sair de novo até eu dizer:

– Você me deixaria em paz se eu voltasse a estudar à noite?

128

Ela disse que tudo bem, mas que não pararia de me importunar até eu fazer a matrícula e começar as aulas. Era irritante o modo como ela me tratava, como se eu fosse um dos filhos dela e não uma adulta. Mas também era bom.

EU PENSEI QUE ELE ERA DOCE E TAMBÉM QUE ESTAVA LEVEMENTE APAIXONADA POR ELE

Encontrei Ernie Goldman no bondinho, mas não o teria reconhecido se ele não tivesse se apresentado. Parecia dez anos mais velho do que da última vez que eu o vira, o que fora há apenas alguns anos na aula sobre Shakespeare. Estava tão pálido e magro que achei que estava doente, mas então vi uma bengala, o que significava que ele provavelmente tinha sido chamado para a guerra.

Perguntei o que estava fazendo e ele disse que estava trabalhando no ferro-velho do pai. Quando contei a ele que eu estava indo para minha aula na Simmons, ele disse:

— Eu via você como uma aluna de faculdade. Sempre fazia as melhores perguntas.

Quando disse que era um dos elogios mais bonitos que já tinha recebido, todas as rugas em volta da boca dele se relaxaram e o rosto todo se reorganizou para formar um sorriso que chegou até o olhar. Quando uma pessoa tímida sorri, é como se o sol saísse.

Chegamos ao meu ponto e nos despedimos e, sinceramente, não voltei a pensar nele. Mas, na manhã seguinte, havia um buquê de rosas na minha escrivaninha. O bilhete dizia:

Posso levar você para jantar no domingo?

Ernie Goldman

Cinco minutos depois, o telefone tocou, e Betty disse:
– Herman disse que você recebeu rosas de um Ernie Goldman. Quem é ele? Eu conheço?
Ele me pediu para escolher o restaurante. Betty disse que o Marliave era bom, mas quando chegamos lá, fiquei horrorizada: a sala de jantar era iluminada por velas e todas as mesas tinham casais de mãos dadas aos sussurros. Havia até um violinista andando entre as mesas e tocando música romântica. Fiquei com medo de Ernie pensar que eu estava forçando, mas ele não pareceu ver dessa maneira. Ele puxou minha cadeira e disse que gostava da tranquilidade do local.

Eu sabia que Ernie era tímido, então já havia pensado em algumas perguntas para fazê-lo falar, mas ele conseguiu distorcer todas e eu acabei falando a maior parte do tempo enquanto ele se inclinava para frente e observava meu rosto como se tivesse medo de perder algo. Foi agradável, e, quando eu o fiz sorrir, era como se tivesse ganhado na loteria. Ao fim da noite, eu pensei que ele era doce e também que estava levemente apaixonada por ele.

Nós nos víamos uma vez por semana depois disso, e, quando ele descobriu que eu geralmente ia ao Clube Sabático, perguntou se eu preferia sair aos domingos. Ele era tão atencioso! Nada parecido com os imbecis que tinha arrumado e completamente o oposto de você-sabe-quem.

Ernie era formal, até um pouco afetado, mas eu não via isso como algo ruim. Tinha quase certeza de que tinha algo a ver com o fato de ele ter sido ferido, mas quando perguntei aonde ele tinha ido na guerra, ele balançou a cabeça negativamente.

– Os médicos disseram que devo esquecer isso.

Eu não voltei a perguntar.

Quando penso nisso agora, fico brava com o que fizeram com esses pobres homens. Ernie deveria ter síndrome pós-traumática – chamavam de trauma de guerra – e os médicos disseram para ele guardar tudo isso dentro de si. Eles não sabiam de nada, mas era como tratar sífilis com docinhos.

Algumas semanas depois que começamos a sair, eu finalmente tomei coragem de cortar meu cabelo. O barbeiro disse que tive sorte; meu cabelo era tão grosso e ondulado que parecia que eu tinha feito *marcelling*, sabe, aquele penteado todo ondulado dos anos 1920. É claro, eu queria cabelo liso com cachos grandes de cada lado, mas teria que usar meio quilo de pomada para isso. Nenhuma mulher está contente com o cabelo que tem, não é mesmo?

Mas fiquei bonita, sem querer me vangloriar. No caminho para casa, um desconhecido até me parou na rua e perguntou se eu era solteira.

Quando Ernie não reparou no meu corte de cabelo, fiquei magoada. Betty apenas deu de ombros e me disse para eu não me preocupar.

– É típico de homem.

Mas eu estava começando a me questionar acerca do Ernie. Não que eu quisesse que ele desse em cima de mim, mas, após três meses, ele nem tinha me dado um beijo na bochecha. Uma vez, quando estávamos no cinema, e a mão dele estava sobre o braço da poltrona, pus a mão em cima da dele. Ele não puxou a dele, mas também não pegou a minha, e me senti feito uma idiota.

E teve também o dia no museu. Eu tinha recebido dois cartões-postais em um mesmo dia da Filomena, então disse ao Ernie que preferia ver os quadros a ir à matinê. Ele disse que tudo bem – como dizia a tudo que eu sugeria –, mas, quando saímos do bonde, vi que ele estava mancando mais que o comum. Perguntei se ele queria se sentar e descansar, e ele surtou, como aquelas tartarugas que mordem.

– Não fale comigo assim.

Eu apontei para alguns dos quadros que Filomena havia me mostrado, mas Ernie não parecia interessado em nada e, depois de um tempo, disse que era melhor irmos embora. Estávamos voltando quando ele parou e ficou olhando para um quadro grande de um jovem boiando no mar. Ao lado dele, havia um tubarão gigante com a boca aberta, quase pronto para morder e arrancar a cabeça do homem. Alguns homens num barco estavam tentando resgatá-lo, mas parecia que era tarde demais. A pele dele era cinza e os olhos, vítreos. Era horrível.

Para mim um olhar bastava, mas Ernie não conseguia tirar o dele.

– É uma história real – ele disse. – Está vendo o sangue na água, ali? Está vendo que ele está sem o pé?

– Que maneira horrível de morrer! – eu disse.

– Mas ele não morreu. – Ernie cruzou a galeria mancando até chegar a um banco de frente para o quadro, e eu me sentei com ele. Ele continuava fitando o quadro. – Foi o primeiro lugar aonde minha enfermeira me levou quando saí da cadeira de rodas. Ela disse que, se Watson poderia ser o prefeito de Londres sem um pé, não havia motivo para eu não me levantar e sair de casa.

– E você fez isso – eu falei.

Ernie pôs os cotovelos sobre os joelhos, segurou a cabeça com as mãos e ficou sentado assim um bom tempo. Não me respondeu quando disse que devíamos ir e, uma hora, um dos guardas se aproximou para ver se havia algo de errado. Ernie não disse uma palavra o dia todo.

Naquela noite, decidi terminar tudo. Eu me sentia culpada – como se estivesse abandonando um filhotinho que tinha adotado. E havia até algo não muito patriótico sobre se afastar de um veterano de guerra. Mas Ernie estava cada vez mais mal-humorado e quieto, e havia também a questão física – ou a completa falta dela.

Na manhã seguinte, ele me ligou no trabalho e falou sobre como se divertiu no nosso passeio ao museu, como se nada tivesse acontecido. Perguntou se eu iria com ele ao cinema no domingo, mas eu disse que não podia porque iria à Praia Revere com Betty e a família. Ele disse que não gostava de ir à praia, então achei que estava livre.

Porém, mais tarde, recebi um buquê de margaridas e um bilhete que dizia:

Talvez você possa me ensinar a gostar de praia.

"Que fofo", eu pensei, "tudo bem, mais uma chance". Mas, perto do fim de semana, estava rezando para que chovesse, assim não teria que vê-lo novamente.

Não tive essa sorte. O domingo foi ensolarado e quente, e Ernie me encontrou com uma margarida na mão.

– Você está bonita – ele disse, e dava para perceber como estava se esforçando. – Seu cabelo está bonito também.

Não havia espaço no carro do Levine para irmos com ele, mas eu queria ir de bonde de qualquer maneira. Com todos indo à praia, era como uma festa. Havia cestos nos corredores e crianças correndo e desconhecidos debatendo sobre onde comprar o melhor sorvete. Achei divertido, mas Ernie abaixou o chapéu até a testa para não ver tudo isso.

Eu disse que seria melhor quando chegássemos à praia, mas não foi. O calçadão estava lotado como o centro da cidade no Natal, e ainda havia uma montanha-russa rugindo acima de nossas cabeças. A praia estava ainda pior: era praticamente uma corrida de obstáculos de mantas e pessoas. Era difícil para ele caminhar na areia, e a bengala não ajudava em nada.

Quando encontramos Betty e Levine, Eddy gritou e abriu os braços para eu pegá-lo. Jake não parava de pular.

– Tia Addie, diga ao papai para ele me deixar ir até as barracas de jogos. Quero ganhar um brinquedo para o Eddy. Diga a ele que sou grande o bastante para ir sozinho.

– Leve-o às barracas de jogos, Herman. Agora tenho companhia. Você não precisa se preocupar comigo – Betty disse. A gravidez já estava avançada, e ela estava tentando se refrescar com um leque grande de palha. – O bebê me deixa com mais calor do que o normal. Pelo menos, meus tornozelos não incharam como na outra gravidez. Herman acha que isso quer dizer que terei uma menina, que é o que ele quer. – Ela deu tapinhas na barriga. – Este está se mexendo tanto quanto meus outros meninos. Mas independentemente do que vier, é o último.

Dava para ver que Ernie ficou mortificado pela maneira como ela falava do corpo; ele não sabia para onde olhar, e o suor atravessava o paletó. Eu perguntei a Betty se haveria problema em nós irmos até o mar por alguns minutos para ver se havia uma brisa por lá.

Lá não estava mais fresco, e acabamos perto de um bando de garotos que soltava bombinhas que sobraram do Dia da Independência. O estouro deixava Ernie nervoso, então começamos a voltar e foi quando o primeiro foguete explodiu no céu. Ernie deu um salto e tentou caminhar mais depressa.

A próxima explosão foi tão forte que pude sentir no peito, e os bebês começaram a chorar. Ernie se jogou no chão de cara na areia, com as mãos atrás da cabeça. Eu me agachei perto dele e disse que eram só crianças fazendo barulho, mas então seguiu-se uma série de explosões altas, ecoando por toda a praia.

Ernie se levantou e saiu correndo, arrastando a perna ferida. Ele corria cegamente, com a cabeça abaixada e as mãos sobre os ouvidos, então não fazia ideia de que havia derrubado um garotinho no chão nem de que o pai do garoto o estava perseguindo. Era um homem baixo com pernas musculosas e não demorou muito para alcançar o pobre do Ernie, mancando, com os sapatos cheios de areia. Ele derrubou Ernie, que ficou deitado em posição fetal, e começou a fazer aqueles barulhos horríveis de quem está se engasgando que os homens fazem quando choram.

O homem ficou ali por alguns instantes, mas depois se ajoelhou e começou a dar leves tapinhas nas costas do Ernie, dizendo coisas como:

– Está tudo bem, soldado. Eu sei. Também estive lá, mas agora está tudo bem. Você está em casa.

Quando ele me viu segurando o chapéu e a bengala do Ernie, disse:

– Você é a esposa dele?

– Amiga da família – respondi, com vergonha de ter respondido tão rápido para que ninguém achasse que eu era casada com aquele lunático. – O que devo fazer?

– Vamos tirá-lo daqui – ele disse; ergueu Ernie pelas axilas e o arrastou em direção ao calçadão. Um homem sem um braço nos encontrou e disse:

– Há uma viatura de polícia perto do carrossel.

Eu disse que iria até lá o mais rápido possível. Quando os policiais souberam que Ernie era um veterano, ligaram a sirene. Foram muito gentis enquanto o colocavam no banco de trás – devem ter ido à guerra também.

Nunca mais vi Ernie. Os pais dele o mandaram para um sanatório em Colorado. Soube que venderam tudo e se mudaram para ficar com ele.

Betty disse:

– Espero que não esteja sendo muito difícil para você. Nunca achei que ele fosse a pessoa certa para você.

– Devia ter acabado com tudo há muito tempo – eu disse.

– Eu saía com ele para ter alguma coisa para fazer. Meu Deus, que horror!

– Não seja tão dura consigo mesma. Ele também não estava apaixonado por você.

Isso não fazia com que eu me sentisse melhor, e demorou muito para eu sequer pensar em sair outra vez. Primeiro o Harold, agora o Ernie? Estava bem claro que eu não tinha o menor talento para escolher homens.

1922-24

SE NÃO ESTIVESSE TÃO OCUPADA, TERIA SENTIDO PENA DE MIM MESMA

Levine foi trabalhar com Morris Silverman, que era bem mais importante no cenário imobiliário de Boston e também um homem muito simpático. Todos gostavam do Mo Silverman. O único problema era que ele já tinha três funcionárias no escritório, e não havia espaço para quatro secretárias. Betty queria que ele despedisse uma delas.

– Tenho certeza de que você datilografa melhor.

Mas, para mim, isso não era problema algum. Fazia tempo que eu queria trocar de emprego. Não tinha feito nada em relação a isso porque ninguém iria me pagar tanto quanto Levine e também porque todos iriam ficar bravos em casa.

Então isso foi uma coisa boa. Gussie sempre dizia que podia me arrumar um emprego com um juiz ou uma das empresárias dela. E a srta. Chevalier estava trabalhando na Biblioteca Pública de Boston, então eu poderia pedir a ela que me recomendasse para trabalhar lá. Quando Silverman disse que queria falar comigo sobre "a situação", eu estava pronta para dizer a ele que não iria ficar magoada.

Mas, em vez de me dispensar, ele me perguntou se eu podia esperar alguns meses. Umas das meninas dele iria se casar e sair em setembro, mas ele não queria que ela fosse antes porque ela estava pagando o casamento.

– Ela é órfã – ele disse, e ofereceu pagar um pouco a mais para mim. Seria nosso segredinho, e eu recomeçaria no outono. Isso sim era um homem íntegro, mesmo tendo arruinado meu plano de fuga.

Betty achou que o momento foi perfeito. Ela disse que eu poderia passar o verão em casa com ela e com os meninos.

— Será uma ótima maneira de praticar para quando você tiver seus filhos.

Ela precisava de ajuda com os gêmeos, que tinham dois anos de idade na época – acho que seriam seus primos de segundo grau – Richie e Carl. Eddy ainda era um garotinho também. Jake já tinha dez àquela altura. Acho que ele era o favorito da Betty e ninguém do bairro soube que ele não era filho de sangue dela.

Mas passar três meses com eles – e perto da minha mãe – teria me dado um colapso nervoso. Mameh nunca dava uma trégua: eu lia livros demais, tinha muitas amigas, me vestia feito uma mulher promíscua, era egoísta por jogar dinheiro fora indo ao cinema e ingrata porque não respondia para ela em iídiche como Betty. Mameh não a chamava mais de Betty, a Vadia, embora, por trás, ainda usava Betty, a Metida, e Betty, a Que se Acha Melhor que Você e Eu.

Uma vez, para fazer as pazes, eu lhe perguntei em iídiche se ela precisava de alguma coisa da loja, e tudo o que ela fez foi tirar sarro da minha pronúncia. Betty não se importava com esse tipo de coisa, mas isso sempre me disparava o coração como se eu estivesse sendo perseguida – e se ela começava a me criticar à noite, eu não conseguia dormir.

Não havia nada que eu pudesse fazer para agradá-la, mesmo pagando a maior parte do aluguel.

Quando contei para Gussie o que estava acontecendo e que eu poderia acabar como babá da Betty até setembro, ela disse:

— Você pode passar o verão em Rockport Lodge.

Pensei que ela estivesse brincando. Não tinha ido a Rockport desde o verão em que Filomena se apaixonou pelo escultor. Além de ir todo ano, Gussie conhecia metade das mulheres da direção da pensão, e foi assim que ela soube que a garota que fora contratada para fazer as camas e varrer os corredores tinha pedido demissão de última hora.

– Não é um trabalho ótimo e o pagamento é péssimo, mas pode ser melhor que ficar em casa trocando fralda. Quando você voltar, consigo algo melhor para você.

Parecia bom demais para ser verdade: um local para passar o verão longe de casa no lugar mais lindo que já tinha visto? Gussie fez uma ligação, e eu fui contratada.

Disse aos meus pais que tinha conseguido um emprego de assistente da diretora do Rockport Lodge, o que era verdade até e soava melhor que "empregada". Meu pai não tinha opinião, mas, é claro, minha mãe achou péssimo. Por que eu iria fazer isso quando minha irmã precisava de mim? Quem iria ficar de olho em mim? Ela usou duas palavras em iídiche para "vagabunda" que eu nunca tinha ouvido.

Betty me disse para ir.

– Só se é jovem uma vez. Esqueça o que eu disse. Você não precisa praticar com os meus filhos. Eles já amam muito você.

Mas, como a Betty era a Betty, ela também disse:

– É claro que eles gostariam de já ter alguns priminhos.

Comecei a riscar os dias no calendário. Consegui uma valise e a refiz centenas de vezes. Comprar a passagem de trem fez com que eu me sentisse como alguém que viaja o mundo.

▼

A diretora do Rockport Lodge naquele verão era a srta. Gloria Lettis – não era das mais jovens. Tinha olhos pequeninos e o maior busto que já vi. Também era cheia de si. Antes que pudesse deixar minha mala no chão, ela disse:

– Vamos. – Apontou para um armário cheio de baldes e esfregões – alguns apenas para os banheiros, outros para as escadas e corredores. Ainda estava carregando minha mala quando fomos ver o armário de roupa de cama, o que devia manter na mesma ordem exata o tempo todo, e depois fomos lá fora até as latas de lixo, onde eu esvaziaria as cestas de lixo toda manhã. Nunca tinha visto a edícula, que era um outro prédio de um andar atrás da casa principal, parecido com uma cabine longa com salas sem pintura para vinte ou trinta garotas. Foi quando eu comecei a perceber a quantidade de trabalho que teria.

Na cozinha, a srta. Lettis me deixou com a sra. Morse, que continuava exatamente a mesma. Ela deu uma olhada para mim e suspirou.

– Você não é muito forte, é? Espero que não fuja depois da primeira semana como a última menina.

Prometi que iria ficar o verão todo, mas percebi que ela não acreditava em mim. Ela me levou até meu "quarto", que era a antiga dispensa e só havia espaço para uma cama, um banquinho e alguns ganchos para eu pendurar minhas roupas. E era bem ao lado do forno; logo, quando ele estava aceso, eu tinha que sair de lá para não ser assada também.

Após uma semana, pensei que teria sido melhor ficar com os quatro meninos do que sessenta meninas que nunca guardavam as revistas e viviam perdendo meias e lenços. Não entendia como podiam deixar os banheiros tão sujos nem como conseguiam trazer quilos – e não estou exagerando – de areia. Eu não parava de varrer. Se não estivesse tão ocupada, teria sentido pena de mim mesma.

Mas foi só na troca de sábado que entendi por que a outra menina havia fugido. Assim que o grupo de partida trouxe as malas para o andar de baixo, comecei a tirar e refazer as camas, espanando e esfregando o chão, e tirando os entulhos de lixo. Arrastei cestas e mais cestas de roupa de cama suja para a área de serviço, onde uma senhora afro-americana alta e de cabelos brancos fervia uma panela enorme de água. Mal tive tempo de terminar antes de o outro grupo chegar. Estava tão exausta que acabei dormindo durante o jantar.

A sra. Morse se sentiu ofendida por alguém estar cansada demais para comer a comida dela e disse à srta. Lettis que ela precisava arrumar alguém para me ajudar ou então eu não voltaria no próximo verão.

– E vou dizer à junta que você foi o motivo.

Lucy Miller apareceu na semana seguinte. Não podia imaginar como uma criança esquelética de treze anos com tranças nas laterais da cabeça fosse ajudar, mas ela limpara a bagunça de seis irmãos a vida toda, então conseguia arrumar uma cama na metade do tempo que eu levava. Graças a ela, nunca perdi um almoço de sábado por cansaço novamente. E, acredite em mim, era uma refeição que eu não queria perder.

A comida na cozinha era melhor do que a que recebíamos na sala de jantar – principalmente nos almoços de sábado.

Quando terminamos de comer, Hannah, a lavadeira, inclinou a cadeira e ficou apoiada apenas nas duas pernas de trás e disse:

– Foi um verdadeiro almoço de domingo, mesmo sendo sábado.

Eu nunca tinha me sentado com uma negra antes e estava um pouco tímida no início. Eu tinha lido *A Cabana do Pai Tomás*, então o que iria dizer a alguém cuja avó provavelmente tinha sido escrava? Mas era bom estar perto da Hannah e ela era uma ótima contadora de histórias. Ela até fez a sra. Morse rir dos visitantes de verão das mansões da cidade; eles achavam que os moradores da região eram surdos, cegos e burros demais para ver que o padre ficava bêbado toda noite ou que a mocinha estava fazendo mais do que apenas conversar com o jardineiro.

Depois de algumas semanas, meus braços e minhas pernas estavam mais fortes, e eu não ficava mais tão cansada ao fim do dia. Então, uma noite, quando as meninas brincavam de charada, eu troquei de roupa e me juntei a elas. Muitas delas não entenderam quando entrei na sala, mas depois que descobriram que eu era a menina que limpava os banheiros, ninguém me olhava nos olhos.

Acho que não estavam sendo más. Se a moça da limpeza tivesse aparecido para jogar charada quando eu era hóspede do Rockport Lodge, eu provavelmente teria feito a mesma coisa – mais por vergonha do que por soberba, espero. Provavelmente havia uma pessoa fazendo a limpeza quando eu estava lá de férias, mas não me lembro de ver ninguém. Até hoje, toda vez que me deparo com uma camareira, sorrio e cumprimento.

Depois daquela noite, se havia alguma música ou uma palestra que queria ouvir, eu puxava uma cadeira até a varanda e ouvia pela janela. Em noites silenciosas, quando estava bem escuro, a sra. Morse me dava uma lamparina a óleo para eu poder me sentar onde estava fresco e ler um livro.

UMA GAROTA SEMPRE DEVE TER O DINHEIRO DELA

Onde eu cresci, seria considerado falta de educação se sentar na cozinha de uma mulher sem perguntar sobre os filhos e os pais dela, a opinião dela sobre os vizinhos – e até sobre sua digestão. A sra. Morse e eu conversávamos sobre o tempo e o que iria haver no menu do dia seguinte e pronto.

Mas, nas noites de sexta-feira, quando ela trabalhava até tarde para adiantar os afazeres do fim de semana, eu a observava enquanto fazia pães, rocamboles, bolos e bolachas, e ela me dizia como tinha inventado as receitas e por que usava manteiga para algumas coisas e banha para outras. Ela mantinha os olhos na massa ou na mistura e conversava como se fosse uma pessoa diferente – uma pessoa mais feliz.

A sra. Morse fez tortas para as meninas na primeira semana, mas a srta. Lettis decidiu que não era chique o bastante para a sala de jantar, então eram servidas apenas para nós da cozinha. Eu disse à sra. Morse que comeria a torta dela três vezes ao dia se pudesse.

– O excesso nunca é bom – ela disse, mas depois disso, sempre me dava a maior fatia.

Eu sabia que a sra. Morse gostava de mim, mesmo que dissesse o contrário. Ela me disse para sair do pensionato à noite de vez em quando.

– Vá para a cidade, tome um sorvete, olhe as lojas. Lucy pode mostrar os lugares para você. – Mas Lucy era jovem e boba demais, e eu disse à sra. Morse que estava economizando dinheiro. Ela aprovou.

– Uma garota sempre deve ter o dinheiro dela para não ficar devendo para ninguém.

Disse que era muita modernidade da parte dela, mas ela não achava isso.

– Até onde sei, o senso comum não está na moda há um bom tempo.

O que eu sabia sobre a sra. Morse – e não era muito – foi por meio da Lucy, cuja avó era prima de segundo grau ou algo assim. Acho que todos em Rockport eram parentes.

Seu primeiro nome era Margaret e o marido morrera quando ela era jovem. Tinha um filho chamado George, que era uma "decepção". Mas Lucy esqueceu de mencionar que a sra. Morse tinha uma irmã chamada Elizabeth, que eu conheci quando ela foi lá num domingo à tarde depois da igreja.

Vi a semelhança imediatamente: testa comprida, olhos cinza próximos um do outro e cabelo grisalho grosso. Mas Margaret Morse era gorducha e meiga, já Elizabeth era magra e desconfiada. Ela olhou acima da minha cabeça quando eu disse:
– Muito prazer.
Saí para que as duas pudessem conversar em particular, mas a sra. Styles era tão surda que era como se eu estivesse sentada à mesa com elas.
– Não acredito que você voltou aqui – ela gritava.
A sra. Morse disse que servia para ela e que ela não podia parar de trabalhar.
A sra. Styles achou que ela podia se sair melhor numa das cozinhas das mansões de verão em Eastern Point. Mas a sra. Morse gostava de estar no comando da própria cozinha e ir para casa para dormir em sua própria cama.
– E não se preocupe com o dinheiro. Estou muito bem.
– Ainda não sei como você aguenta isto aqui. Todos esses estrangeiros me dariam agonia – disse a sra. Styles.
A sra. Morse abaixou um pouco o tom de voz.
– No começo, achei que as italianas fossem roubar. Tinha certeza de que as irlandesas federiam e tinha um pouco de medo das judias. Mas, depois de todos esses anos, digo que algumas delas são melhores que as americanas.
– Hoje em dia, todas estão tentando ser *merlindosas*.
– Melindrosas – corrigiu a sra. Morse. – Nossa mãe teria caído morta ao ver todas essas pernas à mostra.
A sra. Styles disse:
– A mãe teria dado uma surra nelas. As coisas eram melhores naquela época.
A sra. Morse disse que achava que algumas coisas eram melhores nessa época, mas a sra. Styles não via. Os visitantes de verão tinham destruído a cidade e era muito arriscado atravessar a rua por causa de todos os automóveis.
– E esses trajes de banho? Consegue-se ver até você sabe onde. É horrível!

A sra. Morse disse:

– Não há nada que você possa fazer. Então que tal eu lhe dar um belo pedaço de bolo de chocolate?

Ela conseguia consertar quase tudo com um pedaço de bolo ou torta.

NÃO É PROBLEMA SEU, ADDIE

Nas noites mais quentes, quando meu quarto ficava sufocante, eu levava meu travesseiro e minha manta até a varanda e fazia uma cama com as cadeiras e as mesinhas. Jovens conseguem dormir em qualquer lugar. Uma noite, quando estava lá fora, o som da porta da cozinha me acordou. Nunca a trancávamos e imaginei que uma das meninas lá de cima estava aprontando. Mas quando entrei para tomar um copo d'água, a sra. Morse estava se segurando no espaldar de uma cadeira, tremendo de cima a baixo, e estava saindo sangue da boca dela.

Eu a fiz se sentar e passei um guardanapo de pano com água gelada no rosto dela. Perguntei se ela queria que eu chamasse a sra. Lettis ou a irmã dela, mas ela balançou a cabeça negativamente. Depois que nós duas nos acalmamos, fiz uma ótima imitação da Betty e mandei que ela fosse dormir na minha cama. Peguei a maior faca que encontrei e saí para a varanda para ficar de olho.

Não precisava perguntar quem a havia machucado. Hannah disse que o filho da sra. Morse estava metido com os contrabandistas de bebidas por toda Cape Ann. Barcos canadenses cheios de bebidas alcoólicas passavam a carga para barcos menos distantes da costa, e os moradores da região que os rebocavam ganhavam muito dinheiro entregando bebida para criminosos violentos que vinham de Boston. Homens como George Morse separavam garrafas para vender para os turistas ricos de verão que nunca abriram mão dos seus coquetéis durante a Lei Seca. Mas se muitas sumiam, bem, esses fornecedores eram barra pesada.

A sra. Morse ficou na cozinha no dia seguinte, e de cabeça baixa, então só eu vi o lábio inchado e o hematoma em seu queixo. Ela foi para casa após o jantar, mas voltou com uma mala depois que as luzes se apagaram. Disse que iria dormir na varanda, mas eu sabia que ela não podia arriscar que a srta. Lettis a encontrasse. Ela parecia um esquadrão de uma mulher só. No verão anterior, uma menina fora mandada para casa por beber e outra tinha fugido da pensão para se casar. Então ela tomava medidas extras para manter nossa reputação. Nenhuma safadeza seria tolerada, e foi por isso que consegui convencer a sra. Morse a ficar no meu quarto.

Eu fiquei na varanda e, quando ouvi alguém se aproximar da casa, entrei correndo. A sra. Morse estava esperando à porta, e eu implorei para ir para o andar de cima. Ela não iria permitir.

– Vá. Eu cuidarei disto. – Eu não iria vencer aquela discussão, então, fui embora, mas só até a sala de jantar, de onde podia ficar de olho nela.

Ela o deixou entrar quando ele começou a chutar a porta. George Morse era quatro ou cinco centímetros mais alto que a mãe e tinha ombros largos, com mãos grandes e gordas que abriam e fechavam como se estivessem se preparando para dar um soco em alguém. Dava para sentir o cheiro de bebida que vinha dele do outro cômodo.

Eles discutiram aos sussurros por alguns minutos e então a sra. Morse se sentou na cadeira com o rosto virado para a posição oposta a George, que continuava em pé.

– Você sabe que eles me matarão se eu não entregar o dinheiro a eles. Para que você precisa dele, afinal? Sei do seu maldito esconderijo, então não venha me dizer que não tem.

Você não passa de uma velha avarenta com um pé na cova. Que tipo de mãe não salvaria o filho? Quer me ver morto? É isso? Se não me der o dinheiro, vou pôr fogo na casa.

Quando ele a agarrou pelo pulso, eu corri até a cozinha e disse:

– Deixe-a em paz.

Ele me olhou de cima a baixo com um ar repulsivo estampado no rosto.

– Quem é essa coisinha?

Eu o mandei sair, senão chamaria a polícia. Ele apenas deu risada.

– Até que você não é feia. Talvez se você sair para brincar comigo, eu deixe as coisas para uma outra noite.

– Deixe-a em paz, George – disse a sra. Morse.

Ele soltou o pulso dela e veio em minha direção.

– Vamos, mocinha. Sobrou um pouco de rum. Ou talvez você goste de vinho? Posso conseguir também. Não sou um bandido. Só estou numa pequena enrascada.

Ele estava bem na minha frente. Eu sentia sua respiração em meu rosto.

– Diga a ela, mãe. Diga que sou bonzinho.

Mas a sra. Morse havia pegado uma faca e estava atrás dele, cutucando-o pelas costas. Quando ele tentou se virar, ela usou força o bastante para fazê-lo gritar.

– Eu mato você se for preciso – ela sussurrou, usando a faca para levá-lo até a porta. Antes de sair, ele disse:

– Da próxima vez, vou trazer a minha faca e não vou ser tão educado com a sua amiguinha.

Eu só percebi como estava assustada quando ele foi embora. Minha voz falhou quando disse que devíamos chamar a polícia, mas a sra. Morse disse que não ajudaria em nada; os contrabandistas e a polícia estavam mancomunados.

– O que nós faremos então? – perguntei.

Ela me deu leves tapinhas na mão.

— Não é problema seu, Addie. Agora vá dormir. Ficarei sentada aqui um pouco.

Ninguém dormiu naquela noite. Não parava de me lembrar das coisas horríveis que George tinha dito para mim e para a mãe dele. Ainda via a feição feia no rosto dele e o machucado no queixo da sra. Morse, e isso fazia com que eu me lembrasse de uma mulher da fábrica do Levine que ia trabalhar toda segunda de manhã com um olho roxo ou um lábio inchado. Todos fingiam que não viam, e ninguém dizia uma palavra sequer, inclusive eu.

O que eu poderia dizer? "Chame a polícia?" Quando apareciam, iam embora depois de alguns minutos. "Deixe o marido imprestável?" Como ela iria alimentar os filhos sozinha?

Mas eu tinha visto com meus próprios olhos George machucar a sra. Morse. Eu sabia que não podia deixar isso se repetir, mas não fazia ideia de como impedir.

▼

No sábado, conheci Bess Sparber, que conhecia Gussie do tribunal. Ela ia ficar no pensionato naquela semana e queria dar um oi e ver como eu estava. Ela era loira, baixa, com um aperto de mão de um estivador. Tinha um pequeno espaço entre os dentes da frente, o que eu acho que dá sempre um ar de sinceridade à pessoa. Eu estava desesperada para conversar com alguém e contei a ela o que estava acontecendo com a sra. Morse.

— Isso acontece o tempo todo. Ouço coisas no tribunal que deixariam você enojada: uma mulher que perdeu um olho por causa de briga, um garotinho que tinha larvas nas marcas de cinto nas costas. "Lar, doce lar"? Não me faça rir — ela falou.

Disse que ajudaria como pudesse e que também pediria ajuda a outras pessoas. Isso me fez ter a ideia de descobrir quem estava no quarto bem ao lado da cozinha.

O George não tinha aparecido havia alguns dias, mas eu sabia que ele voltaria, então tranquei a porta da cozinha para servir de aviso e deixei uma faca e uma vassoura à mão.

Assim que ouvi os passos dele, bati no teto com o cabo da vassoura; depois, esperei George começar a gritar para abrir a porta. Assim que ele entrou, uma dúzia de garotas segurando tacos de croqué e raquetes de tênis o cercaram. Não paravam de chegar mais meninas, silenciosas feito ratos, até o cômodo estar tomado. Os únicos sons eram da respiração dele e da Bess batendo um taco de beisebol na palma da mão. Quando George viu a sra. Morse de pé à porta, ele se lançou na direção dela, empurrando a garota ao lado dela como um jogador de futebol americano. Deve ter doído, mas ela não se moveu, e as outras fecharam o círculo até ele ficar preso. A sra. Morse o mandou ir embora. George a chamou de vadia velha e de coisas piores e continuou tentando avançar nela. Mas as meninas não cederam e acabaram empurrando-o de volta até a porta.

Depois de ouvir a porta ser trancada, houve um grande suspiro de alívio. Bess e eu queríamos tirar todas de lá o mais rápido possível, mas a Sra. Morse quis apertar a mão de cada uma das meninas antes.

Pela manhã, Bess foi até a cozinha e disse:
– Foi fantástico, mas agora o que faremos?

Podíamos tentar fazer a mesma coisa por algumas noites, mas depois chegaria um grupo de garotas novas e talvez elas não estivessem dispostas a isso. Ou alguém poderia dar com a língua nos dentes e arrumar confusão para a sra. Morse. Ou George poderia vir armado.

Eu precisava conseguir ajuda de alguém da região, e as únicas pessoas que eu sabia que eram de confiança, tirando a sra. Morse, eram Hannah e Lucy. Hannah riu quando contei a ela como tínhamos tirado George da cozinha.

– Queria ter visto a cara dele – falou, e ainda sugeriu que eu deveria falar com Lucy, porque ela conhecia todo mundo da cidade.

Lucy ficou em silêncio quando contei a ela o que estava acontecendo.

– George Morse é um bosta – ela disse. – Ele pegou no meio das minhas pernas quando eu tinha dez anos e eu ainda sinto a sujeira dele em mim. Diga à sra. Morse para que ela não se preocupe.

Não tenho certeza do que houve, mas Lucy conversou com o tio dela, Ned, membro do Movimento da Temperança, que não tinha vergonha de usar machados – e não era só nos barris de uísque. O pai bêbado do Ned havia quebrado o nariz dele ainda garoto, então ele via isso como um chamado para proteger os fracos – sem considerar os meios necessários.

Passou-se uma semana sem a visita do George. A sra. Morse parou de saltar toda vez que a porta se abria e voltou a dormir na própria casa.

Mais uma semana se foi e parecia que George Morse havia desparecido da face da Terra, mas, como ninguém queria vê-lo, ninguém saía à procura dele. Havia um rumor sobre um corpo que apareceu em Long Beach, mas eu não vi nada acerca disso no jornal. Além do mais, ele poderia ter ido para Salem ou Boston ou qualquer outro lugar.

A sra. Morse nunca mais tocou no nome do filho na minha presença. Mas eu comi torta no café da manhã todo dia durante o resto do verão.

TEXTO DE ADDIE BAUM

Lembra-se de quando era pequena, e eu deixava você ficar acordada até tarde para assistirmos "Upstairs, Downstairs"? Esse programa sempre me fazia pensar nos problemas da sra. Morse com George e em como a srta. Lettis nunca descobriu.

Não porque ela fosse burra ou porque nós fôssemos espertas demais. É que ela estava ocupada com os dramas do "andar de cima", como a menina que estava com apendicite. Mas ela ficou em pânico total quando soube que viria um repórter de um jornal para fazer uma matéria sobre o Rockport Lodge.

Pode não parecer algo importante, mas esse tipo de publicidade nunca era bem-vinda pelas mulheres que iniciaram o Rockport Lodge; elas cresceram achando que o nome de uma senhora só deveria aparecer no jornal quando ela se casasse e quando morresse. Mas isso havia mudado e essas mulheres – e suas filhas – liam as colunas sociais quer admitissem ou não, principalmente no *Boston Evening Transcript*, que mostrava a coluna genealógica toda semana e relatava os tipos de clubes femininos aos quais as "Família Importantes" de Boston iam. Estou me referindo aos Lowells e aos Cabots e tal. O *Transcript* era como a revista *People* para os tipos do bairro Beacon Hill, e para o restante de nós também.

A srta. Lettis recebeu uma ligação do presidente da direção do pensionato que disse a ela para esperar uma tal de "srta. Smith" e para garantir que ela saísse com uma ótima impressão. Tudo tinha que parecer perfeito, ou seja, eu poli o corrimão duas vezes e tirei o pó de cada maldito livro da casa. Na noite anterior à grande visita, a srta. Lettis se sentou na cozinha – algo que ela nunca fazia – e revisou o menu do almoço com a sra. Morse.

Ela estava extremamente nervosa – fechava e abria as mãos e nos dizia mais coisas do que provavelmente deveria. Disse que a visitante era a colunista social mais popular em Boston, então tínhamos de ser perfeitas senão o mundo todo ficaria sabendo.

A srta. Lettis era de Pittsfield, então não sabia que a "srta. Smith" era "Serena", que escrevia uma coluna chamada *Por Aí*. Todos liam, não só porque ela tinha as fofocas mais quentes, mas também porque, às vezes, ela tirava sarro das pessoas sobre as quais escrevia, como quando disse que as mulheres de Beacon Hill eram tão mãos de vaca que usavam os sapatos até as solas ficarem finas como uma hóstia.

Ninguém sabia o nome verdadeiro da Serena. Havia um boato de que ela era de uma Família Importante, o que a transformaria numa traidora de sua classe e a tornaria ainda mais fascinante. Algumas pessoas diziam que "ela" só podia ser um homem, porque uma mulher não conseguiria ser tão inteligente.

Quando o carro estacionou na frente do pensionato, eu me sentia como uma detetive resolvendo o mistério da verdadeira identidade da Serena. Ler todos aqueles jornais teve alguma serventia, porque assim que pus os olhos nela, soube que ela era a sra. Charles Thorndike. Caso encerrado!

Quando alguém importante como Tessa Cooper se casava com alguém importante como Charles Thorndike, sempre havia um anúncio no jornal e, às vezes, uma foto dos noivos. A srta. Cooper havia mandado para todos os editores da cidade uma foto com um ombro exposto. Bem picante.

A srta. Lettis estava com sua melhor feição de "boas-vindas", mas, quando viu três câmeras penduradas no pescoço do motorista, soltou um suspiro de susto:

— Não sei se posso permitir fotos — e correu para dentro para ligar para Boston para saber as instruções, deixando a srta. Smith de lado.

Ela se sentou na grade da varanda e acendeu um cigarro.

A foto não fazia jus ao rosto dela em formato de coração nem aos olhos grandes. Seu cabelo escuro era quase tão curto quanto o de um homem e partido na lateral — um estilo que você deve ter visto em revistas de moda, mas era demais para Boston.

Eu devia estar me sentindo muito corajosa naquela manhã porque fui até lá e disse:

— Aceita algo gelado para beber, sra. Thorndike?

Ela parecia ter ficado surpresa ao ouvir o próprio nome, mas depois sorriu e deu de ombros.

– Você lê jornais, não? Aceitaria um drinque, mas imagino que não haja gim e água com gás à mão.

Eu não sabia o que dizer: eram onze horas da manhã e estávamos no meio da Lei Seca.

– Calma, menina – ela riu. – Estou brincando. Você veio para um dos clubes das meninas?

Eu não estava pronta para dizer a ela que era empregada, então disse que era membro do Clube Sabático, o que era verdade. Ela sabia quem éramos.

– A sociedade missionária da minha mãe comprou todos os presentes de Natal da sua lojinha alguns anos atrás. Você é umas das meninas adoráveis que fazem cerâmica?

"Adorável"? Ela estava me dando nos nervos. Eu disse que não, que era secretária numa imobiliária e que estudava na Faculdade Simmons.

– Você é realmente ativa, além de fã das colunas de fofoca.

Não gostei muito desse comentário também, então disse que as colunas sociais eram uma grande perda de tempo, "exceto a da Serena". Então olhei bem nos olhos dela e disse:

– Eu me divirto com a maneira como você tira sarro dos ricos e poderosos de Boston.

Isso fez com que o sorrisinho convencido dela sumisse.

A srta. Lettis reapareceu, mais calma por estar com as ordens. Não seriam feitas fotos dentro do pensionato nem das meninas.

– Não resta muito, não é mesmo? – disse a sra. Thorndike. Ela se levantou e jogou o cigarro no gramado. Lettis deve ter precisado de todo o seu autocontrole para não ter saído correndo para pegá-lo. – Vamos acabar logo com isso.

Elas saíram para fazer um tour cuidadosamente planejado pelo local. Pararam na quadra de tênis, onde, por acaso, as duas melhores tenistas estavam no meio de um jogo, e, de lá, fizeram uma visita ao grupo de garotas bem-apessoadas que estavam lendo poesias entre si. Outro grupo estava fazendo bolsas de crochê – todas mais falsas que uma nota de três dólares.

Tessa Thorndike não parecia nem um pouco interessada. Ela não conversou com nenhuma das meninas nem anotou uma palavra do que a srta. Lettis dizia sobre a história de Rockport Lodge ou do que aconteceu lá. Em vez de almoçar na sala de jantar com todas, ela comeu numa bandeja na sala, sozinha.

O pensionato ficou vazio à tarde pois havia um passeio de veleiro saindo do porto de Rockport.

A srta. Lettis levou o fotógrafo para tirar fotos dos campos e das casas, e a sra. Thorndike voltou à varanda para fumar.

Eu estava andando por ali com um livro debaixo do braço.

– Não vai velejar? – ela perguntou.

Disse que ficava enjoada no mar e perguntei se ela estava se divertindo.

Ela soltou um suspiro.

– Para falar a verdade, não. Estou na coleira; não permitem assuntos engraçados. – Ela pareceu desanimada e menos metida. – O único motivo de eu estar aqui é que a mãe do Charles dá dinheiro para este lugar e disse ao editor que queria algo bonito. Se eu for um pouquinho sarcástica, ela não gostará.

Eu perguntei se a sogra dela suspeitava que ela era Serena.

– Ela faria o filho dela se divorciar de mim. Ela acha Serena vulgar, mas Charlie a acha engraçada.

– Ele tem razão – eu disse.

– Nossa, obrigada! – ela disse e perguntou meu nome.

Ela disse:

– Addie Baum. Daria uma boa assinatura de matéria.

E, de repente, conseguia ver na cabeça: *texto de Addie Baum*, em preto e branco. Era isso o que queria fazer: escrever para jornais.

Fiquei arrepiada, mas me contive e disse:
— Acho que não consigo me lembrar das coisas tão bem quanto você.
— Diz isso porque eu não anoto as coisas? É só porque sou preguiçosa e ninguém realmente se importa com o que eu escrevo contanto que use os nomes corretos, e há uma outra pessoa para verificar e garantir que eles estejam.

Eu disse que ela era uma boa escritora, mas ela recebeu o elogio encolhendo os ombros.

— Eu mando algumas páginas ou ligo para o editor e leio o que eu tenho ao telefone. Mas entrego sempre atrasado, e ele sempre fica possesso. Eu achava que precisava de um assistente para ajudar a realmente passar as coisas para o papel e entregar dentro do prazo. Tudo o que eu tenho que fazer é me lembrar de quem estava em qual festa — principalmente depois de um drinque ou dois.

Eu disse que estudei ditado e datilografia.

— Verdade? — Ela me examinou e disse que daria tudo para ter algumas das minhas curvas. Eu teria dado qualquer coisa para poder usar seu vestido, que caía dos ombros até o joelho em linha reta.

— Você teria que ficar muito tempo na casa — ela disse. — Se eu estivesse em Nova York, poderia dizer às pessoas que você era minha secretária social, mas isso não *acontece* em Boston. E não posso dizer que você é uma amiga porque todo mundo conhece todos os meus amigos.

Eu disse:
— Nós não poderíamos ter nos conhecido na faculdade Barnard? — Outra coisa que sabia dela por causa do anúncio de casamento.

— Você tem uma memória de elefante. Mas, como todos estudaram em Smith ou Wellesley, imagino que possa apresentar você como uma colega de faculdade.

O fotógrafo estava pondo as câmeras no carro e acenou para ela entrar. Dei meu número de telefone do trabalho a ela. Ela apertou minha mão e disse que me ligaria em setembro.

Eu observei enquanto o carro partia e comecei a planejar o restante da minha vida: não teria que ser secretária do Levine para sempre, mas teria que saber tudo sobre a Faculdade Barnard e a cidade de Nova York se fosse fingir ser "colega de faculdade" dela. Do que eu a chamaria: sra. Thorndike ou Tessa? Imagino como a srta. Chevalier ficaria orgulhosa ao ver *texto de Addie Baum* no jornal.

Eu mal podia esperar.

MEU MAXILAR DOÍA DE TANTO FICAR QUIETA

Em vez de estar horrorizada por voltar a trabalhar com meu cunhado, mal podia esperar para chegar ao escritório caso Tessa ligasse. Naquela altura eu já a chamava de Tessa na minha cabeça. Eu entrava mais cedo e saía mais tarde para não perder a ligação. Até desisti de estudar à noite para estar livre de noite e de dia – para fazer qualquer coisa que ela precisasse. Assim que ela me desse notícias, eu pediria demissão do emprego e começaria uma vida totalmente nova.

Depois de um mês sem ouvir uma palavra dela, eu estava ficando louca. Talvez ela tivesse se esquecido de mim ou talvez tivesse decidido que era loucura contratar uma completa desconhecida ou talvez alguém tenha dito a ela que eu era a empregada.

Eu lia o jornal como uma maníaca, até o caderno de esportes e os classificados, pensando que uma hora eu acharia algo sobre a sra. Thorndike. Eu sabia que ela gostava de ter seu nome nas colunas.

Finalmente, vi um item no *Herald* sobre como os Charles Thorndikes estavam desfrutando de sua estada em Londres, onde o sr. Thorndike estava a negócios. Depois disso, estavam planejando passar algumas semanas em Paris antes de retornar à casa deles em Back Bay.

Isso explicava por que não tinha tido notícias dela. Ou ela tinha se esquecido de mim ou se esquecido que iria viajar para a Europa quando conversamos. Fiquei me perguntando se ainda haveria uma chance de ela me ligar quando voltasse. Eu me sentia feito uma mosca presa numa armadilha e desperdicei muito tempo sentindo pena de mim mesma. Irene voltou a falar em me recomendar para Lydia Pinkham, e Betty disse que não queria ninguém de cara feia na festa dela.

Em dezembro, Betty fez uma festa de aniversário para si mesma. Mameh achava que fazer do aniversário uma farra não era só dinheiro jogado fora – era como acenar para o Anjo da Morte.

Não era uma festa grande: apenas a família, um bolo com velas e uma garrafa de *schnapps* caseiro. Betty havia comprado um traje novo, o que já era um evento em si. Ela não tinha comprado nada novo desde que os gêmeos nasceram porque estava tentando perder o peso que ganhou com os bebês. Betty nunca tinha sido magricela nem realmente gorda. Continuava com um corpo bonito, mas o vestido novo o deixava melhor.

Mas o verdadeiro motivo pelo qual Betty nos queria todos juntos era para fazer um anúncio.

– Vocês nunca imaginarão o que Herman comprou para mim de aniversário – ela disse. – Uma casa!

Ela mal conseguia dizer as palavras rápido o bastante para nos contar quantos quartos havia e quantas árvores no quintal. Herman estava comprando bicicletas para os meninos e uma máquina de lavar roupa para ela. Levine deu um beijo na bochecha dela e disse que a casa era um negócio bom demais para perder.

Meus pais ficaram atônitos.

Betty riu.

– Olhe para eles! Não se preocupem. Vocês vêm conosco. Mameh pode plantar repolhos, e Papa não precisará mais trabalhar. Não há aluguel para pagar. É uma casa para duas famílias. Nós ficamos com os dois andares superiores, e vocês, no andar de baixo. Igual aqui.

Levine disse que havia um mercado na esquina e um açougue *kosher*.

– Há judeus lá? – Mameh perguntou.

– Em Roxbury? – ele disse. – Está brincando?

Betty disse que a sra. Kampinsky, do edifício antigo, já estava morando lá com o filho e a nora dela.

– Ela pediu para dar um oi para você e para você visitá-la assim que puder.

O rosto de Papa parecia uma máscara.

– Você fala como se estivesse tudo decidido. Como se eu fosse velho e doente demais para trabalhar. Como se já não fosse mais o chefe da minha própria casa.

– É claro que o senhor é – Levine disse. – Se quiser continuar trabalhando, eu entendo. Há até um bonde perto de lá.

Betty começou a falar de como era mais tranquilo em Roxbury e como havia escolas melhores para os garotos. Levine disse que a vizinhança estava se formando. Minha mãe perguntou se havia peixaria próxima que desse para ir a pé.

E então, *bum*, meu pai bateu a mão fechada na mesa.

– Nós não vamos a lugar algum.

Parecia que o tempo tinha parado. Meu pai nunca fazia essas coisas. Até Betty ficou sem saber o que falar.

– Como assim, não vamos? Eu vou. Sem mim, seus netos cresceriam como animais. Você faça o que quiser. Fique aqui e morra de fome – Mameh disse.

– Addie cuidará da casa para mim – ele falou.
– Ela não sabe nem ferver água. – Mameh jogou as mãos para o alto. – Ah, de que me importa? Que vocês dois morram de fome.

O assunto rendeu durante um longo tempo: Levine explicava, Betty discutia, e Mameh gritava até finalmente meu pai se levantar.

– Vocês podem falar até o Messias voltar, mas eu não vou a lugar algum. – Ao sair, ele bateu a porta com tanta força que as xícaras saltaram sobre a mesa.

Levine se virou para mim.

– O que está acontecendo? Pensei que ele fosse ficar feliz.

"Feliz" não era uma palavra que eu usaria para descrever meu pai e minha mãe. Mas eu disse a ele que o problema era a sinagoga do meu pai.

Depois que Lenny morreu, meu pai ficou mais religioso. Ele começou a trabalhar no turno da noite para poder rezar de manhã na volta para casa e comia o jantar mais cedo para poder rezar antes do trabalho. Organizou seu horário para não trabalhar aos sábados e passar a maior parte do tempo na sinagoga.

Papa era uma pessoa diferente quando estava lá. Em casa, era quieto – distante até. Mas quando entrava na sinagoga, os homens se atropelavam para cumprimentá-lo, e ele sorria e dizia coisas que os faziam rir. Era um homem importante lá – um sábio.

Levine pediu desculpas a Papa. Deviam ter perguntado a ele antes e, é claro, se Papa queria ficar onde estava por ora, ele poderia se mudar depois, se quisesse. Mas caso fosse se mudar, havia uma sinagoga a algumas quadras da casa nova. Ela tinha uma grande biblioteca com um Talmude completo e luzes elétricas para poder ler à noite. O rabino tinha uma barba branca comprida.

– Ele não é americano? – Papa perguntou.
– Acho que ele é da Alemanha – Levine respondeu.
– Pior ainda.

Levine desistiu. Não havia como fazer Papa mudar de ideia, mas, no fim das contas, não foi preciso porque o dono do prédio fez a sinagoga do meu pai sair da frente da loja e Avrum, o zelador, ia se mudar para Roxbury. Avrum disse a Papa que havia ido ao templo do Levine e que a biblioteca era muito boa, o que era como uma nota dez. Também disse que o rabino não era tão ruim para um alemão, o que era um grande elogio vindo de um húngaro.

No fim, Papa se mudou para Roxbury com todos. Mas eu não.

▼

Não disse nada sobre os meus planos até o dia da mudança. Só quando o caminhão parou, contei aos meus pais que tinha alugado um quarto na pensão da sra. Kay na Tremont Street. Era um lugar bem respeitável, e Betty me disse para falar que a maioria das meninas de lá eram judias, como se fosse fazer alguma diferença.

Meu pai fez cara feia, mas não pareceu surpreso, o que me fez pensar que Betty já havia contado a ele. Minha mãe era uma história diferente. Ela me olhou como se eu fosse um verme.

– Eu deveria ficar feliz por você ir para um prostíbulo *judeu*? E era só o começo. Eu era tão desobediente e teimosa. Era malcriada. Nunca dizia a ela o que estava fazendo nem aonde ia. Eu era uma decepção, uma idiota. Tinha me tornado uma cabeçuda.

Quanto mais ela continuava, mais brava ficava.

Finalmente, ela disse:

– Você se arrependerá. E não pense em voltar quando estiver na sarjeta.

Meu maxilar doía de tanto ficar quieta. Eu havia prometido para mim mesma que não brigaria, mas, dentro da minha cabeça, estava gritando: "Não me chame de vadia. Por que ler livros me deixa cabeçuda? Por que nunca pergunta o que estou lendo? Sarjeta? Quem está pagando seu aluguel?".

– Você nem olha para mim enquanto falo com você! – Mameh gritou. – Saia daqui, vá. Meu assunto com você já acabou.

– Não seja ridícula – Betty disse.

– Veja quem está falando? A poderosa! A culpa é sua – sua e desse seu marido. Vocês só se importam com dinheiro e com causar boa impressão. Sei que vocês acham que eu sou um nada, uma qualquer. Mas vocês são duas camponesas que venceram na vida. Tomara que seus filhos tratem vocês como vocês me tratam.

Betty disse para mim:

– Não preste atenção.

Levine me entregou cinco dólares e disse:

– Ela está dizendo da boca para fora.

Eu costumava sonhar com a maravilha que seria o dia em que eu iria morar sozinha, mas o que me lembro daquele dia é de correr até o meio-fio e vomitar.

▼

A pensão era barata e limpa, mas meu quarto era escuro e cheirava a naftalinas. Na verdade, o prédio inteiro tinha esse cheiro, até a sala de jantar. Eu era a mais jovem lá em trinta anos e a única que trabalhava. O restante eram solteironas ou viúvas vivendo de pensão, e todas eram solitárias.

Se eu fosse à sala com um livro, uma delas se sentava perto de mim e reclamava da dona da pensão ou de uma sobrinha ingrata que nunca a visitava ou de como eram horríveis as maneiras da outra mulher à mesa.

Todas concordavam que as coisas eram melhores antigamente. Algumas delas estavam tristes com isso, e outras, rancorosas, mas era sempre "Nada é tão bom quanto costumava ser".

Jurei que nunca iria falar essas coisas e sabe de uma coisa? Agora que sou uma senhora de idade, acho que a maioria das coisas são melhores do que eram. Veja os computadores, por exemplo. Veja a sua irmã, a cardiologista, e você, formada em

Harvard. Nem me fale dos bons e velhos tempos. O que havia de bom? Mesmo com as senhorinhas e as naftalinas, eu adorava não ter que explicar aonde estava indo nem onde tinha estado. Era como estar de férias da minha família. Conversava bastante com Betty. Ela e Levine tinham um telefone em casa e os dois conversavam pelo menos três vezes por dia. Ela também ligava para mim e perguntava o que eu estava fazendo e quando iria jantar lá, o que não era muito comum.

Eu sabia que deveria estar procurando outro emprego, mas não perdia a esperança de que Tessa Thorndike fosse me resgatar quando voltasse para Boston. Pelas páginas da sociedade, descobri que ela estava em casa. A sra. Thorndike tinha sido vista num chá com um vestido preto estranho, "muito francês para a Nova Inglaterra", o que quer dizer que todos o odiaram.

Uma semana depois, a coluna da Serena voltou ao *Evening Transcript* com uma nota sobre o recente surgimento da sra. Thorndike num *ensemble* parisiense *très chic* da famosa estilista Coco Chanel. Não que alguém de Boston conhecesse Chanel ou soubesse como pronunciar o nome dela.

Era preciso admirar a audácia dela ao elogiar a si mesma, mas finalmente percebi que ela não iria ligar para mim. Se eu quisesse mudar, teria que fazer isso sozinha.

Durante meses, Irene e Gussie tinham me ouvido falar sobre Serena e como ela iria me contratar, um pouco demais, eu acho. Porque quando eu disse que não estava mais esperando, Irene disse:

— Já era hora. — Gussie disse que daria alguns telefonemas e me mandou começar a procurar nos classificados. Havia muitas vagas para datilógrafas e algumas pareciam interessantes. Eu queria me inscrever para a Faculdade Wellesley, mas isso levaria horas no bonde. Pensei em trabalhar na clínica de um médico – isso me faria entrar num mundo completamente diferente –, mas, quando liguei, a vaga já tinha sido preenchida.

Irene disse que estava de ouvidos abertos também, ou seja, estava ouvindo ligações que ela achava que poderiam levar a algo. Não é muito *kosher*, eu sei, mas Irene disse que ninguém daria nada para garotas como nós, então tínhamos de nos arriscar onde quer que se achasse uma chance. Ela nem disse "oi" quando atendi o telefone.

– A datilógrafa do jornal *Transcript* pediu demissão. Vista seu casaco e vá para lá agora.

EU ME SENTI COMO UMA VERDADEIRA GAROTA DE BOSTON

Já eram quatro da tarde quando Irene ligou, então só cheguei ao prédio do *Transcript* depois das cinco. O saguão estava quase deserto, mas eu pensei: "Que se dane, já estou aqui", então perguntei a um homem aonde teria que ir para saber sobre uma vaga de datilógrafa do jornal. Ele me disse para ir ao segundo andar e ver se o sr. Morton ainda estava lá, mas que se eu não fosse rápida, nem deveria me incomodar. Então piscou.

– Sua beleza não terá importância para ele.

Sempre ficava surpresa quando as pessoas me diziam que eu era bonita. Não via isso naquela época, mas, quando vejo fotos minhas, tenho que admitir que eu era bonitinha. Depois de perder a gordura no rosto da época de bebê e de cortar o cabelo, meus olhos pareciam maiores e meu nariz parecia menor. E tive muita sorte com os dentes.

Quando olho para meu rosto de oitenta e cinco anos de idade no espelho hoje em dia, penso: "Você não ficará mais bonita do que está hoje, querida, então sorria. Quem disse que um sorriso é a melhor plástica era uma mulher inteligente".

Enfim, o fato de o homem ter dito que eu era bonita me fez sorrir, e eu subi me sentindo um pouquinho menos nervosa.

Eu entrei numa sala grande onde parecia que um furacão havia passado. Havia papel por todo o chão. As latas de lixo e os cinzeiros estavam transbordando, e o local cheirava a fumaça de charuto. Parecia com aquelas salas de redação que se vê em filmes – só que com baratas.

Não havia ninguém lá. O *Transcript* era um jornal noturno, ou seja, todos já tinham ido embora. Na minha cabeça, eu pensava: "Droga, droga, droga", mas um desses "droga" deve ter escapado da minha boca porque ouvi uma voz dizer:

– Ah!

Um homem gordo de chapéu saiu de trás de uma porta de vidro na extremidade da sala. Eu disse que estava procurando pelo sr. Morton para falar sobre uma vaga. Ele soltou outro "Ah!" e disse:

– Está procurando por mim.

– Vim por causa da vaga – eu disse.

– A vaga de datilógrafa, certo? Não me diga que você pensa que é a próxima Nelly Bly.

Não fazia ideia de quem era. Eu disse simplesmente que sabia datilografar.

– Rápido?

– Muito rápido. E sou boa em ditado.

Ele me pediu para mostrar as mãos, e eu agradeci silenciosamente à sra. Powder pela regra dela de manter sempre as unhas curtas.

– Você precisará atender telefonemas.
Disse que tinha muita experiência nisso.
– O que você faria se um maluco ligasse e falasse aos berros sobre os bolcheviques no departamento de polícia, como se fosse culpa sua?
– Por que alguém ligaria para fazer isso? – eu perguntei. – A greve policial foi há cinco anos.

Ele tinha papada, e o queixo já demonstrava os primeiros sinais da barba que fora feita pela manhã, mas sorriu feito um garotinho quando disse o próximo "Ah!".

Achei que estava rindo de mim, mas descobri que "Ah!" poderia significar qualquer coisa: desde "idiota" a "bom dia" ou até "você está contratada". Aquele "Ah!" em particular significava que eu estava contratada.

Meu primeiro mês lá foi um borrão. Nunca trabalhei tanto, nem mesmo limpando o Rockport Lodge, porque eu estava tentando fazer tudo perfeitamente e também porque estava fazendo tudo. Corria para o andar de cima onde ficava o escritório de negócios, para o andar de baixo onde ficava a sala de imprensa, e voltava a subir para o escritório de propaganda. Saía para comprar cigarros e garrafas em sacos de papel pardo do farmacêutico. Atendia o telefone e ouvia vários malucos que reclamavam de tudo – do cachorro do vizinho, das mulheres dirigindo, dos postes quebrados, dos colarinhos do presidente Coolidge.

Mort – ele disse que me demitiria se eu o chamasse de sr. Morton – disse que o telefone era uma maldição, exceto quando era necessário, como quando um repórter não tinha tempo de voltar ao escritório para passar a matéria. Havia dias em que eu ia para casa com uma dor terrível no pescoço por ficar ouvindo para datilografar com o telefone entre o ouvido e o ombro. Você não faz ideia de como eles eram pesados.

Eu datilografava para os repórteres mais velhos que se recusavam a aprender datilografia. Os mais jovens usavam dois dedos, mas eram muito rápidos. O rapaz que cobria os tribunais era mais rápido que eu, mas também vivia extremamente bêbado. Às vezes, ele chegava uma hora antes do prazo, escrevia a história dele e desmaiava sobre a mesa. Não conseguia imaginar que alguém tão embriagado podia escrever tão bem. Mas, um dia, ele exagerou mesmo e entregou uma verdadeira bagunça. Mort me disse para revisar e deixar o melhor possível que ele terminaria. Vou falar uma coisa: eu morri de trabalhar naquelas duas páginas e estava uma pilha de nervos quando as entreguei. Mort trocou meu começo pelo final, tirou todos os adjetivos, cortou tudo pela metade e deixou cem por cento melhor.

– É assim que se faz – ele disse. Foi a melhor aula de redação que já tive.

Não que ele quisesse que eu fosse repórter. Por Deus, jamais! Mort detestava mulheres repórteres.

– Elas sempre se enfiam no meio da história. As corajosas mostram demais essa qualidade, fingindo serem lunáticas ou empregadas domésticas; já as que gostam de se lamentar falam demais sobre as roupas do homicida e nada sobre a arma.

Ele também não tinha uma opinião muito favorável a respeito dos repórteres homens e havia vários exemplos ruins naquele jornal: não só bêbados, mas homens casados que continuavam me convidando para jantar. Mort disse que, se me visse com algum deles, me demitiria na hora.

– Não que eu espere que você fique aqui por muito tempo – ele disse. – As inteligentes vão embora logo e as bonitas vão mais rápido ainda, por isso imagino que você vai ficar uns seis meses, no máximo. – Então perguntou se eu tinha conhecido Sam Gold na área de vendas. – Garoto bom, solteiro, é do seu povo. Poderia achar pior.

– Pare de bancar uma *yenta* – eu disse.

– Já me chamaram de coisas piores do que casamenteiro. Dessa vez, eu disse:

– "Ah!" – Obviamente, eu não era a primeira judia que Mort conhecia.

Ele e eu tínhamos o que chamam de sociedade de admiração mútua, e é por isso que ele me mantinha longe das páginas femininas, ou, como Mort chamava, "a sala das malditas mulheres". Ele odiava as matérias sobre roupas, cozinha, maquiagem, festas e chás, clubes femininos e eventos de caridade. "Tudo besteira." Mas era popular com os leitores, e os tipos da sociedade seguiam a coluna genealógica assim como meus sobrinhos liam sobre o Red Sox.

Tirando as colunas, a seção inteira era escrita por duas mulheres de meia-idade que nunca tiravam o chapéu. A srta. Flora, que era alta e gorda, e a srta. Katherine, que era alta e magra, faziam cópias mais rápido que qualquer pessoa na sala de redação, o que era bom, já que a página feminina não parava de crescer. As empresas de sabonete e as lojas de departamentos queriam seus anúncios perto de matérias que suas consumidoras provavelmente leriam. Mort costumava murmurar:

– Logo, logo, terão que trocar o nome do jornal por *Jornal das Malditas Mulheres*.

Mas ninguém odiava a seção mais que seu editor, Ian Cornish. Seu apelido era Garnisé porque ele tinha cabelo ruivo e uma voz que parecia um trompete. Uma vez, eu o vi subir em cima da mesa e gritar:

– Estou no inferno!

Tinha cerca de trinta anos com belos olhos verdes e furinho no queixo como o do Cary Grant, mas eu nunca gostei de homens muito brancos de cabelo ruivo. Acho que ficam parecendo camarões fervidos e sem pele.

Cornish havia sido mandado para o "galinheiro" – era assim que ele chamava, como castigo por uma briga que tinha tido com alguém do andar de cima. Ele imaginou que seria chamado de volta à sua mesa depois de algumas semanas, mas, quando percebeu que estava preso com as mulheres, começou a chegar tarde e não passava mais de duas ou três horas no escritório. Flora e Katherine trabalhavam tão bem que ele não fazia a menor diferença, mas quando dois novos cadernos foram acrescentados à seção, Cornish teve que fazer algo também. Serena não tinha entregado nada havia meses, então ele começou uma coluna nova sobre clubes femininos, palestras e salões particulares. Eram como clubes de livro de hoje, só que mais formais. Os grã-finos competiam entre si para conseguir palestrantes famosos. Cornish chamava sua coluna de *Vi e Ouvi*, sob o pseudônimo de "Henrietta Cavendish", e não escrevia uma palavra sequer. Era tudo copiado dos jornais matutinos, os quais ele cortava e deixava por toda a sua mesa como se desafiasse alguém a pegá-los. Ele conseguiu se safar por tanto tempo que era claro que nenhum dos superiores liam a coluna dele. Nem mesmo Mort.

Eu não tinha nada a ver com a seção feminina. Flora e Katherine não precisavam de ajuda, e Cornish sabia datilografar, pelo menos, até o dia em que apareceu com a mão direita numa tipoia por ter dado um soco em alguém que o chamara de Mary, por causa de onde ele trabalhava.

Mort não ficou feliz ao me mandar para lá. Ele tinha quatro filhas e me tratava como se eu fosse a quinta. Ele achava Cornish um canalha e o avisou para ser um cavalheiro ou iria ficar com a outra mão quebrada.

Mas Cornish só pensava em negócios. Ele me deu a cópia para datilografar sem dizer "por favor" e pegou de volta sem dizer "obrigado" e nunca olhou nos meus olhos.

A primeira vez que ele me disse três palavras foi quando me entregou uma folha de um bloco de papel, segurando-a entre o polegar e o indicador como se fosse um lenço sujo.

– Datilografe isto já – falou. – Sua Alteza, Serena, decidiu nos agraciar com sua sagacidade, e temos vinte minutos para cortar a seção e encaixar isto.

– Bem, ela é a melhor escritora da seção – comentei.
Ele parecia surpreso por eu saber falar.
– Você pode até estar certa, mas ela só enche o saco. Escreve quando quer, e eu tenho que aguentar isso porque o público gosta dela e o editor também. É uma pena que ela seja tão rica, porque, se passasse fome, seria uma mulher realmente precipitada.

Aquela coluna não era uma das melhores da Serena. A maior parte falava da festa de noivado de uma jovem que devia ser amiga dela, já que não continha uma palavra sequer que fosse maliciosa ou dissimulada. Katherine ou Flora poderiam ter feito aquilo em cinco minutos.

Sei que não é bom rir da desgraça alheia, mas Tessa Thorndike nunca me ligou, e eu fiquei um pouquinho satisfeita com a mediocridade da escrita dela. Não foi muito bonito da minha parte, mas você não ficará brava com sua querida vovó, não é mesmo?

Após algumas semanas nas páginas femininas, tive que concordar com Mort de que era tudo uma grande perda de tempo: receitas para se livrar das sardas, dicas para ter um hálito doce, "novidades" sobre barras de roupa e fofocas da sociedade.

A coluna do Cornish era a pior: uma lista roubada de eventos "intimistas" com o nome das mulheres que iam aos "adoráveis" chás e ouviam as palestras "intrigantes" em casas "charmosas". Não tinha importância. *Vi e Ouvi* era quase tão popular quanto a coluna genealógica e pelo mesmo motivo: as pessoas gostavam de ver seus nomes nos jornais.

A mão do Cornish curou rapidamente, ainda bem, mas, alguns dias depois, eu voltei ao meu emprego regular – Mort me chamou para o escritório dele. Ele estava segurando o telefone e disse que Cornish tinha ligado para dizer que estava doente, e Katherine estava em casa com a mãe à beira da morte, ou seja, eu iria passar o dia inteiro no galinheiro com Flora.

— Ele quer falar com você.

Quando atendi o telefone, ele disse:

— É a Baum? — Era a primeira vez que Cornish dizia meu nome. — Você escreverá minha coluna hoje.

— Eu?

— Por que não? Você é mais inteligente que um macaco — falou, e me pediu para ir à banca de jornal da esquina e pedir pelas cópias do *Herald*, do *Globe*, do *Advertiser* e do *American*.

— Escreva sobre qualquer reunião de mulheres respeitáveis e veja as fotos. Às vezes, dá para saber os nomes pelas legendas. Mas certifique-se de que os escreveu corretamente.

Foi minha primeira matéria de jornal. Não foi exatamente um momento "parem as máquinas", mas eu fiquei animada. Quando comecei a escrever, percebi que havia uma hierarquia social para listar os nomes. Sempre se começava com a mais Importante das Famílias Importantes: os Adamses, Cabots, Lodges, Winthrops e tal, seguidos por outros nomes bem conhecidos; depois, os oficiais dos clubes, mulheres casadas, socialites solteiras e, no fim de tudo, solteironas de certa idade como – e lá estava ela – srta. Edith Chevalier.

Senti um frio na espinha quando vi o nome dela e, finalmente, entendi por que as pessoas gostavam tanto de ler essas colunas. Conhecer a srta. Chevalier significava que de alguma forma eu estava ligada aos eventos importantes da cidade. Eu me senti como uma verdadeira garota de Boston.

Verifiquei a ortografia do nome de todos e entreguei antes do prazo, mas Flora me devolveu sem nem olhar o que eu tinha escrito. Alguns anúncios grandes tinham acabado de chegar, e tiveram que acrescentar uma página nova ao caderno.

— Conseguiria preencher mais quinze centímetros com texto na próxima meia hora? — Ela obviamente achava que não, então eu disse que não haveria problema.

A primeira coisa que fiz foi acrescentar os nomes de todos os palestrantes e sobre o que eles falaram. Na minha opinião, deixou a coluna bem mais interessante. A presidente da Liga das Mulheres Eleitoras falou sobre "Por que as mulheres não votam?". Um professor inglês da Faculdade Smith explicou "Terra Desolada" de T. S. Eliot. Uma médica falou sobre a teoria sexual de Sigmund Freud. A srta. Chevalier tinha ido a uma reunião onde uma professora aposentada falava sobre sua viagem ao Egito, "com ilustrações de lanternas mágicas".

Mas, mesmo com tudo isso, ainda faltava e não havia mais nada para roubar. Eu não iria voltar até a srta. Flora com o rabinho entre as pernas, então tive uma ideia que pensei ser brilhante. Peguei o telefone e pedi para falar com o ramal principal da Biblioteca Pública de Boston.

A srta. Chevalier ficou surpresa ao me ouvir. Quando contei a ela que estava escrevendo sobre o encontro dela para o *Boston Evening Transcript*, ela pareceu ter ficado contentíssima e ficou feliz em me contar tudo sobre a palestra.

Ela disse que tinha sido "transportada". A palestrante tinha setenta e cinco anos e tinha viajado sozinha por todo o mundo. O Egito foi a aventura mais recente dela.

– Queria que você visse as fotos dessa senhora vivaz sentada num camelo na frente das Grandes Pirâmides.

Estava anotando tudo o que ela dizia e perguntei se poderia usar alguns dos comentários dela na minha matéria. Disse que não precisava usar o nome dela. Poderia dizer "De acordo com uma das mulheres que estava presente". Mas a srta. Chevalier não se importou de ser citada contanto que eu incluísse seu título completo: Supervisora de Circulação do Departamento Central da Biblioteca Pública de Boston.

Ao fim daquele dia de trabalho, fiquei à porta dos fundos do prédio do *Transcript* e parei o primeiro jornaleiro que saiu com uma pilha de jornais, que tinham acabado de sair, juro por Deus, "quentinhos da impressão".

Rasguei para abrir uma cópia e vi minha matéria do jeitinho que eu tinha escrito, inclusive os comentários da srta. Chevalier, palavra por palavra, bem ali na *Vi e Ouvi*, "texto de srta. Henrietta Cavendish".

Eu deveria saber que não receberia o crédito. Não era para ter sido uma surpresa. Mas ainda me lembro de me sentir como uma garotinha cujo pirulito tinha sido tomado de suas mãos.

1925-26

BELO JOGO
DE PALAVRAS

Só esperava que alguns amigos e a srta. Chevalier notassem que ela fora mencionada na coluna, mas estava enganada.

Na manhã seguinte, houve pelo menos uma dúzia de ligações de mulheres querendo saber por que o grupo de livros da sra. Taylor tinha conseguido tratamento especial. A própria sra. Taylor ligou para perguntar por que a srta. Cavendish falou com "aquela bibliotecária" quando ela tinha recebido a srta. Saltonstall em sua casa.

O editor ficou feliz por causa da atenção e disse a Mort para manter o ótimo trabalho, ou seja, mais trabalho para Cornish. Os outros jornais não usavam citações, mas começaram algumas semanas depois de nós.

Cornish não ficou contente.

– Não falarei com essas mulheres metidas a intelectuais, e você não gostará do resultado. Por acaso pareço com a srta. Henrietta Maldita Cavendish?

Mort disse a Cornish para mandar Flora ou Katherine fazer as entrevistas, mas, pela primeira vez que alguém pudesse se lembrar, elas disseram não. A srta. Katherine disse que ou ele estava fazendo piada ou estava brincando com fogo. A srta. Flora disse que isso era a última gota d'água. Essas duas eram mestres do clichê.

E foi assim que me tornei Henrietta Cavendish. Cornish viu a chance dele, e me deu, além das entrevistas, a responsabilidade pela coluna toda.

– Você é uma garota inteligente – ele falou. – Entende como isso funciona. Continue deixando o editor feliz e todos deixam você em paz.

Cornish tinha razão quando havia dito que um macaco inteligente conseguiria montar a coluna. Não era difícil. Se Cornish estivesse no prédio quando eu entregava, dava uma olhadinha rápida nas minhas páginas, e Katherine fazia a edição final. Eu não tinha percebido que meus olhos foram maiores que a barriga, já que tinha que escrever uma coluna duas vezes por semana além de cuidar da datilografia, telefonemas e outros afazeres. Não pensei em pedir um aumento. Eu estava nas nuvens.

Passava cada momento livre – e não só quando estava no trabalho – tentando deixar a coluna o mais interessante possível. As mulheres começaram a enviar biografias de seus palestrantes e listas de convidados com antecedência; às vezes, incluíam o menu, e eu até recebi alguns convites. Bem, a srta. Cavendish recebeu, na verdade.

Havia dias em que me sentia sobrecarregada, como se houvesse convites demais e cada palestra fosse sobre arranjos de flores. Se Flora e Katherine não tivessem me ajudado a filtrar e separar, teria ficado sufocada. Mas elas gostavam de quem trabalhava duro e sabiam que eu não podia pedir ajuda a mais ninguém.

Nem perguntava as horas para Cornish. Ele tratava nós três como se fôssemos servas ou crianças e só falava comigo para avisar que o editor queria mencionar uma amiga ou parente em particular.

Às vezes, isso significava que eu tinha que escrever sobre as coisas mais idiotas imagináveis. O pior foi "A prova científica de que fadas existem". Não estou inventando.

Fazia um mês que estava escrevendo a coluna quando a srta. Cavendish recebeu um bilhete diretamente do editor dizendo a ela para ir à próxima reunião de esposas do corpo docente de Harvard, que seria organizado pela cunhada dele.

– Ele não sabe que a srta. Cavendish não existe? – perguntei a Cornish.

– Mocinha, apostaria uma semana do meu salário que ele nunca nem olhou para os nossos rabiscos.

Então ele me mandou dizer à sobrinha que Henrietta estava com um resfriado terrível e que ela havia me enviado – a secretária dela – no lugar para fazer as anotações. Para mim, parecia uma grande aventura. Eu mal podia esperar.

A reunião foi numa tarde de sexta numa parte de Cambridge à qual nunca tinha ido, e me senti como uma turista. As mansões na Brattle Street eram tão grandes quanto as de Rockport, porém mais velhas.

A casa a que fui não era a maior da rua, mas era muito elegante por dentro. Uma empregada de uniforme e chapéu atendeu a porta, pegou meu casaco e perguntou meu nome. Para uma garota que cresceu num apartamento com água fria, era como entrar num sonho ou num filme.

Lá fora fazia frio, mas parecia uma tarde de verão na sala, e não só por causa da lareira. O lugar estava coberto por rosas: sobre o sofá, o tapete, as cortinas e até nas louças – rosas cor-de-rosa.

A empregada me apresentou como srta. Abby Brown. Isso me fez voltar à Terra. Não poderia ser Addie Baum mesmo quando fingia ser a secretária imaginária de uma colunista imaginária.

A maioria das mulheres na reunião era de idade, mas a anfitriã não devia ter mais que trinta anos e era muito elegante, o que era raro em Cambridge naquela época. Ainda é, não acha?

Não me lembro do nome dela, mas, quando expliquei por que eu estava lá em vez da srta. Cavendish, ela me mandou para o fundo da sala para que eu não incomodasse ninguém com minhas anotações. Ela foi perfeitamente educada ao fazer isso, mas, mesmo assim, me senti um pouco insultada e envergonhada como na noite em que tentei brincar de charada em Rockport Lodge.

Parei de sentir pena de mim mesma assim que a palestrante entrou. Era uma mulher negra com cabelo grisalho e um colar pequeno de pérolas em volta do pescoço. A sra. Mary Holland – um nome do qual jamais me esquecerei – estava lá para falar sobre o movimento antilinchamento.

A sra. Holland era do tipo avó com um rosto gentil, mas a mensagem não tinha nada relacionado a isso. Ela estava lá para chocar e levar essas mulheres para a causa dela.

Ela começou com uma história sobre um homem negro sóbrio e frequentador da igreja que foi linchado porque abriu um mercado em frente a um mercado de um homem branco. Os olhos dela se encheram de lágrimas enquanto falava de um doce garoto de doze anos de idade que fora assassinado por sorrir para uma garota branca. Ela disse que havia milhares de histórias dessas e uma centena sobre mulheres brancas que foram linchadas por se manifestarem contra os assassinatos.

Ela era ígnea – conhece essa palavra? Era como se estivesse pegando fogo. Deixou as mulheres completamente interessadas. Ao fim do discurso, todas elas concordaram em assinar uma petição nacional e em doar dinheiro para tornar o linchamento um crime federal.

A sra. Holland disse que sabia que era difícil de acreditar que tais horrores estavam acontecendo nos Estados Unidos no século XX. Ela tirou um envelope grande da bolsa e disse que tinha provas, mas nos alertou para não olhar as fotografias, "a não ser que tenham estômago para ver o mal que os homens podem fazer".

Achei que devia olhar as fotos para ver se havia algo que eu pudesse usar na coluna. Não passei da primeira página. Dois homens negros estavam pendurados pelo pescoço num poste – como aqueles em que se penduram placas. As mãos deles haviam sido amarradas para trás; os pés estavam a apenas alguns centímetros do chão. Em cada lado dos corpos, dúzias de homens brancos estavam enfileirados e olhando diretamente para a câmera; alguns se inclinavam para frente para ter certeza de que sairiam na foto.

E como se isso já não fosse horrível o bastante, a foto fôra impressa num cartão-postal. Que tipo de pessoa colocaria um selo numa coisa daquela e para quem mandaria algo assim?

Voltei à minha sala com nojo da raça humana e passei a semana tentando resumir o máximo do que tinha visto e ouvido para transformar em alguns parágrafos. Tinha certeza de que Cornish iria cortar tudo, mas iria tentar mesmo assim. A história de mulheres tentando consertar um erro terrível não deveria estar no caderno feminino? Quando Cornish leu, praticamente correu até a sala do Mort e fechou a porta. Tive a impressão que ficaram lá por bastante tempo e, quando saíram, Mort saiu da sala de redação com a cabeça baixa e a minha matéria em mãos. Cornish disse que ele estava indo levar ao editor e era ele quem iria decidir.

Comecei a pensar que seria demitida. Mas, acredite ou não, a matéria foi publicada. A cunhada já tinha telefonado para o editor para garantir que a reunião dela fosse mencionada no jornal. A secretária do andar de cima me disse que houvera várias ligações naquela manhã e uma visita da esposa do editor, que era uma grande apoiadora da campanha antilinchamento.

Eles tiraram o que escrevi sobre os cartões-postais e os nomes das mulheres que estavam lá. Também esconderam a coluna. A *Vi e Ouvi* geralmente tinha destaque na página feminina, mas, dessa vez, começou na parte inferior, e a maior parte pulou para a parte de trás da seção de classificados.

Mesmo assim, as pessoas encontraram o texto e algumas ligaram para cancelar a assinatura. Um homem disse que a esposa dele havia desmaiado quando lera os detalhes repulsivos e ameaçou processar o jornal. Acredite em mim, não havia nada de repulsivo no artigo, mas havia muitas ligações asquerosas. Foi a primeira vez que ouvi o termo "crioulo", e ouvi bastante.

Por outro lado, a srta. Cavendish recebeu um bilhete adorável de um pastor do unitarismo que agradeceu a ela por dar atenção a tamanha desgraça nacional. O presidente da Faculdade Wellesley e um senador estadual também a cumprimentaram.

Mort disse que tudo isso seria esquecido no dia seguinte, e acho que foi, mas, no meu mundinho, foi um grande evento. A srta. Chevalier ligou para saber se eu tinha escrito o texto. Ela disse que era magnífico.

– Só queria que tivesse saído com o seu nome.

Betty comprou cinco cópias do jornal e mandou "minha" matéria para o presidente do Conselho Nacional de Mulheres Judias. Ela disse que elas eram contra o linchamento antes de Leo Frank ser linchado na Geórgia em 1915. Eu não sabia disso nem que a minha irmã era membro.

O mais surpreendente foi como Ian Cornish adorou a comoção. Ele se sentava na extremidade da mesa e conversava comigo como se fôssemos velhos amigos.

– É bom balançar as penas daqueles chapéus idiotas.

Eu disse que era uma pena que tanta coisa tivesse sido cortada da matéria, e ele me deu uma aula sobre como só o autor sabe o que está faltando. Disse que isso acontece com todo mundo.

– Até comigo.

Levei alguns minutos para perceber que ele estava flertando comigo.

– É preciso ser casca grossa para fazer este trabalho, e é por isso que as mulheres não duram muito. Principalmente jovens com uma pele adorável como a sua. – E então ele me convidou para jantar.

Eu recusei, mas ele não desistiu. Desatou a me elogiar. Gostou de como tinha mudado o jeito que eu repartia o cabelo. Disse que minha echarpe vermelha era "elegante". Elogiou algo que eu escrevera.

– Belo jogo de palavras.

Acho que devo ter dito sim para uma xícara de café, mas não para o hálito dele. Alguns homens da sala de redação falavam arrastado e cambaleavam depois de beber durante o almoço. Cornish era o que mais aguentava beber, mas eu sabia muito bem que não devia sair com um bêbado, nem mesmo para um café.

Ele continuou me chamando para sair, e eu continuei dizendo que não até o dia em que ele me mostrou um convite para a grande festa de estreia do Teatro Metropolitan. Iria ser um baile, a festa mais extravagante já vista em Boston.

A escolha natural para esse tipo de evento seria Serena, mas ela havia desaparecido, e eu sabia o porquê: Tessa Thorndike estava grávida.

Cornish disse que estava pensando em transformar o caderno todo em uma reportagem da *Vi e Ouvi* sobre a festa de gala.

– Poderia te mandar, mas você nunca fez nada tão grande assim antes. Estaria me arriscando muito.

Achei que ele estava me dizendo que eu iria cobrir a festa, então comecei a agradecê-lo, prometi que faria um bom trabalho e que não o iria decepcionar.

Ele me interrompeu.

– Um minuto, mocinha.

Eu teria que fazer a matéria sem demonstrar por que estava lá, ou seja, nada de anotações. Teria que estudar muito bem para saber quem é quem e o que é o quê.

– Podemos falar disso no jantar – ele sugeriu.

O trabalho não era meu. Cornish me encurralou.

– Não se preocupe – afirmou. – É um jantar de negócios. Mas, como temos que comer, sei onde há os melhores bifes da cidade.

Para mim, não parecia um jantar de negócios. Pagar um bife para uma mulher era uma proposta cara, e muitos homens esperavam algo em troca. Mas eu queria muito fazer aquela matéria e não era mais uma garota ingênua. Sabia como manter a guarda.

Então disse que me encontraria com ele.

O endereço que ele me deu era na verdade uma lavanderia chinesa, ou seja, um local que vendia bebidas ilegalmente. Se Cornish não estivesse esperando por mim, eu provavelmente teria ido embora, mas ele agarrou meu braço e me levou para o primeiro bar da minha vida.

Não era glamoroso. Não havia música nem dança. Não havia nada sobre as mesas e nenhuma das xícaras combinava. Nunca tinha ido a um lugar tão decaído, mas, mesmo numa noite de quinta-feira, estava cheio até o teto.

Cornish pediu um chá para nós, que era um uísque nojento.

– Talvez você prefira vinho – ele comentou, e pediu para o garçom trazer uma taça de suco de uva, que tinha praticamente o mesmo sabor do chá. Também não bebi aquilo, mas ele não deixou que fosse jogado fora e pediu dois bifes malpassados.

– Quero sangrando. – Foi como ele disse. E mais uma rodada de "chá".

Tentei falar sobre o evento de gala. Perguntei a que horas deveria chegar lá e o que fazer se não fosse reconhecida. Ele só queria falar de si mesmo e da carreira: a primeira grande reportagem dele, que foi cobrir a eleição do prefeito de Manchester, matérias sobre homicídios em Worcester, um escândalo picante em Providence. O *Transcript* foi só mais uma parada em seu caminho para Nova York.

– A grande fama.

Quando trouxeram o jantar, Cornish estava bêbado demais para cortar a carne, então comecei a vestir meu casaco.

– Não me olhe assim – ele disse. – Só bebo porque estou preso naquele maldito galinheiro. Assim que sair de lá, vou ser um bosta de coroinha.

Um dos garçons se aproximou e disse a ele para falar mais baixo senão seríamos enxotados dali. Cornish fingiu que estava trancando a boca com uma chavinha.

Eu disse que estava de saída, mas ele falou:

– Achei que queria falar sobre como se tornará famosa com aquela festa de bacanas. – Isso fez com que ele começasse a falar sobre como o lugar das mulheres não era na sala de redação. Puritanas velhas como Flora e Katherine tudo bem.

– Mas você é bonita demais – ele disse, e se eu quisesse escrever, devia ir para casa e escrever sonetos sobre passarinhos ou uma história romântica para o *Saturday Evening Post*.

– Mas, pelo amor de Deus, não faça mais matérias de "pretos coitadinhos". Faz você parecer idiota. Pessoas de cor não sentem as coisas como nós. É provado cientificamente que eles têm cérebros menores que os nossos. Além disso, todas essas "campanhas" são feitas por comunistas, e isso significa que os malditos judeus estão por trás. Essas pessoas destruirão o país se deixarmos.

Podia ouvir a voz da minha mãe: "Eles sorriem na sua frente, mas, se você provocar um pouquinho, cortam sua garganta". Foi a gota d'água. Comecei a ir em direção à porta. Cornish conseguiu se levantar da cadeira e veio cambaleando atrás de mim, mas tive que ajudá-lo a passar pela porta e depois o fiz se encostar num poste. Ele se inclinou para me beijar e, se eu não o tivesse segurado, ele teria caído de cara no chão.

– Se conseguir uma xícara de café para mim, posso beijar você decentemente.

Eu o mandei ir para o inferno.

Um táxi parou e vários estudantes de faculdade saíram, então eu entrei. Foi a primeira vez que andei de táxi e fiquei feliz por isso, mas, meu Deus, como foi caro! Não almocei por uma semana.

Na manhã seguinte, Cornish voltou a sentar na minha mesa e disse:

– Você me perdoa se fui um pouco atrevido, não é mesmo, mocinha? Não devia ter misturado vinho com uísque.

Não respondi e, desde então, tudo que ele teve de mim foi indiferença. Finalmente, voltou a agir como se eu não existisse, o que foi um alívio.

NUNCA PEÇA DESCULPAS POR SER INTELIGENTE

Eu não via a srta. Chevalier com frequência. Ela não tinha mais muito a ver com o Clube Sabático e nem eu. Gussie continuava um membro entusiasta, mas depois que Irene se casou, perdi um pouco do interesse.

Então, quando encontrava a srta. Chevalier na rua após o trabalho, era como ver um arco-íris. Tirando um pouco do grisalho no cabelo dela e algumas rugas no rosto, ela não tinha mudado muito em dez anos. Continuava usando os sapatos confortáveis de amarrar, porém não tão bonitos, e seu sorriso ainda fazia eu me sentir como se tivesse ganhado um prêmio. Perguntei sobre a biblioteca e a srta. Green. Ela perguntou sobre a minha família e se estava gostando do trabalho.

Não sei por quê, mas, em vez de dizer o que se deve dizer, que é: "Estou gostando", disparei a falar sobre como os homens no escritório me tratavam como se eu fosse uma serva e que eu odiava escrever sobre como a sra. Porridge servia *petit-fours* rosa em homenagem à sra. Pudding ou sobre quem ganhou a competição de dália.

– Que bom que meu nome não está naquela maldita coluna – soltei sem perceber.

– Nossa! – disse a srta. Chevalier.

Ainda estava escrevendo *Vi e Ouvi*, mas com ordens expressas de ficar longe de Cambridge e qualquer assunto "controverso". Também tive que me ater ao topo do Registro Social e falar apenas das anfitriãs ou presidentes, o que significava que todos os programas eram "esclarecedores" e todos os palestrantes, "ilustres".

Várias vezes, eu queria mudar "ilustre" para "mais para lá do que para cá", mas não queria perder o emprego. Não era perfeito, mas, numa sala de redação, pelo menos, nunca se fica entediado: há os malucos ao telefone, os acessos de raiva dos repórteres e a empolgação quando uma matéria chegava tarde e um caderno inteiro tinha que ser modificado de última hora.

Mas por que eu estava reclamando para a mulher que era minha... Como poderia chamá-la? Minha mentora? Meu anjo da guarda?

Pedi desculpas.

– Nunca peça desculpas por ser inteligente – a srta. Chevalier disse. – Por que não vem à minha casa no domingo à tarde? Receberei algumas amigas e prometo que não haverá *petit--fours*. Tenho certeza de que você gostará da conversa.

Eu fui, é claro. Estava curiosa para ver onde ela morava e queria dizer oi para a srta. Green. Mesmo nunca tendo muita ligação, ela era a única pessoa que eu conhecia que se importava tanto quanto eu com Filomena. Estava com muita saudade da Filomena. Ela mandava um cartão-postal por mês, então sabia que estava pensando em mim, mas não servia muito quando eu me sentia triste.

As Ediths moravam numa casa velha de arenito em South End – daquelas onde você sobe um lance de escadas para chegar à porta da frente e todos os cômodos têm tetos altos e janelas compridas. Era um daqueles quarteirões maravilhosos com uma faixa de grama e árvores no meio da rua. Havia uma lareira elegante de mármore na sala de estar, mas a pintura estava descascando no madeiramento, e o tapete estava um pouco gasto. Velho, porém bonitinho, se é que me entende.

Não havia bolos nem chá, assim como a srta. Chevalier havia prometido. Ela serviu sanduíches e café, o que me pareceu mais moderno.

Foi uma pena que a srta. Green estivesse doente e não tenha podido descer. Mas, quando vi os quadros dela nas paredes, na minha mente, comecei a escrever uma carta para contar à Filomena sobre como os céus roxos e os montes amarelos da professora dela me faziam lembrar dos cartões-postais coloridos que ela mandou do Novo México. Podia imaginar Filomena lendo e sorrindo.

A srta. Chevalier me apresentou às amigas dela, e que gente impressionante! Conheci a presidente do Sindicato Industrial e Educacional das Mulheres, a diretora da programação de refeição escolar de Boston, uma professora de História da Faculdade Wellesley e uma médica com um sotaque alemão carregado.

O burburinho na sala era constante devido às conversas sobre política e livros – não ouvi uma palavra sequer sobre dálias nem sobre passar o verão em Manchester. Eu me lembro de pensar como era agradável que essas senhoras tivessem amigas tão boas. Ah! Essas "senhoras" deveriam ter uns cinquenta anos. Ter oitenta e cinco hoje dá outra perspectiva. Dá artrite também. Talvez você devesse acrescentar essas pérolas de sabedoria numa amostra de bordado. Você sabe o que é uma amostra de bordado?

Nem todas eram "velhas". Havia algumas garotas como eu, com seus vinte e poucos anos, e eram interessantes também: uma assistente social do departamento de saúde da cidade, uma bibliotecária, uma professora de colégio e uma estudante de Direito.

Quando descobri que Rita Metsky, a acadêmica de Direito, estudava na Faculdade de Direito Portia, eu disse que conhecia alguém que tinha se formado lá.

– Conhece Gussie Frommer?

Ela sorriu.

– Todo mundo conhece a Gussie. – Nós trocamos histórias sobre a minha amiga extrovertida, mas Rita não parou de olhar para o relógio sobre a lareira nem de fazer caretas. – Meu irmão fará uma palestra e já era para ele ter chegado. Eu disse que o mataria se as deixasse esperando.

Quando ele chegou – sem fôlego e carregando uma mala –, disse que o trem de Washington estava atrasado e pediu desculpas como se quase tivesse perdido o próprio casamento. A srta. Chevalier disse a ele para esperar um pouco e tomar uma xícara de café. Ele piscou para Rita.

– Minha irmã diria que eu não mereço.

Era impossível não notar a semelhança entre Rita e Aaron Metsky. Ambos tinham cerca de dez centímetros a mais que eu, olhos castanho-escuros, cabelo grosso e quase preto, nariz fino e reto, menos o dele, que era um pouquinho achatado na ponta, como o bico de um falcão – porém lindo.

Ele era advogado do Comitê Nacional de Trabalho Infantil e viajava o país na tentativa de aprovar a emenda contra o trabalho infantil. Aaron Metsky não estava lá para convencer as amigas da srta. Chevalier sobre essa necessidade; elas apoiavam tudo o que achavam que ajudaria os pobres, e manter meninas fora de fábricas – clandestinas ou não – era uma das causas regulares. Ele foi lá para relatar sobre a campanha que estava ocorrendo, mas as notícias não eram boas.

Tinha acabado de voltar de duas semanas no Sul, onde os estados tinham votado contra cada uma das emendas. Viam como uma conspiração de quem era do Norte para mantê-los pobres e fracos.

– Ainda estão lutando a Guerra Civil lá – disse.

Mas, mesmo no Norte, os fazendeiros, a Igreja Católica e até as pessoas contra a proibição estavam se aliando aos donos de fábrica. Diziam que a lei era uma trapaça comunista para tirar as crianças dos pais.

Aaron balançou a cabeça.

– Quando as pessoas descobrem de onde venho, dizem que se Massachusetts foi contra na votação, o que me faz pensar que seria uma realidade no Alabama ou em Mississippi? Para dizer a verdade, não tenho uma boa resposta para eles.

A assistente social atrás de mim se levantou num salto e apontou o dedo para ele.

– Eu lhe darei uma boa resposta: Bert Foster, um garoto de catorze anos que perdeu todos os dedos da mão direita por trabalhar nos campos de tabaco em Connecticut. Ou Selma Trudeau no Lar Florence Crittenton, que teve um bebê aos quinze anos porque um homem prometeu se casar com ela e tirá-la das fábricas Lawrence.

A médica alemã disse que o trabalho infantil também poderia causar um dano enorme mais tarde na vida de alguém: surdez por causa do barulho alto das máquinas, doenças pulmonares por causa do pó do algodão e exaustão nervosa que poderia levar à insanidade e até ao suicídio.

Estavam falando das minhas irmãs. Betty devia ter uns doze anos quando veio para os Estados Unidos, Celia talvez dez, e foram trabalhar imediatamente. Conseguiam emprego onde quer que meu pai fosse, ou seja, trabalhavam em fábricas de doces ou de sapatos. Quando ele se tornou passador de roupas, elas aprenderam a usar máquina de costura e trabalharam em várias fábricas clandestinas. A do Levine era melhor que a maioria porque havia banheiro, e ele não as trancava o dia inteiro, mas eu me lembro de como era insuportável durante o verão.

Será que o fato de trabalhar desde pequenina destruiu as forças com as quais Celia havia nascido?

Betty era mais forte mesmo, mas ela parou de trabalhar em fábricas assim que pôde, e eu sabia que ela preferiria perder um braço a deixar que seus filhos trabalhassem assim. Betty e Levine nem deixavam Jake vender jornais depois das aulas.

— Deixe-o brincar de bola — Betty dizia. — Deixe-o ser um garotinho.

Era diferente quando eu nasci. Praticamente todas as crianças do meu bairro iam à escola pelo menos até completar treze ou catorze anos, e muitas delas se formavam no colegial. Alguns dos meninos mais velhos vendiam jornais, e tenho certeza de que muitos menores trabalhavam à noite e nos fins de semana fazendo flores de papel ou costurando em casa, mas não era tão ruim quanto numa fábrica.

▼

A discussão à minha volta ficou acalorada. A srta. Chevalier estava em pé, batendo o punho fechado na palma da mão.

— Os argumentos contra essa lei são ridículos. Ouvimos coisas como "Uma mãe pode ser presa por pedir à filha de dezessete anos para lavar a louça".

— Como, em nome de Deus, proteger um jovem pode não ser algo justo?

Aaron parecia não estar ouvindo; estava olhando fixamente para Rita, que estava sentada ao meu lado. Ela me cutucou nas costelas e sussurrou:

– Meu irmão não tira os olhos de você.
Voltei a olhar e percebi que ela tinha razão; ele estava olhando para mim. Quando viu que eu estava olhando também, sorriu. Então eu sorri. Como eu podia evitar? Ele era inteligente. Sabia usar as palavras. Era judeu. Era bonito. Aaron parecia tão perfeito que soltei alguns risinhos. Mas então me lembrei do meu azar com homens e fui buscar outra xícara de café.

Depois que Aaron terminou o discurso, todas o encheram de perguntas e conselhos. Esperei um pouco para ver se ele viria falar comigo, mas perdi a coragem e fui embora. Eu estava na metade da quadra e arrependida por ter não tido um pouco mais de paciência – ou de coragem – quando ouvi alguém chamar meu nome.

Aaron estava correndo com a mala numa mão, o casaco na outra, e um sorriso bobo no rosto.

– É Addie, certo? Rita não me disse seu sobrenome. Sou Aaron Metsky, o irmão dela.

– É Baum – falei.

– O quê?

– Meu nome.

– Baum? – ele perguntou.

Eu ri, ele riu. Então ele perguntou se poderia me levar para jantar, mas só se eu estivesse com fome ou se já não estivesse ocupada. Ou se não houvesse alguém esperando por mim. Um noivo. Ou se eu achasse que era cedo demais para comer. Perguntou se eu sabia que horas eram.

Ele era adorável. Mas não parava de falar, então estendi a mão e disse:

– Prazer em conhecê-lo.

A mão dele estava quente, e ele não soltou a minha. Ficamos ali sorrindo um para o outro como se tivéssemos ganhado o maior prêmio da loteria. Finalmente, eu disse:

– Onde quer comer?

Ele perguntou se eu gostava de comida chinesa. Eu disse que poderia experimentar. Sabia que houve um tempo em que todos os judeus adoravam comida chinesa?

Foi uma caminhada e tanto até o restaurante, mas passou num piscar de olhos. Nunca tinha tido uma conversa daquelas com um homem. Não que fosse profunda ou pessoal, mas foi agradável. Passamos de um tópico para outro, interrompemos um ao outro e rimos.

Aaron costumava dizer às pessoas que se apaixonou por mim à primeira vista, o que soava ridículo nas primeiras cem vezes que o ouvi dizer.

Quando ele disse "Chegamos" pensei que estava brincando. O lugar parecia uma fábrica vazia de tijolos. Quando me conduziu a um beco fedido, por um segundo pensei que estava fazendo uma idiotice.

Mas sabia que não. Não com ele.

Ele abriu uma porta grande de metal, e eu me senti como Alice no País das Maravilhas – mas com hashi. O lugar era enorme. Devia ter sido uma loja de ferragens ou algum tipo de fábrica. As máquinas não estavam lá, mas dava para ver o chão desgastado. Estava cheia de gente – a maior parte chineses – sentada nos bancos às mesas compridas, colocando comida um no prato do outro, e falando alto. Mais alto que minha própria família, o que não era pouca coisa.

Aaron disse que não havia menus. Era só apontar para algum prato perto ou deixar que o garçom escolhesse. Mas ele já havia ido lá e pedido uns pasteizinhos chineses – parecidos com *kreplach*, mas bem melhores – e dois pratos cheios de vegetais picados, carne e arroz.

Mal podia acreditar em como era delicioso. Talvez fosse algo genético, a relação entre judeus e comida chinesa.

Perguntei a Aaron se ele sabia o que estávamos comendo.

– Não sei, mas tenho certeza de que não é gato.

– Gato?

Ele disse que havia um péssimo boato de que os chineses matavam cães e gatos de rua para usar a carne.

– Não pode ser verdade, porque já comi muita comida chinesa, e nunca me deu vontade de sair atrás de ratos depois.

A cada minuto, Aaron ficava mais adorável, e a maneira como olhava para mim me dava a sensação de estar flutuando.

Ele começou a me acompanhar até meu pensionato, mas eu não queria que a noite acabasse, então disse que sabia onde havia o melhor café de Boston – se ele quisesse ir.

É óbvio que ele queria, então fomos ao café favorito da Filomena em North End, o que rendeu mais uma longa caminhada. O garçom nos levou até nossa mesa no canto do fundo onde era escuro e silencioso – como se soubesse que queríamos ficar a sós.

Perguntei a Aaron se ele gostava do trabalho dele. Ele disse que sim, mas também que não. Haviam cometido um grande erro ao criar a lei para ser aplicada a todos os menores de dezoito anos quando todas as leis estaduais de trabalho infantil eram para menores de quinze ou dezesseis.

– Mas não desistirei ainda. Meus pais acham que eu deveria sair de Washington, voltar para Boston e trabalhar no escritório de advocacia do meu irmão. O nome seria Metsky & Mestky até Rita conseguir a autorização para advogar e depois mudaríamos para Metsky, Metsky & Mestky.

Ele deu um tapa na própria testa.

– Se a Rita estivesse aqui, me mandaria calar a boca. – Ele pegou minha mão. – Diga-me alguma coisa.

Àquela altura, estava tão confortável com seu avô que falei sobre minhas irmãs. Contei que elas foram trabalhadoras infantis quando chegaram nos Estados Unidos, e que depois de ouvir o que a médica alemã disse sobre como problemas mentais poderiam aparecer anos depois, vi Celia de uma forma diferente.

Aaron pôs a mão na minha bochecha. Disse que o motivo de trabalhar no comitê de trabalho infantil foi a mãe dele, que trabalhara num engenho de algodão quando menininha.

— Há uma foto famosa de uma menina descalça ao lado de um grande tear. O olhar dela parece velho e vazio, igual ao da minha mãe antes de morrer. Foi por causa dos pulmões. O médico disse que foi provavelmente devido ao pó do algodão. Aaron tinha quinze anos quando perdeu a mãe. Eu tinha dezesseis quando Celia faleceu.
Ah, Ava, há tanta tristeza nesta vida.

▼

Foi numa noite de domingo tão silenciosa que ouvi nossos próprios passos descendo a Commonwealth Avenue. Não senti frio, mas, sob a luz dos postes, conseguia ver a respiração do Aaron no ar e me perguntei se iria me dar um beijo de boa-noite. Não houve beijo. Não naquele dia.
Era tão tarde que a dona do pensionato havia acendido as luzes da varanda. Isso significava que a porta estava trancada, e eu não tinha chave. Nenhuma de nós tinha. Era a regra de uma casa de respeito como a da sra. Kay: nada de chegar de madrugada. Ela poderia me expulsar por causa disso.
— Talvez possamos pegar o bonde até a casa da minha irmã em Roxbury — sugeri.
— Os trens pararam não faz muito tempo — ele disse. — Mas minha prima Ruth tem uma casa em Fenway. Tenho certeza de que ela deixará você ficar lá.
Ele disse que foi bom termos bebido todo aquele café para ficarmos acordados, mas isso também me fez precisar ir ao banheiro — não que eu tenha dito isso a ele. Essa caminhada não foi *nada* demorada, fique sabendo.
Uma garota de robe abriu a porta.
— O que diabos está acontecendo, Aaron? É quase uma hora da manhã.
Ele explicou o que ocorreu.
— Diga à Addie que nunca fiz isso antes.
Ruth me examinou rapidamente com o olhar e beliscou a bochecha do Aaron.

– É verdade. Até onde sei, ele vai direto no alvo.
Segui Ruth até seu apartamento, o qual cheirava a cigarro e pimenta. Ela me deu uma camisola, jogou uma manta sobre o sofá e me deu boa-noite.
Achei que nunca iria dormir, mas apaguei assim que fechei os olhos. Acho que se apaixonar deixa a pessoa cansada. Ou talvez tenha sido a caminhada.
Ruth ainda estava dormindo quando me levantei e saí do apartamento na ponta dos pés. O sol já estava quase raiando, mas Aaron continuava lá, sentado nos degraus com a mala dele. Não tinha feito a barba e estava segurando um ramalhete de narcisos que deve ter roubado do jardim de alguém. Então disse:
– Meu Deus, como você é linda!
E então eu o beijei.

SORTE, ESTOU DIZENDO

Sabe como as pessoas dizem que tudo acontece por um motivo e que o destino junta as pessoas que nasceram uma para a outra? Não acredito nisso.

Na sorte, por outro lado, eu acredito. E foi pura sorte eu conhecer seu avô.

Aaron estava morando em Washington e o único motivo de ele estar na casa da srta. Chevalier naquele domingo era porque Rita foi a um café e encontrou uma das professoras de Direito dela que estava sentada com a srta. Chevalier. Essa professora estava interessada em saber mais sobre o trabalho do irmão dela e perguntou se ele poderia falar para algumas amigas. Acontece que ele estaria em Boston no fim da Marcha do *Pessach*[7]...

---

7 Também conhecida como "Festa da Libertação", o *Pessach* é um

Sorte. Estou dizendo.

Na noite seguinte à que nos conhecemos era o primeiro *Sêder*,[8] então ele estava em Brookline com a família dele, e eu em Roxbury com a minha. Durante a maior parte do jantar, minha mãe ficou na cozinha dizendo à Betty o que ela estava fazendo de errado, meu pai estava com o nariz colado no Hagadá,[9] e Levine estava tentando manter os filhos sentados e quietos. Eu estava pensando no Aaron e em como estávamos planejando tomar café da manhã antes de eu ir trabalhar, mas eu devia estar bocejando bastante porque Betty disse que se eu estava tão cansada, devia dormir lá.

– Você pode pegar o bonde para ir trabalhar daqui pela manhã.

Eu disse "não" tão rápido que ela olhou para mim com uma cara de *o que está havendo*?

Inventei uma história sobre ter que ir trabalhar mais cedo do que o normal e pedi para Levine me levar para casa de carro. Saí de lá antes que Betty pudesse me perguntar mais alguma coisa.

▼

Naquela semana, ficamos o máximo possível de tempo juntos. Graças a Deus eu não morava em casa, onde teria que explicar onde estive e aonde iria. Aaron disse aos pais que tinha

---

evento judaico que celebra a libertação dos hebreus da escravidão no Egito no ano aproximado de 1280 a.C. Hoje, é tida como uma das principais celebrações do judaísmo, servindo como conexão entre o povo judeu e sua história. (N. dos E.)

8   *Sêder* é o termo utilizado para se referir ao jantar cerimonial judaico realizado em comemoração ao *Pessach*. (N. dos E.)

9   Utilizado nas noites do *Pessach*, o Hagadá é o texto empregado na leitura da história da libertação do povo de Israel do Egito, conforme descrito na Torá. (N. dos E.)

várias reuniões na State House, mas achou que provavelmente Rita estava suspeitando do que estava acontecendo.

Fomos a cafés e restaurantes mais discretos. Fizemos longas caminhadas, conversamos e nos beijamos. O beijo era muito bom. Éramos compatíveis nisso, se é que me entende.

Teve uma noite de chuva e fomos ao cinema. Ficamos de mãos dadas o tempo todo e nos sentamos com o joelho encostado um no outro. Ainda bem que estávamos no escuro, assim eu pude sorrir sem ter que explicar o porquê.

Quando passamos pelo Symphony Hall, Aaron me disse como a mãe dele costumava levá-lo lá quando era garoto. Ela queria que todos os filhos dela amassem música.

Eu comentei que queria ir a um concerto um dia – nunca tinha ido. Não disse isso como uma dica ou algo do tipo, mas ele entrou e comprou entradas para a noite seguinte. Chegamos lá cedo e assistimos aos *chauffeurs* abrirem as portas das limusines para todos os tipos de pessoas que sempre eram mencionadas na coluna *Por Aí* da Serena. Era um mar de cabelos brancos e casacos pretos, exceto por uma mulher de capa de veludo verde que estava acenando para alguém do outro lado do saguão, com unhas vermelhas e brilhantes.

Eu agarrei o braço do Aaron.

– Está vendo aquela mulher? É Tessa Thorndike. Ela é o outro motivo de nos conhecermos.

O Aaron perguntou se eu queria cumprimentá-la.

– Ela jamais se lembraria de mim. Tomara que nosso assento não seja ao lado do dela – comentei.

Ele riu.

– Não se preocupe.

Na hora de entrar, os grã-finos como a Tessa foram para o andar de baixo, e Aaron e eu seguimos para o balcão com as pessoas comuns: estudantes, vendedoras de lojas, atendentes. Vi até algumas mãos de trabalhadores no corrimão enquanto subíamos as escadas. Ouvi pessoas falando em iídiche, italiano, alemão e francês. Todos pareciam estar de bom humor.

Nossos assentos ficavam na última fileira do balcão mais alto. Aaron estendeu as mãos como se fosse me dar o Symphony Hall de presente e me contou de quem eram as estátuas e quantas lâmpadas havia nos lustres.

Um homem de terno preto foi até o pódio e abriu os braços, como uma daquelas aves marinhas pretas de Rockport que abrem as asas para se secar na brisa. Aaron sussurrou:

– Koussevitzky.

A música era diferente de qualquer coisa que tinha ouvido no rádio ou no piano dos cinemas. Algumas das partes lentas me davam vontade de chorar, mas, quando ficavam mais rápidas e os violinistas tocavam, meu coração disparava como se estivesse assistindo a uma corrida de cavalos. Não ouvi só com os ouvidos, mas também com as mãos e o coração. Não consigo descrever. É como tentar explicar o sabor do chocolate; você mesma tem que experimentar.

Quando a música acabou, aplaudi tanto que minhas mãos ficaram doendo.

– Que bom que você gosta de Mozart também! – Aaron disse.

Levar-me ao concerto acabou sendo uma parte do plano dele de me transformar numa verdadeira garota de Boston. Ele disse que estava frio demais para um jogo de futebol americano do Red Sox, mas me levou para o Harvard Yard e ao Monumento Bunker Hill. Até ficou um dia a mais em Boston para a abertura dos barcos estilo cisne no Jardim Botânico de Boston. Fomos no primeiríssimo barco de 1926.

Eu levava sua mãe e sua tia ao dia de abertura todo ano quando eram garotas, assim como levava você e sua irmã quando eram pequenas.

Aaron pegou o trem da noite para Washington, e eu voltei para o meu quarto e chorei até pegar no sono. Quando fui trabalhar na manhã seguinte, Katherine disse que parecia que a morte havia me mandado de volta para casa. Eu sabia que não iria me sentir bem no meu quartinho escuro, então fui ver Irene.

Ela havia se casado com Joe Riley no ano anterior, e eles moravam num pequeno apartamento em North End. Tinham se conhecido no trabalho, onde ele era eletricista. Ele levara meses para conseguir sair com ela – ela não simpatizava muito com irlandeses naquela época –, mas ele finalmente conseguiu fazê-la concordar quando se ajoelhou e cantou *Let Me Call You Sweetheart* na frente de todo mundo. Irene admitiu que ele tinha uma voz bonita, mas disse:

– Eu tinha que fazê-lo parar.

Ela estava grávida de nove meses na época, então eu sabia que a encontraria em casa.

Contei a ela sobre Aaron e comecei a reclamar sobre como era horrível o fato de ele ter que partir. Porém, em vez de segurar minha mão e me pedir para ter calma, ela abriu um largo sorriso.

– Já não era sem tempo de você se apaixonar por um rapaz decente, e esse parece ser. Gostei do nome dele também. Se eu tiver um menino, talvez o chame de Aaron. Você se importaria?

Não era o que eu queria ouvir. Estava me debulhando em lágrimas.

– Mas ele foi embora. Ele me deixou.

Irene cruzou os braços.

– Você não acabou de me dizer que ele voltará para ver você no mês que vem? Se acha que ele está mentindo, então é melhor ficar só do que mal-acompanhada.

Isso me fez pensar. Aaron era o homem mais sincero e decente que já conheci, como ela poderia dizer tal coisa dele?

Irene riu.

– Tudo bem, então – ela disse. – Então vamos falar sobre o que devo fazer de comida para quando você o trouxer aqui para nós o conhecermos. Tentarei fazer algo que não deixe todos passando mal. Posso mandar um convite para ele, ou talvez um alerta seja melhor.

EU QUERO

Li a primeira carta do Aaron mil vezes. Ele fez uma lista de tudo de que sentia falta em mim: meus olhos amendoados, minhas mãos adoráveis e meus sapatos vermelhos. Disse para eu lhe mandar uma lista de romances que ele deveria ler para não se sentir idiota quando eu comentasse sobre livros e autores dos quais nunca tinha ouvido falar. Como se ele fosse burro. Era formado em faculdade. Um advogado!

Trocamos duas ou três cartas por semana. Ele escreveu sobre o que estava acontecendo no trabalho e como era morar em Washington. Eu não tinha nada de interessante para dizer sobre o meu trabalho, então o apresentei às minhas amigas. Gussie estava ganhando tanto dinheiro que comprou sozinha uma casa grande em Brookline e estava alugando quartos para as meninas da Faculdade Simmons que precisavam de um lugar barato e decente para viver.

Irene estava tão entediada em casa que passou o dia inteiro falando da barriga dela e, quando não tinha mais o que dizer, começou a ler o jornal em voz alta. Disse que o bebê iria sair de dentro dela usando uma roseta do Red Sox.

Escrevi para Aaron para falar sobre os cartões-postais que Filomena mandou do Novo México e do caso romântico da Betty com a batedeira elétrica e de como a minha irmã já estava planejando o bar-mitzvá do Jake, o que não seria em poucos meses.

Comecei a riscar no calendário os dias que faltavam para a visita dele, mas então ele contou numa carta que o outro advogado do escritório tinha pedido as contas e, a não ser que outra pessoa fosse contratada, ele talvez só conseguisse vir para Boston dentro de um mês ou mais. Pediu desculpas três ou quatro vezes e disse que se sentia péssimo. *Ele* se sentia péssimo? Eu estava quase morrendo porque não via a hora de encontrá-lo outra vez e agora nem sabia quando isso iria acontecer.

Comecei a me perguntar se talvez Aaron não estava sendo tão sincero no fim das contas. Tinha sido tão idiota ao confiar no Harold e no Ernie. O que eu realmente sabia sobre ele? Quem sabe? Talvez ele tivesse encontrado outra pessoa em Washington.

Escrevi de volta, bem-educada, e o agradeci por ter me avisado. Acho que fiz algum comentário sarcástico dizendo que esperava que ele aproveitasse as flores de cerejeira e que eu estava ansiosa para receber sua próxima carta.

Bem, Aaron entendeu a mensagem e, na carta seguinte, havia três páginas longas sobre como ele estava com saudade de mim e como odiava estar longe de mim e como se sentia mal por me fazer esperar. Contou que tinha começado a trabalhar até tarde toda noite e que disse ao chefe que precisava de alguns dias de folga para cuidar de alguns assuntos de família.

Ele terminou com um P.S. fofo:

Fiquei feliz por você ter pedido panquecas quando tomamos café da manhã juntos. É a única coisa que sei fazer na cozinha, e eu as farei para você todo dia pelo resto da sua vida – se você quiser.

Não sei quantas vezes li aquele P.S. até cair a ficha do que ele estava dizendo. Minha carta de resposta tinha só duas palavras:

EU QUERO.

Talvez uma semana depois, quando cheguei em casa do trabalho, a dona da pensão estava me esperando à porta. Ela balançou um pedaço de papel na frente do meu rosto e me culpou por quase provocar um infarto nela. Naquela época, a principal razão de alguém mandar telegramas era para dizer que alguém morrera.

— Só abri para ver se deveria sair para comprar sais aromáticos para você — ela disse. — Tem gente que desperdiça dinheiro como se fosse água.

O telegrama do Aaron dizia:
Diga à Irene que chegarei na sexta.

Nós quatro nos divertimos muito no jantar. Irene fez um jantar delicioso. De sobremesa, foi à confeitaria e comprou uma torta de maçã. Eu disse que era quase tão boa quanto a da sra. Morse.

— Ah, não — a Irene falou. — Quando ela começa a falar dessas tortas, ninguém a faz parar.

— Mas quero saber o que a Addie tem a dizer sobre a torta — Aaron comentou.

Joe piscou para mim.

— Ele está apaixonado mesmo.

— E como estou! — confessou Aaron.

▼

Ele teve que voltar para Washington no domingo de manhã, então realmente só tínhamos um dia para passar juntos. Eu queria ir a Rockport, mas isso demoraria muito, então descemos do trem em Nahant e caminhamos na praia por algumas horas. Conversamos sobre onde talvez nos casaríamos e quantos filhos queríamos e decidimos não contar às nossas famílias até Aaron se mudar para Boston. O plano dele era voltar até o feriado de 4 de julho ou antes, caso conseguisse achar alguém para substituí-lo.

Foi o dia em que ele me deu o medalhão de ouro que sempre uso. No interior, está gravado: *29 de março de 1926*. O dia em que nos conhecemos.

Sabe, se uma das minhas filhas tivesse me dito que iria se casar com um homem que só conhecia há uma semana, eu a teria trancado no quarto. Mas nós não éramos adolescentes. Eu tinha vinte e cinco anos, e ele, vinte e nove. Tínhamos completa certeza. E obviamente estávamos certos.

Aaron não contou aos pais dele que iria passar o fim de semana na cidade. Só Ruth sabia. Dormiu no sofá dela na sexta-feira à noite, e, na noite seguinte, ela dormiu na casa de uma amiga para ficarmos sozinhos, só nós dois, a noite inteira.

E vamos parar por aqui.

PELO MENOS ELA NÃO SOFREU

Estava contando os dias até o feriado de 4 de julho e pensando na melhor maneira de apresentar Aaron para minha família. Quando deveria contar à Betty? Seria melhor pedir para ela contar a Mameh que haveria visita para o jantar de sexta ou seria melhor pedir para ele só vir para casa no domingo à tarde?

Ele não estava escrevendo mais tantas cartas, mas eu não me importava. Eu sabia que ele estava trabalhando até mais tarde para poder deixar o emprego sabendo que tinha cuidado de tudo o que podia.

As coisas estavam correndo muito bem até a metade de junho, quando a dona da pensão morreu enquanto dormia.

– Pelo menos ela não sofreu.

Foi o que todos disseram – na verdade, foi só isso que disseram. Não é que ninguém gostasse dela; na verdade, ninguém sabia nada dela, inclusive meninas que moraram na casa dela por dez anos. Ela era uma viúva sem filhos – só isso. Foi o funeral mais rápido a que já fui. As únicas pessoas presentes eram as inquilinas e dois sobrinhos. Não houve sequer um discurso fúnebre. Após o velório, os sobrinhos nos pediram para encontrá-los na sala naquela tarde.

Todas nós fomos. Não havia uma xícara de café nem uma bolacha, mas não estávamos lá para um shivá. Era uma reunião de negócios para nos dizer que eles iriam vender o prédio e que tínhamos dez dias para sair de lá.

Uma das senhoras desmaiou e o restante parecia estar prestes a fazer o mesmo. Não havia muitos pensionatos para mulheres em Boston; os aluguéis eram altos e o que era possível achar em apenas uma semana?

Algumas das mulheres tinham parentes a quem recorrer, mas havia cinco que pareciam estar completamente sozinhas no mundo. Provavelmente haviam planejado deixar o pensionato da mesma maneira que a dona: num caixão. Podia ouvi-las chorando em seus quartos.

A que dormia ao lado do meu quarto me parou no corredor e implorou para que eu a ajudasse.

– Não tenho mais ninguém a quem pedir – ela disse.

Eu não fazia ideia de como ajudar, mas imaginei que a srta. Chevalier pudesse, e, quando chegou a hora de nos mudarmos, ela tinha conseguido cinco vagas na Associação Cristã de Moças na Berkeley Street.

Fiquei envergonhada com a maneira com que elas ficavam me agradecendo.

– Foi você que salvou o dia. Eu não fiz nada – disse à srta. Chevalier.

Ela disse que era claro que elas tinham que me agradecer.
– Você se apiedou delas e sabia a quem pedir. É mais do que metade da batalha, e você venceu por elas.

Para mim, não foi um apuro. Aaron e eu estávamos planejando nos casar no outono, então eu só teria que aguentar minha família por alguns meses. E não posso dizer que me arrependia de sair daquela casa escura e fedida.

No dia em que me mudei, estava sentada nos degraus esperando Levine chegar com o carro para me buscar. A ideia de morar sob o mesmo teto que a minha mãe me fez ter a sensação de voltar aos quinze anos – melhor dizendo, voltar ao inferno. Mas o carteiro chegou e me entregou uma carta do Aaron. Parecia uma daquelas coincidências bobas que só acontece em romances. Eu beijei o envelope. Quase beijei o carteiro. Estava me sentindo nas nuvens até abri-la.

Querida Addie,
Espero que não fique chateada, mas...

Aaron estava num trem indo para Minnesota para ver se conseguia ajudar para que a emenda fosse aprovada em St. Paul. Apenas quatro estados haviam ratificado até agora, e eles precisavam muito de uma vitória. Ele disse que seria só por algumas semanas, talvez um mês. O restante do que escreveu foram pedidos de desculpas:

Perdoe-me. Eu te amo. Logo estaremos juntos. Desculpa. Não fique brava.

Eu não estava apenas brava – estava cuspindo de ódio. Ele não tinha dito que era uma causa perdida? Eu não era mais importante que uma causa perdida? Quem saberia quanto tempo ele realmente ficaria fora e quanto tempo eu ficaria presa em Roxbury com a minha mãe atrás de mim?

Escrevi uma carta num tom de raiva e rasguei. Escrevi outra reclamando e bancando a coitadinha cheia de manchas de lágrima e rasguei também. No fim das contas, mandei um cartão-postal para o hotel onde ele estava hospedado.

Caro sr. Metsky,

Favor enviar a correspondência da srta. A. Baum para a srta. Henrietta Cavendish no Boston Evening Transcript.

Não foi muito gentil, mas poderia ser pior.

▼

Mudar para a casa em Roxbury dava a sensação de estar voltando no tempo. Betty estava no andar de cima com a família dela, e eu, no primeiro andar com meus pais. Parecia que nada havia mudado, apesar de nada ser como antes.

Os garotos foram os que mais mudaram; todos estavam mais altos, mais inteligentes e mais barulhentos. Minha mãe os chamava de animais selvagens – *vilde chayas* – e dizia que Betty não era severa o bastante. Mas Jake, Eddy, Richie e Carl eram apenas crianças saudáveis que tinham boas notas e faziam tudo o que a mãe pedia. Sempre ficavam felizes ao ver a titia Addie quando eu os visitava – principalmente Eddy. Mas depois de dizer que eles estavam ficando grandes e depois de eles me dizerem o que estavam fazendo na escola, não tínhamos mais muito assunto. Eu era como uma lua gentil passando em volta do planetinha ocupado deles.

E, mesmo com ele morando no andar de baixo, meu pai era mais distante ainda. Acho que ele nem sabia qual neto era qual. Nunca gostou de nenhum deles como gostou do Lenny. E não os via com frequência, já que só ia para casa para comer e dormir.

Depois que Papa foi despedido, ele fazia exatamente o que Levine havia sugerido e passava os dias na biblioteca da sinagoga com Avrum e um bando de velhos. Nós os chamávamos de velhos caducos. Hoje seriam "aposentados".

O rabino estudava com eles às vezes e, um dia, perguntou se Papa estaria interessado em ensinar garotos a se prepararem para seus bar-mitzvás. Os pais até pagariam algo pelo trabalho dele.

Acho que foi um sonho do meu pai que se realizou. Ele foi ao barbeiro e pediu para Betty ajudá-lo a escolher um terno novo, "porque um homem que ensina a Torá não pode andar parecendo um aldeão". Em casa, seu comportamento não era muito diferente, mas ele se sentia mais importante. Quase podíamos dizer que ele estava feliz.

Mameh foi a que menos mudou. Ela limpava, e cozinhava, e reclamava. Recusava-se a tocar na máquina de lavar da Betty; dizia que estragava as roupas e não as deixava tão limpas quanto quando ela lavava com a tábua de lavar roupas, e depois reclamava que ficar lavando roupa estava acabando com suas costas. Ela plantava repolho no quintal – eram amargos e duros como bolas de beisebol. Ninguém comia a não ser Mameh, que dizia que pelo menos eram frescos e que nós não sabíamos de nada.

Minha mãe realmente saía mais de casa desde a mudança para Roxbury. Talvez porque não houvesse vizinhos no mesmo prédio ou talvez porque houvesse menos carros. No começo, ela fazia uma parte das compras, mas o dono do mercado a expulsou quando ela o acusou de pôr o polegar na balança. Ela irritou tanto o açougueiro sobre a quantidade de gordura que ele deixava na carne que ele também não permitia que ela entrasse no açougue dele.

Finalmente, o único lugar que Mameh podia ir era ao mercado de peixes, onde ela era amiga da esposa do dono, que era tão quieta quanto um peixe. Ela tinha um sobrinho solteiro, e as duas decidiram que ele era perfeito para mim. Mameh disse que ele era de família boa e ganhava bem.

– Ele tem trinta e nove anos e está pronto para dar um rumo na vida.

Betty disse:

– Ele pesa uns noventa quilos e não é muito inteligente. Deixe a Addie em paz, mãe.

– Com esses tornozelos, ela também não é um bom partido – ela comentou, como se eu não estivesse no recinto.

Elas ainda não sabiam sobre Aaron. Não estava preocupada em apresentá-lo pessoalmente: um judeu com uma boa profissão e de boa família? Por que não gostar dele? Mas, até ele estar ao meu lado, achei que não poderia dizer o nome dele em voz alta sem chorar feito um bebê.

NÃO TENHO ESCOLHA, ADDIE

Pelo menos eu ainda gostava do meu trabalho, que nunca era entediante.

A srta. Flora anunciou que iria sair para ser editora do caderno feminino do *Cincinnati Enquirer*. Eu fiquei em choque. Sempre a achei tão cidadã de Boston quanto a estátua de George Washington no Jardim Botânico. E que estava presa à cidade da mesma maneira.

Se Flora fosse homem, tenho certeza de que Cornish teria entendido por que ela iria querer comandar sua própria seção, mas ele disse que ela já ia tarde e que isso só provava que as mulheres eram fracas e que o lugar delas não era numa sala de redação. Na manhã seguinte após a saída dela, eu o encontrei desmaiado debaixo da mesa. Quando ele voltou a ficar sóbrio, disse a Katherine que ela teria que fazer o trabalho de Flora – além do dela.

Katherine marchou até a sala do Mort e disse que só continuaria se conseguisse uma promoção e aumento de salário, e se eu ficasse de assistente por tempo integral. Cornish chamou aquilo de arrogância e achou que ela deveria ser despedida, mas Mort fez tudo o que ela pediu.

Eu não conhecia muito sobre Katherine nem sobre Flora. Nós não saíamos juntas depois do trabalho como os homens.

Katherine trabalhava duro, mas Flora era mais falastrona. Por isso, até Katherine assumir, eu não sabia da capacidade dela. Ela pediu para todos a chamarem de srta. Walters e a mim de srta. Baum.

– Entre nós, não precisamos de tanta formalidade – ela disse –, mas por que eles nos chamam pelo nosso primeiro nome se não podemos fazer o mesmo com eles? Não somos empregadas deles. – Ela tinha razão, mas ninguém na sala de redação iria me chamar de srta. Baum. Quem começa num lugar como "a garota" nunca cresce.

Katherine – srta. Walters – me disse que eu continuaria escrevendo a *Vi e Ouvi*, mas ela queria mais material sobre os jovens, principalmente o que estavam vestindo. Trouxe uma pilha de revistas *Vogue*, e eu aprendi uma linguagem completamente nova: organza, *peplum*, corte enviesado, salopete.

Toda essa leitura me fez ver o que Katherine vestia com novos olhos. Talvez eu não tivesse percebido porque ela estava sempre de preto, mas agora entendo que ela usava seja lá qual fosse a "silhueta" mais recente, uma das minhas palavras novas, e os vestidos rodados a partir da cintura que eram perfeitos para uma mulher da altura dela.

Ninguém dizia que Katherine Walters era uma mulher bonita: seu rosto era estranhamente achatado e um olho era ligeiramente mais alto que o outro. Depois que Flora foi embora, ela tirou o chapéu, cortou a franja e, de repente, passou a chamar a atenção – ficou estilosa, o que é, na verdade, bem melhor do que bonita.

Katherine disse que eu também poderia voltar a escrever sobre palestras interessantes na *Vi e Ouvi*, mas "nada tão perturbador quanto a matéria sobre os negros". Ela disse que havia um lugar para tais matérias, mas que não era o caderno feminino. Sugeriu que eu olhasse o trabalho do Sindicato Industrial e Educacional Feminino e das mulheres da junta de diretoras.

– Você vai gostar.

E assim eu fiz. Mas também tive que escrever matérias instrucionais que tinham sido a especialidade de Flora: como perder peso, limpar a geladeira, fazer creme caseiro para as mãos, preparar a mesa para uma tarde de carteado ou jogos, costurar meias para que não aparecesse o buraco. Não era difícil, mas era muita coisa para aprender e pela qual eu não me interessava nem um pouco.

Katherine mantinha tudo no eixo para que Cornish pudesse continuar fazendo o que fazia antes: chegar atrasado, ler os jornais, contar piadas com os repórteres e sair mais cedo. Ela mantinha distância dele, mas o criticou duramente quando me viu entregar o café dele pela manhã.

– As novas responsabilidades da srta. Baum são tantas que ela não tem mais tempo para ser sua serva pessoal. Por favor, lembre-se disso.

Ele estava surpreso demais, ou talvez de ressaca demais, para rebater com um comentário sarcástico. Mas se olhar matasse...

Cornish parou de falar com ela por completo depois disso. Se houvesse algo que ele realmente tivesse que dizer a ela, deixava um bilhete amassado em sua mesa ou mandava um recado por mim.

– Diga àquela magricela que ela precisa cortar vinte e cinco centímetros hoje.

Eu devo ter sorrido ao ouvir "magricela", o que o fez começar a inventar apelidos engraçados para Katherine: srta. Varapau, Girafa, Colosso de Boston. Começou a dizer alto o suficiente para que todos na sala de redação ouvissem. Os repórteres se divertiram com isso até o dia em que ele a chamou de Vadia Monumental.

Se tivesse caído um alfinete, daria para ter ouvido. Não que aqueles homens não usassem aquela palavra ou muitas outras piores, mas havia regras sobre onde e quando se poderia dizê-las. Katherine tinha ignorado a brincadeira do Cornish, mas, dessa vez, ela disse, num tom de voz extremamente doce e feminino:

– Minha nossa, Ian! É com essa boca que você beija sua mãe? Todos caíram na risada, e o repórter policial, que era tão desbocado quanto o restante deles, disse:

– Quer que eu busque uma barra de sabão para lavá-la, srta. Walters?

Após isso, o trabalho se transformou num campo minado para mim. Katherine disse que me despediria se eu fizesse mais algum favor para "aquele homem". Mas, assim que ela saía da sala, Cornish me mandava buscar uma revista ou um frasco de aspirina e ameaçava me demitir se eu não fosse.

Para piorar as coisas, o tempo estava miseravelmente quente e úmido. A sala de redação tinha apenas três janelas de frente para a rua e quando o sol as atravessava pela tarde, aposto que ficava uns trinta graus lá dentro. Havia um ventilador, não havia água gelada e aqueles homens não tomavam banho todo dia.

As cartas do Aaron passaram a ser o melhor momento da minha vida. Sempre começavam assim:

Minha querida srta. Cavendish, espero que quando ler esta carta você e seus funcionários estejam prosperando em saúde.

A primeira não mencionou meu cartão-postal ríspido, o que foi muita gentileza da parte dele, mas ele também não pediu desculpas por estar tão longe. Ele escreveu sobre a viagem para o oeste e o trabalho, que era falar com o legislador estadual que parecia estar favorável à emenda. Disse que comera as melhores panquecas da vida dele no hotel em St. Paul e iria subornar o cozinheiro para conseguir a receita.

Ele sempre terminava as cartas assim:

Atenciosamente, do seu eterno, A. Metsky.

Algumas semanas depois, as cartas dele ficaram menos animadas. Fazia tanto calor em St. Paul quanto em Boston, o quarto dele no hotel era sufocante, a maior parte da comida não tinha sabor e ele se sentia invisível.

Ir para Minnesota no verão tinha sido um grande erro; a legislatura estadual não estava em sessão e os representantes voltaram para suas fazendas, que ficavam em todo o estado. Aaron pegava os primeiros trens da manhã para falar com possíveis apoiadores, mas tudo o que conseguia eram farpas nas nádegas por ficar sentado em caixotes de madeira e picadas de mosquitos que dizia serem do tamanho de abelhas.

Ele mandou um telegrama para o chefe para dizer que era melhor voltar, mas ele o mandou ficar, encontrar algumas histórias sobre trabalhadores infantis da região e ser convidado para falar em sociedades de autoaperfeiçoamento de mulheres e associações de igreja. Aaron disse que, se podia levar uma sala cheia de mulheres às lágrimas, era possível juntar um exército para uma causa.

Havia várias histórias. Durante sessenta anos, crianças tinham sido mandadas para Minnesota em "trens de órfãos". Era uma ideia bem-intencionada, uma maneira de dar às crianças abandonadas uma vida melhor com famílias sadias de fazendeiros. Estar no campo tinha que ser melhor que a tristeza dos orfanatos superlotados, certo?

Algumas dessas crianças eram bem cuidadas e amadas, mas não era difícil encontrar outras que não. Aaron começou a conversar com um jovem num café que disse que tinha sido colocado no trem de Baltimore quando tinha doze anos e o irmão mais novo dele, Frank, cinco. Ele se lembrava de ficar numa fila na plataforma onde as mulheres escolhiam as criancinhas de olhos azuis e dentes bons – como o irmão dele – e os homens escolhiam os garotos maiores que poderiam ir trabalhar imediatamente. Disseram para ele se esquecer da sua família antiga e recomeçar, mas ele não esqueceu o irmão e tentava fugir para encontrá-lo. Levou uma boa surra quando foi pego.

Havia muitas crianças vindas nesses trens de órfãos que ainda viviam com as famílias que as acolheram, mas não era fácil falar com elas.

Aaron encontrou uma menina chamada Martha quando estava saindo do trem numa parada logo depois de St. Paul. Ela estava descarregando sacos de farinha e açúcar como se estivessem cheios de pena, mesmo ela não sendo maior do que eu. Martha tinha dezesseis anos. Tinha oito quando as freiras a puseram no trem e as Olsen a acolheram. Ela não ficou sofrendo por ter deixado a família em Nova York; depois que a mãe foi embora, o pai a levou a um orfanato.

– Ele ficou com os meus irmãos – ela contou. – Ele disse que não sabia o que fazer com uma garota.

Quando Aaron perguntou se ela estava feliz com a família de Minnesota, Martha disse que os Olsen não eram a família dela. Não eram tão ruins quanto alguns outros. Nunca batiam nela, e ela podia comer bastante, e ganhava botas novas quando as velhas ficavam gastas. Ela disse que mandaram chamar o médico uma vez em que ficou doente. Mas fizeram-na parar de ir à escola quando completou dez anos e nas conversas se referiam a ela como "a garota".

– Peça para a garota passar o leite.

Ele disse que a tratavam como algo entre um animal premiado da fazenda e uma filha.

Martha trabalhava na cozinha, onde fazia três refeições por dia para os trabalhadores da fazenda. No inverno, suas mãos sangravam de tanto lavar louça.

Ela passou a dormir com uma faca debaixo do travesseiro caso um dos trabalhadores se assanhasse, mas tinha medo mesmo do "irmão mais velho", que não a deixava em paz. Martha disse que a sra. Olsen não iria acreditar em nada ruim que dissessem do filho.

Eram cartas difíceis de se ler, mas eram cartas de amor também. Aaron estava mostrando para mim quem era, o que estava no coração dele. Quanto mais o conhecia, mais o amava. E ele abriu meus olhos para o que estava acontecendo à minha volta. Comecei a perceber meninos e meninas que, em vez de estarem na escola, estavam vendendo jornal, engraxando sapato, esfregando escadarias e carregando cestos de roupa suja. O que Aaron fazia me dava orgulho.

▼

Eu não podia deixar as cartas dele em casa. Minha mãe vivia no meu quarto, rependurando as roupas, rearrumando meus livros e até redobrando as roupas nas gavetas. Uma vez, perguntei se ela estava procurando algo nas minhas roupas de baixo. Ela disse que não gostava de bagunça na casa dela e que eu só me importaria se tivesse algo a esconder.

Guardei as cartas do Aaron num envelope grande debaixo de uma pilha de revistas na gaveta de baixo da minha mesa no trabalho. Era a primeira a chegar na sala de redação toda manhã, então podia pegar as correspondências da srta. Cavendish e ver se havia cartas novas. Às vezes, abria a gaveta só para ver a letra dele.

Um dia, quando abri a gaveta, o envelope não estava lá. Fui diretamente até a mesa do Cornish, já que ele era o único que eu poderia imaginar que fosse pegá-las. Ele poderia usá-las para causar problemas para mim ou me chantagear para sair com ele novamente. Ele poderia até queimá-las só de raiva.

Por sorte, Katherine me encontrou antes que qualquer outra pessoa entrasse.

– Estou com elas – ela disse.

Ela tinha visto Cornish xeretando na minha mesa depois que eu saí.

– Deve ter percebido que você vivia mexendo naquela gaveta e suspirando. Eu perguntei se podia ajudá-lo com alguma coisa. É conveniente ele ainda não estar falando comigo.

Katherine havia levado o envelope para casa para guardá-lo em segurança e me disse para ir até o apartamento dela após o trabalho.

– Eu faço um jantar, e você pode me contar sobre o sr. Metsky.

Ela tinha um apartamento minúsculo em Fenway, não muito longe de onde Ruth, prima do Aaron, morava. Mas o apartamento da Katherine parecia uma caixinha de joias por dentro: um tapete vermelho-escuro no chão, tecidos coloridos e brilhantes pendurados nas paredes, lenços sobre abajures.

– A maior parte vem do Marrocos – ela disse. – Comprei na minha lua de mel.

Eu disse que não sabia que ela era casada.

– Você não é *srta*. Walters?

– Sou viúva. Ele morreu na guerra. – Ela ficou em silêncio por alguns instantes. – Não gosto de falar dele para desconhecidos.

Seja sempre gentil com as pessoas, Ava. Nunca se sabe quais tristezas elas carregam.

Foi um jantar bastante exótico de coisas das quais nunca tinha ouvido falar: homus, pão sírio, azeitona com caroço e um tipo de salada picada. Katherine também era bem exótica: budista, socialista e feminista. Ela se formou na Faculdade Smith, era vegetariana e fazia ioga. Estava planejando visitar todos os quarenta e oito estados e já tinha ido a doze até o momento, inclusive o Novo México.

Quando falei para ela sobre a Filomena em Taos, ela disse que era um dos locais favoritos dela.

– Você tem que conhecer. Você e o Aaron.

Katherine pediu desculpas por ter lido as cartas.

– No começo, só estava olhando para saber do que Cornish estava atrás, mas não consegui parar. Faz tanto tempo que não leio algo tão sincero e fofo. Você é uma garota de sorte.

– Mas coitada da Martha! Que história horrível! Já pensou em escrever para ela?

Katherine tinha lido minha mente. Martha era como uma heroína de um desses contos que saíam nas revistas femininas; uma garota triste e corajosa enfrentando problemas pelos quais não era culpada. Mas quando disse que estava pensando em trabalhar com ficção, comentou que eu deveria ser repórter.

— Assim terá mais poder. Lewis Hine mudou várias mentes com suas fotografias de garotas trabalhando em fábricas. A história da Martha pode fazer o mesmo.

Conversamos sobre isso por muito tempo. Ela disse que os jornais locais não deixariam sair algo assim, mas havia várias revistas que deixariam. No dia seguinte, eu estava na biblioteca lendo *La Follette's*, *The Atlantic Monthly* e *The Nation*. Escrevi para Aaron e perguntei o que ele achava sobre eu contar a história de Martha, mas de uma forma que ela não reconhecesse. Não sei explicar como fiquei aliviada quando recebi o aval dele, porque eu já tinha pesquisado sobre os trens de órfãos e feito um primeiro rascunho.

Fiquei completamente consumida pela história de Martha e pela ideia de que eu estava ajudando Aaron a salvar crianças dos maus-tratos. Eu reescrevi aquela matéria não sei quantas vezes antes de deixar Katherine ver. Ela disse "muito bem" e me fez reescrever mais duas vezes antes de dizer que estava pronta.

Ela me deixou manter o título original: "A face humana da 20ª Emenda".

Primeiro, levei à revista *The Atlantic Monthly*, porque era uma boa opção começar pela melhor e também porque o escritório ficava em Boston. A garota da recepção era bem metida.

— Não publicamos artigos de desconhecidos — ela disse.

Depois de todo o trabalho que tinha tido, queria dizer "quem diabos você pensa que é?". Mas fui educada. Falei sobre o que era o meu artigo e como ele dava um rosto para o trabalho infantil e que não tinha visto nada como isso em lugar algum.

Ser gentil vale a pena. Ela pegou a matéria e disse que a mãe dela começou a trabalhar quando tinha onze anos de idade.

— Ela ainda fica triste quando fala de ter saído da escola. Eu mesma deixarei na mesa do editor.

Quando voltei, uma semana depois, a mesma garota o devolveu para mim. Ela disse que sentia muito.

— Eu disse que não publicam desconhecidos.

Katherine disse que a rejeição fazia parte do ramo e pediu para eu tentar a *The Nation*, onde ela conhecia um dos editores. Foi publicado duas semanas depois. Eu abri e fechei a revista várias vezes só pela emoção de ver meu nome na página: Texto de Addie Baum.

Nunca senti tanto orgulho de alguma coisa.

Mandei uma cópia para Aaron – de entrega especial. Irene e Joe ficaram bastante impressionados e perguntaram qual seria meu próximo texto. Gussie comprou uma dúzia de cópias e disse que sempre soube que eu tinha talento para isso.

Katherine me levou para jantar para comemorar, e a srta. Chevalier ligou para me convidar para dar uma palestra numa das reuniões vespertinas dela de domingo.

– Pelo que me lembro, você é muito eficiente falando em público.

Queria mostrar para a minha família. Betty faria uma algazarra e contaria a todos do bairro e de todos os clubes e organizações dela. Até meus pais teriam ficado impressionados. Talvez. Mas, dado que eu não fazia ideia de como explicar como sabia sobre Martha sem mencionar Aaron, decidi esperar.

Passei a semana nas nuvens e acho que não escondi muito bem o que sentia porque Betty me perguntou se eu tinha conhecido alguém, Eddy me disse que eu estava bonita e minha mãe comentou:

– Desde quando você assobia?

Eu estava tão desligada que, quando Mort disse que queria falar comigo na sala dele, pensei que fosse me dar um aumento. Mas, quando apontou para a cadeira na frente de sua mesa, percebi que estava numa enrascada. Sentar-se lá nunca era um bom sinal.

Geralmente, era fácil ler o rosto de Mort, mas daquela vez não. Ele disse que Cornish tinha visto minha matéria na *The Nation* e enviado para o dono do *Transcript*.

– No que estava pensando, Addie? – Mort quis saber. – Você deve ter lido os editoriais do jornal contra a emenda – um golpe contra os direitos dos estados e a santidade da família e tudo mais. Foi como cuspir na cara do dono. Passei a tarde toda lá em cima levando bronca.

Eu disse que não era minha intenção arrumar problema para ninguém, principalmente para ele.

– Eu ficarei bem, mas não foi nada fácil convencê-lo a não demitir Katherine Walters. Eu disse que ela não sabia de nada disso e não quero saber do contrário, entendeu?

Eu pedi desculpas. Perguntei se havia mais alguma coisa que eu pudesse fazer. Ajudaria se eu escrevesse para o dono e dissesse a ele que foi tudo culpa minha?

Mort balançou a cabeça.

– Por que diabos teve que usar seu próprio nome? Se tivesse assinado como Sally Smith, poderia ter dito o que queria, e não estaríamos aqui sentados. Pensei que fosse mais esperta.

A expressão dele era de alguém cujo cachorro tinha acabado de morrer.

– Não tenho escolha, Addie. Tenho que demitir você.

ESSE É O NAMORADO DA TIA ADDIE

Não contei em casa que eu fora despedida. Betty iria ficar querendo detalhes, e Levine iria dizer para eu voltar a trabalhar com ele. Acima de tudo, não queria ver a expressão de "não me surpreende" no rosto da minha mãe.

Na manhã seguinte, saí de casa no horário de sempre como se fosse um dia qualquer de trabalho. Primeiro, fui ao local onde mandavam telegramas para avisar Aaron para não mandar mais cartas para o jornal. Depois fui falar com Gussie sobre a oferta dela de me ajudar a conseguir outro emprego. Era tão cedo que o escritório dela ainda estava trancado. Eu me encostei na parede do corredor para esperar e acho que fechei os olhos porque, quando percebi, ela estava do meu lado.

– Addie, algum problema? Alguém morreu?

Gussie me perguntou se eu queria uma aspirina ou uma xícara de chá. Continuei dizendo que estava bem, mas ela disse que iria buscar um copo de água para mim, o que era bom porque me daria alguns minutos para admirar a decoração.

Já falei sobre a maneira que Gussie se vestia? Ternos retos, sapatos baixos, sem batom. Mas o escritório dela parecia o toalete feminino do Ritz. Havia almofadas bordadas em todas as cadeiras e quadros de flores nas paredes. Até a luminária sobre sua mesa era rosa. Foi difícil me manter séria quando ela voltou e perguntou o que estava acontecendo. Como se tratava de Gussie, isso se transformou num interrogatório. Ela estava sabendo da história que eu tinha escrito, mas não tinha dito muita coisa sobre Aaron além de como tínhamos nos conhecido e que estávamos trocando cartas. Desde que Gussie viu Betty nas reuniões de *Hadassah*,[10] não queria que ela desse com a língua nos dentes antes de mim. Não que Gussie fosse fofoqueira, mas, às vezes, animava-se demais.

Quando terminei de contar toda a história a ela, levei uma bronca. Ela ficou magoada. Estava brava porque não confiei nela. Para que eu achava que serviam as amigas, afinal?

Então, antes que pudesse pedir desculpas, ela perguntou se eu queria começar a trabalhar imediatamente para um advogado cujo escritório era descendo o corredor. Uma das secretárias dele tinha torcido o pulso, e ele estava apurado.

---

10 *Hadassah* é o nome da organização de mulheres judias americanas fundada por Henrietta Szold em 1912, cujo objetivo é conseguir fundos econômicos para programas comunitários e políticas de saúde em Israel.

Gussie era assim: toda convencida *e* pronta para dar o que ela não tinha por alguém.

Comecei a trabalhar para o advogado naquela manhã, e, apesar de datilografar contratos e cartas não chegar nem perto de ser tão interessante quanto o trabalho no jornal, eu ganhava bem mais por menos horas de trabalho que tinha no *Transcript*. Havia um telefone na minha mesa no escritório do advogado, e Gussie me ligava de tempos em tempos para ver como eu estava me saindo e para me contar o que ela estava aprontando. Ela tinha feito a mesma coisa quando eu estava no jornal até eu dizer que seria demitida se ela não parasse.

Gussie amava como ninguém falar ao telefone. Ela tinha um aparelho em casa e outro no escritório e, toda vez que um modelo novo era lançado, ela comprava. Ela dizia que todos iriam ter um telefone mais cedo ou mais tarde, mas não era cedo o bastante para ela.

Betty e Levine tinham um telefone em casa também, embora eu achasse que eles só usassem para falar um com o outro durante o dia. Ninguém ligava à noite, então quando Betty desceu e disse que havia uma ligação para mim, eu sabia que só poderia ser Gussie.

Mas ela não ligou para falar de uma ideia que tinha acabado de ter ou para perguntar se eu queria almoçar com ela no dia seguinte. Ela tinha uma mensagem de Katherine Walters, que queria que eu fosse ao apartamento dela após o trabalho no dia seguinte. Antes de desligar, Gussie disse:

– E, depois disso, você me contará tudo o que ela disser.

Eu estava rezando para que Katherine estivesse com uma carta do Aaron e, quando ela abriu a porta com um envelope em mãos, eu fiz uma dancinha.

– Pode ver que não abri – ela disse – mas fiquei tentada.

Aaron estava vindo para casa. Ele teve que parar em Washington para fazer as malas, mas estaria em Boston o mais rápido possível. "Em duas semanas, no máximo."

O carimbo postal era de quase uma semana atrás, ou seja, ele poderia chegar em casa a qualquer momento. Isso também significava que ele partira antes de receber meu telegrama sobre eu ser despedida.

Deixei Katherine ler a carta. Ela disse que mal conseguia esperar para conhecê-lo e que tinha outras novidades para mim.

– Não queria que soubesse isto por outra pessoa que não fosse eu.

Cornish a havia pegado na sala de correspondência com as cartas do Aaron para a srta. Cavendish.

– Quando ele me pediu para entregá-las, eu as enfiei na frente do vestido, desejei-lhe um bom-dia e saí.

Fiquei horrorizada.

– Fiz você perder seu emprego?

Katherine disse que eu não tinha nada a ver com aquilo.

– Era só uma questão de tempo antes de ele me demitir, e eu estava mais que preparada. – Ela disse que me ajudar com a matéria de trabalho infantil havia dificultado para ela continuar escrevendo sobre chapéus e penteados.

– Principalmente com tudo que está acontecendo atualmente, preciso de alguma coisa importante. O Comitê de Defesa Sacco-Vanzetti precisa de uma pessoa que não soe como uma maníaca para falar com os jornais. Alguém como eu.

Embora Katherine continuasse dizendo que estava feliz por sair do *Transcript*, eu me sentia responsável, e trabalhar para o grupo Sacco-Vanzetti poderia ser perigoso. Eles haviam acabado de perder uma apelação para um novo julgamento e tinha havido um bombardeio. Alguns dos esquentadinhos estavam falando como se bombas fossem algo bom.

Eu fiquei bastante preocupada depois disso. Como Katherine iria lidar? E se o pessoal do trabalho infantil convencesse Aaron a ficar em Washington novamente? E se Aaron fosse atropelado por um carro?

Eu estava sentada na minha sala indo à loucura quando Betty desceu e disse que havia outra ligação para mim.

– Se continuar assim, você terá de me pagar para ser sua secretária.
Mas quando subi, o telefone estava no gancho.
– Herman, voltei! – Betty gritou.
– Estou indo. – Ele gritou de volta. Mas foi Aaron que entrou.
Primeiro, fiquei sem palavras. Depois eu disse:
– Por que você está aqui?
Ele riu.
– Por que acha?
Comecei a chorar, e nós nos abraçamos até eu me afastar e olhar para ele.
– É você mesmo.
Então ele ficou com os olhos marejados, e eu ri.
Levine, Betty e os garotos assistiram ao nosso reencontro, e Eddy disse:
– A tia Addie está triste ou feliz?
– Ela está muito feliz. Esse é o namorado da tia Addie – Betty respondeu.
Aaron pôs o braço em volta do meu obro e oficializou a situação.
– Se vocês aceitarem, gostaria de ser o marido dela.
Betty deu um grito agudo e me agarrou. Levine apertou a mão de Aaron e serviu as últimas gotas de uma garrafa escondida de uísque. A Lei Seca ainda não tinha acabado. Ele ergueu o copo:
– *Mazel tov*, e que vocês sejam tão felizes juntos quanto eu e minha esposa.

COMO ELE CHAMA?

Betty achou que tudo o que Aaron fez foi muito romântico, nem ficou brava por eu não ter contado a ela antes e decidiu que fazer um jantar de sexta à noite na casa dela era o melhor lugar para apresentá-lo aos nossos pais. Ela disse a Mameh que Levine iria trazer um rapaz, o irmão de alguém que ele conhecia dos negócios.

– Um advogado – Betty disse. – Herman acha que ele é um bom partido.

Conforme as palavras saíam da boca dela, Eddy entrou na cozinha e disse:

– Está falando do tio Aaron? Ele prometeu jogar *stickball* na próxima vez que estiver aqui.

Se Betty tivesse sido o tipo de mãe que batia nos filhos, ele teria levado uma, mas ela mudou de assunto e apenas disse para ele ir lá para fora.

Minha mãe não iria ignorar o fato de que estivéramos escondendo algo dela. Então Aaron iniciou com um ponto a menos para ele.

Não foi tão fácil com Papa também – não depois de ele saber que a família do Aaron era do Templo de Israel.

– É uma igreja, não é uma sinagoga. Não poria os pés naquele lugar.

– Você já pôs – eu disse. – Foi onde a Betty se casou.

– Uma vez foi o suficiente.

Foi Jake que amoleceu Papa um pouco. Meu pai o estava instruindo para o bar-mitzvá, que era provavelmente a primeira vez que os dois passavam mais do que um minuto juntos. Papa disse que Jake era um aluno esperto e sério, e Jake começou a chamá-lo de *Rav Baum*. Então quando Jake disse que Aaron era um rapaz bom, serviu de algo.

Eu não estava ansiosa pelo jantar. Iria me casar com Aaron independentemente do que meus pais dissessem. Não queria que eles o odiassem, mas eu provavelmente estava mais preocupada com o que Aaron acharia dos meus pais. Nós não casamos com uma pessoa; a família inteira vem junto no pacote.

Assim que Aaron chegou, Betty nos fez ir diretamente à mesa – sem conversinha. Ela acendeu velas e Papa fez o

Kidush[11] de olho no Aaron para ver se ele sabia a parte dele – e sabia. Depois de passarmos o chalá e de um papo descontraído, ele disse a Aaron que o iídiche dele era bom.

Mas Mameh olhou para ele como se ele fosse uma vaca doente que alguém estava tentando fazê-la comprar sem saber. Ela balançou a cabeça ao vê-lo pegar a colher com a mão esquerda e estremeceu quando ele desdobrou o guardanapo e o colocou sobre o colo. Para ela, canhotos eram desonestos ou azarados, ou os dois, e limpar a boca com um guardanapo era coisa de gente fresca.

Ela até deu um sorriso afetado para a gravata borboleta dele, que ele comprara para causar uma boa impressão.

Betty deu seu melhor para que gostassem dele.

– Papa, sabia que o primo de primeiro grau do Aaron é um grande médico no Hospital Beth Israel?

– E o irmão dele é um advogado de muito sucesso – completou Levine.

Mameh fingiu que não tinha ouvido nada daquilo e perguntou à Betty:

– *Vas iz zaneh nahmin*? Como ele chama? Onde ele trabalha? – Como se Aaron não tivesse falado em iídiche com Papa desde que chegou.

– Michael Metsky é um dos maiores advogados imobiliários da cidade. Muito bem-sucedido. Fizemos negócios com ele – respondeu Levine.

Mameh deu de ombros.

– Mas esse aí é o irmão.

Aaron riu, mas eu queria gritar. O propósito da vida dela não era me fazer casar com alguém exatamente igual a ele?

Fui à cozinha para fazer café e me acalmar. Quando voltei, Aaron estava no chão brincando com os meninos.

---

11 Nome dado à benção recitada sobre o vinho ou suco de uva para santificação em festas judaicas. (N. dos E.)

– Veja como ele se dá bem com crianças. Será um ótimo pai – Betty observou.
– Todos acham que sou idiota – disse minha mãe, para ninguém em especial. Desde quando me entendo por gente, Mameh gostava de resmungar. Ela murmurava feitiços para espantar o olho gordo e reclamava de como o chá da Betty nunca era quente o bastante. Mas a audição dela não era tão boa quanto costumava ser, então ela não sussurrava mais e, naquela vez, dava para ouvi-la do outro lado da sala.
– Ele não comeu nada. Qual o problema com ele? A carne dela estava um pouco seca, mas ninguém faz cenouras melhores que as minhas. Quando se é visita na casa de alguém, tem que comer.
A Betty tentou silenciá-la, mas Mameh não percebeu.
– Ela faz cara feia para um dono de uma loja? Este aí nem trabalho tem.
Eddy disse:
– Vovó, por que a senhora está falando com o saleiro?
Parece que isso a fez acordar.
– Venha comer sua compota – ela falou.
– Sra. Baum, meu pai é dono de uma loja de ferramentas, e eu trabalhei lá na juventude. Mas meu pai queria que fizéssemos faculdade. Acho que ele queria que fôssemos médicos ou talvez farmacêuticos, mas ele diz que tem orgulho dos advogados dele – Aaron disse.
– A irmã do Aaron vai fazer Direito também – Betty disse.
– Advocacia não é trabalho para mulher – Mameh respondeu. Depois apontou para Aaron. – Rapazinho, coma a fruta pelo menos.
Acompanhei Aaron até lá fora e pedi desculpas pela carne – estava realmente seca – e pela minha mãe. Mas ele achou que tudo tinha ido bem.

– Seu pai foi legal comigo. Betty e o seu cunhado estão do nosso lado, e os filhos deles são incríveis. Oito de nove não é nada ruim. E talvez se eu limpar o prato da próxima vez, sua mãe também mude de opinião.

Aaron nunca desistia das pessoas. Às vezes, isso me deixava louca, mas é uma boa maneira de viver.

▼

No sábado seguinte, todos fomos convidados para jantar com a família do Aaron. Betty prometeu que Mameh se comportaria.

– Ela deveria estar nervosa por conhecê-lo e, de qualquer maneira, todo mundo é mais educado na casa de outra pessoa.

Nós nos espremos para entrar no carro do Levine e seguir até Brookline. Lembra-se daquela casa, não? Na esquina da casa onde JFK nasceu?

Nenhuma frente de casa era igual à dos Metskys na rua. Não havia grama, apenas uns canteiros de flores e roseiras subindo pela varanda como as do Rockport Lodge.

As flores eram coisa da Mildred Metsky. Ela era madrasta do Aaron e o completo oposto das madrastas malvadas dos contos de fada. Murray Metsky se casou com ela cinco anos após a mãe do Aaron falecer, e os três filhos eram tão dedicados à "mãe" quanto ela era a eles.

Ela abriu a porta e nos abraçou como se fôssemos primos que ela não via há muito tempo. Os Metskys adoravam abraçar: Aaron, o pai dele e a irmã dele, Rita. Até o irmão, Michael, que era mais fechado, deu um abraço em cada um de nós. Minha mãe parecia que estava sendo lambida por gatos – e ela odiava gatos.

Quando nos sentamos para jantar – eles não chamavam de ceia –, Mameh perguntou o nome do açougueiro *kosher* onde Mildred Metsky havia comprado a carne. Ela nunca

tinha ouvido falar do local, e inclinou-se em direção a Papa e sussurrou num tom para que todos ouvissem:
– Está um cheiro esquisito, não está?
– É alecrim, sra. Baum. Minha mãe planta vários tipos de ervas no quintal.
– Ervas e flores então. Já eu planto repolho e batata. Coisas que se pode comer – Mameh disse.

Graças a Deus, Mildred não entendia muito de iídiche. Rita e Mildred adoraram os garotos, o que era tudo o que Betty sempre quis. Levine e Michael descobriram que conheciam várias pessoas em comum. Murray e meu pai saíram para fumar charutos. Aaron e eu demos as mãos por debaixo da mesa.

Quando Mildred pôs o café e o bolo na mesa, Murray se levantou e fez um discurso sobre como estavam felizes de que Aaron tinha me encontrado.

– Quando ele partiu para Washington, tive medo que achasse uma menina de lá e nunca mais voltasse. Quando foi para Minnesota, fiquei preocupado com que encontrasse uma garota de lá e que ela não quisesse deixar a família.

Eles disseram que gostaram de mim, não só por ser de Boston, mas também por Aaron estar tão feliz e por eu ser tão amável e por meu pai ser um *chacham*, um sábio, e pelos garotos serem extraordinários. Murray apontou o dedo para mim e me olhou com cara de "criança levada".

– Esses garotos só precisam de alguns primos com quem brincar.

Jurei que nunca envergonharia meus próprios filhos daquela maneira. E nunca envergonhei – pelo menos, não em público.

Quando era hora de ir, os Metskys começaram a abraçar de novo, o que demorou um pouco, porque todos tinham que abraçar todos. Era como se eles achassem que fôssemos bater num iceberg e desaparecer no caminho de volta para Roxbury.

Minha mãe odiava toda essa "pegação". Quando voltamos para o carro, ela disse:

— Parece que estão querendo bater minha carteira. — Também era estranho para mim, mas me acostumei.

Lembra-se de quando eu costumava perseguir você e sua irmã pela casa para conseguir minha dose mínima diária de abraços? Eu dizia que se não conseguisse cem abraços, iria flutuar até o céu como a Mary Poppins, e vocês nunca mais me veriam. Paramos de brincar assim quando vocês começaram a estudar, mas nunca paramos de nos abraçar.

OLHEM PARA MIM, ESTOU ME TORNANDO UMA METSKY!

Queria um casamento igual ao da Betty: pequeno, rápido e simples, mas essa não era uma opção. Para início de conversa, não havia uma sala de rabino grande o suficiente para caber todos os parentes do Aaron, então "pequeno" seria impossível. Talvez pudesse ser simples, mas não iria ser rápido porque o bar-mitzvá do Jake estava chegando em outubro, e Betty já estava completamente ocupada com os preparativos.

Bar-mitzvás não eram as produções que são hoje, com bufês e hotéis e flores, mas já eram um evento importante, e Betty queria que fosse perfeito. Ela experimentou sei lá quantas receitas de *strudel* e biscoitos, pintou a sala de jantar e fez cortinas novas para a sala de estar. Todos nós ganhamos roupas novas, e Levine levou Jake ao centro para ele comprar seu primeiro terno de adulto, com calça longa e colete. Como disse: era um evento importante.

Na manhã do bar-mitzvá, minha mãe acordou de ovo virado. Geralmente, era a primeira a se levantar, tomava chá, lavava a xícara e guardava-a antes do meu pai e eu sequer chegarmos à cozinha. Mas, justo nesse dia, ela não tinha nem calçado os sapatos na hora de ir. Quando perguntei se ela estava se sentindo bem, respondeu que eu a tinha insultado.

– Quando é que fico doente?

Quando chegamos à sinagoga, que ficava apenas a três quadras, ela estava praticamente arrastando os pés e agarrada ao meu braço. Ela fechou os olhos quando nos sentamos, e eu tinha certeza de que ela estava dormindo, mas, quando meu pai foi chamado para cantar as bênçãos, ela se endireitou. E quando Jake cantou a parte dele da Torá, ela estava sorrindo.

– Ele não estava maravilhoso? – eu sussurrei.

– Nada mal – ela disse.

Jake ainda parecia um garotinho gorducho, mas se saiu muito bem. Ele não gaguejou nem perdeu o ritmo e cantou tudo em voz alta e clara. Fiquei com tanto orgulho dele que meus olhos ficaram marejados, mas Betty quase morreu de orgulho. Você vai entender quando tiver filhos: não há nada como o sentimento de quando seu filho brilha perante a uma multidão. Foi assim quando sua mãe foi oradora da formatura do colégio, e como eu me senti no seu bat-mitzvá, e da sua irmã também.

Depois da cerimônia, todos foram para o andar de baixo para comer pão de ló e beber vinho. Minha mãe não era mais a senhora que eu havia ajudado a descer a rua. Ela se movia rápido o suficiente para evitar a maioria dos abraços dos Metskys e, quando alguém perguntava se ela tinha orgulho do neto, dizia:

— Claro. O que acha? — Pela primeira vez, ela não mencionou que Jake não era realmente neto "dela".

▼

Aaron e eu não nos apressamos para ir à festa na casa da Betty. Era um daqueles dias perfeitos de outono quando o ar fica fresco o bastante para acordar você, mas o sol está ainda está beijando seu rosto. Aaron chutava as folhas, e eu fiz um buquê com as vermelhas e douradas; parecíamos duas crianças. Era uma sensação maravilhosa estarmos sozinhos, e tínhamos muito para conversar.

Alguém da Sociedade de Massachusetts para a Prevenção da Crueldade Infantil tinha ouvido falar que Aaron havia se mudado para Boston e ofereceram a ele um emprego, mas o irmão dele estava tentando convencê-lo a permanecer na firma. Michael disse que, se ele ficasse, poderíamos comprar nossa casa própria em um ou dois anos.

Aaron trabalhara no escritório de Michael desde que voltara para Boston, mas odiava. Fazer contratos e discutir com banqueiros o deixavam mal-humorado e ranzinza como eu nunca vira.

Mas, depois de um encontro com o comitê da sociedade das crianças, ele brilhava.

— São as mesmas pessoas que deram início ao Comitê Nacional do Bem-Estar Infantil — ele disse. Eram seus heróis e queriam contratá-lo para ajudar o gabinete do governador a criar leis melhores para ajudar as crianças e suas famílias. Era um emprego dos sonhos, e eu sabia que o único motivo de ele não aceitar na hora foi porque não poderiam pagar o mesmo que ele recebia com o escritório particular. Mas eu disse que não adiantava ter uma casa se eu teria que morar com um chato.

Não era difícil convencê-lo a fazer o que ele queria. Além disso, eu também estava trabalhando.

Gussie, que Deus a abençoe, havia encontrado para mim um emprego de tempo integral no Simmons. Assim que ela soube que a secretária do vice-presidente estava para sair, ela ligou para ele e disse que ele não precisava procurar por uma substituta. Betty brincou e disse que meu desejo tinha se realizado. Eu finalmente ia fazer faculdade. Mas não foi brincadeira, porque eu podia estudar depois do trabalho de graça.

Quando decidimos que Aaron iria aceitar o emprego que queria, ele mal podia esperar para voltar e contar aos familiares que iríamos marcar a data do nosso casamento. Para mim, qualquer data seria tarde; toda vez que eu entrava na casa dos meus pais, tinha a sensação de que estava vestindo um espartilho.

A casa da Betty estava lotada. Ela tinha convidado os vizinhos, os amigos do Jake, os amigos da sinagoga do meu pai, todos do escritório do Levine e toda a família do Aaron. O irmão dele tinha surpreendido todos ao trazer Lois Rosensweig, a mulher com quem ele namorava havia cinco anos. Rita disse que ele nunca a tinha levado a um evento de família antes.

– Aquele é o Michael. Agora que o Aaron tem uma noiva, aposto que ele fará o pedido qualquer dia desses.

Levine estava correndo com uma câmera nova pedindo para as pessoas dizerem "xis" e deixando todos malucos. Mas, como sempre, o pestinha com a câmera acabou sendo o herói. Sofreu para fazer meus pais cooperarem, mas não os deixou em paz até conseguir fotos boas deles. Aquela foto que você pôs na capa do seu trabalho de história da família na sétima série? Foi do bar-mitzvá do Jake.

Quando finalmente encontrei Betty, ela piscou e perguntou se tínhamos nos perdido.

Eu retribuí a piscada e perguntei:
– O que fará no dia 19 de dezembro?
– Por quê? – ela perguntou. – Vou a um casamento? – Tudo o que eu tive que fazer foi sorrir e ela me abraçou e deu

um beijo e um abraço no Aaron. – Olhem para mim – ela disse – estou me tornando uma Metsky!

Betty disse que tinha que juntar os meninos antes do anúncio, e que tínhamos que encontrar Mameh também. Também comentou que nunca tinha visto Mameh com um humor tão bom. Ela tinha sido simpática e tinha comido tudo sem reclamar até Betty trazer cerejas em conserva compradas em loja para o chá.

– Então ela fez aquela cara amarga dela e disse que tinha que mostrar para todos como algo caseiro é melhor. Eu disse ao Herman para ir ao andar de baixo e trazer, mas ela falou que ele não sabia onde procurar. Talvez ela tenha ficado perdida, como vocês dois.

Aaron disse que iria buscá-la.

– Ela terá de se acostumar comigo uma hora.

Quando todos estavam amontoados na sala de estar, o pai do Aaron apontou para mim.

– Aposto que sei o que é isto – ele disse. – E lá vem o noivo.

Mas o noivo entrou correndo com um ar sério e disse:

– Alguém chame uma ambulância.

MEU MUNDO DIMINUIU MUITO

Foi um derrame.

Levaram Mameh para o Hospital Beth Israel – aquele antigo de tijolos à vista, que não ficava longe de onde morávamos em Roxbury. Inauguraram o prédio moderno um ano depois, mas não teria feito diferença alguma. Não havia muito o que fazer acerca de derrames naquela época a não ser manter a pessoa quente e massagear os músculos.

Era difícil saber o que estava acontecendo no hospital. Os médicos não diziam nada, e os pacientes só podiam receber uma visita por dia, e apenas uma pessoa por vez. Quando Papa entrou, não sabia dizer se ela parecia melhor ou pior, mas ele sempre parecia mais velho quando saía.

Betty trouxe camisolas limpas e disse que os lençóis pareciam papel de seda, mas não sabia dizer se Mameh estava com dor nem se estava confortável nem qualquer outra coisa.

– Às vezes, ela abre os olhos, mas não sei se ela me vê. – Ela disse que o rosto dela não estava tão ruim quanto no começo, quando o lado direito parecia ter se desprendido dos ossos.

Só me deixaram entrar uma vez, e foi horrível. O quarto estava quente demais e cheirava a alvejante. O rosto da minha mãe no travesseiro estava amarelado, e o cabelo penteado para trás e enfiado debaixo da cabeça; logo, era possível ver o formato do crânio debaixo da pele. As bochechas dela estavam afundadas, e as pálpebras se contraíam. Não tinha certeza se ela estava acordada, então sussurrei:

– Mameh, sou eu, Addie. Como está se sentindo? Posso fazer algo pela senhora? – Tentei soar animada, mas meu estômago estava com o mesmo nó de sempre, esperando por ela acordar querendo saber o que eu estava fazendo ali, onde meu pai estava, quem a pôs naquele lugar.

Depois de algumas semanas, ela melhorou um pouco, abriu os olhos e bebeu com um canudinho. Conseguia se sentar ereta na cama se alguém a ajudasse e, mesmo sem dizer nada, tínhamos certeza de que ela nos reconhecia.

O médico disse que ela poderia até voltar a ter um pouco dos movimentos do braço e da perna direitos, mas isso levaria meses, *se* chegasse a acontecer. Ela poderia voltar a falar ou não. Como eu disse, não podiam fazer muita coisa por ela no hospital, então nós a levamos para casa.

Seu lado direito permaneceu paralisado, e o lado direito da boca estava inclinado, então as palavras saíam enroladas quando começava a falar. Ela ficava agitada quando não a entendíamos, então sabíamos que ela continuava a mesma por dentro.

Durante o dia, Papa e Betty se revezavam cuidando dela. Eu voltava para casa direto do trabalho e assumia enquanto a Betty fazia o jantar, e meu pai ia até a sinagoga.

Ela só permitia que nós três entrássemos no quarto. Mildred e Rita se ofereceram para olhá-la, mas, quando vieram visitar, Mameh travou a boca e se recusou a abrir os olhos. Se Levine, Aaron ou qualquer um dos garotos entrasse no quarto, ela resmungava e fazia careta até eles irem embora. Ela assustava tanto os pequenos que eles nem sequer iam para o andar de baixo.

Meu mundo diminuiu muito, do jeito que sempre diminui quando alguém da sua família fica doente. Era trabalho ou casa, onde ou eu estava cuidando da minha mãe ou ajudando Betty com os meninos. Também não saía aos fins de semana, então Aaron vinha para casa e me ensinava a jogar buraco ou copas e, é claro, adiamos o casamento.

Meu chefe novo entendia quando eu recebia ligações no escritório. Gussie e Irene mantiveram contato. E, toda vez que podia, Aaron me encontrava após o trabalho e ia comigo no bonde até minha casa. Ele me abraçava e havia algumas vezes em que ele precisava me acordar quando chegávamos ao meu ponto.

O melhor amigo do Jake iria comemorar o bar-mitzvá dele cerca de dois meses depois do derrame. Papa fora o professor dele, e Betty era amiga da mãe do garoto, então eu disse que ficaria em casa com Mameh e que era para eles se divertirem e para não terem pressa para voltar.

Não tinha passado muito tempo com ela durante as manhãs. Betty disse que ela geralmente acordava às dez horas, e era o momento em que a mente dela parecia mais clara e era mais fácil entender se ela tentasse falar. Mas naquele dia ela só abriu os olhos depois do meio-dia. Ofereci sopa e chá, mas ela balançou a cabeça negativamente e acenou em direção à porta, o que significava que precisava ir ao banheiro.

Ela detestava usar a comadre mais que tudo, mas tinha perdido tanto peso desde o derrame que era fácil carregá-la.

Ela me deixou lavar o rosto e as mãos dela, mas recusou quando ofereci uma xícara de chá ou pão mergulhado em caldo. Perguntei se queria que eu lesse para ela, mas ela fechou os olhos.

Não sei por que é tão exaustivo cuidar de uma pessoa enferma. Não é que você esteja fazendo alguma coisa, mas é cem vezes mais cansativo que trabalho duro. Talvez seja a impotência ou o esforço de esperar pelo corpo decidir se melhorará ou não.

O céu tinha passado o dia todo coberto de nuvens e, quando começou a nevar, o quarto ficou escuro. Devo ter cochilado porque, quando percebi, Mameh estava sentada na cama, algo que achávamos que ela não conseguia fazer sozinha. Os olhos estavam esbugalhados, e ela estava olhando em volta do quarto como se estivesse tentando entender onde estava, como se fosse Rip van Winkle. Franziu a testa ao ver os óculos sujos sobre a cômoda e o abajur que eu tinha levado para lá.

Em iídiche, eu disse:

– Mameh? A senhora quer alguma coisa? A senhora sabe quem sou, Mameh?

Ela procurou meu rosto e franziu o cenho. Podia ouvir a respiração dela ficar mais rápida e falei:

– Não se preocupe. Apenas descanse.

Seus olhos ficaram grandes, e ela esticou o braço que se movia na minha direção. Eu me sentei ao lado dela na cama, e ela sussurrou:

– É claro que conheço minha própria filha. – A voz estava rouca, e as palavras eram lentas, mas consegui entender. – Como uma mãe pode não conhecer sua filha linda?

Ela passou a mão no meu cabelo e a repousou na minha bochecha.

– Não sabia imediatamente que era você, querida, *zieseleh*. Seu cabelo está tão curto. Você está doente?

Disse a ela que tinha cortado o cabelo, que estava bem e que ela não precisava se preocupar. Mas ela estava ansiosa e começou a falar rápido, como se estivesse com pressa para dizer algo antes que se esquecesse.

– Eu queria pedir desculpas. Você estava certa, e eu, errada. Se tivesse ouvido você, você estaria mais feliz.

Ela começou a chorar.

– *Ich bin moyl*. Sinto muito. Mas você me perdoará; sei que sim. Você sempre foi uma boa garota, tão bonita e tão boa. Nunca a ouvi pedir desculpas para ninguém, nem sequer uma vez. Não podia me lembrar da minha mãe olhando para mim daquela maneira nem me dizendo que eu era bonita ou doce. Ela nunca me chamava de querida.

Parecia um milagre.

Toda aquela conversa a deixou exausta, e ela se afundou nos travesseiros. Eu beijei a mão dela e disse para não se preocupar comigo, que eu iria me casar com um homem maravilhoso. Perguntei se ela se lembrava do Aaron, e ela apertou meus dedos.

Disse que estava muito feliz em conversar com ela daquela maneira e que queria ter tentado me explicar a ela antes.

Ela balançou a cabeça e sussurrou:

– Pensei que tinha perdido você, mas você está aqui, igual à minha mãe, a sua avó. Você tem as mãos de ouro, *goldene hentz*, como um anjo com agulha e linha. Eu errei ao obrigar você a ir. Corri atrás de você e bati em você para obrigá-la a ir, mesmo com você me dizendo que morreria se eu mandasse você. Achei que ele a manteria segura e que Bronia cuidaria de você, mas você sabia melhor que eu. Sabia que este país mataria você. Sinto muito, pequena Sima. Minha pobre, pobre Simmaleh.

Ela soltou um suspiro. A respiração ficou mais lenta. Quando pegou no sono, tentei entender o que foi dito.

Tinha esperado a vida toda para ouvir aquelas coisas. Que ela sentia muito. Que eu era uma boa garota. E bonita e doce. Mas foi tudo para Celia: a ternura, o pedido de desculpas, o amor. Ela nem sabia que eu estava ali.
Eu estava triste demais para chorar.

▼

Era tarde quando Betty voltou da festa. Ela acendeu a luz e perguntou por que eu estava sentada no escuro.
– Ela dormiu o dia todo?
Eu disse que sim e que iria dar uma volta. Que precisava de ar fresco.
Era uma noite linda e clara. Havia parado de nevar, e a lua fazia tudo parecer prateado. Estava caminhando há um bom tempo quando percebi que estava indo à casa do Aaron. De Roxbury para Brookline é uma distância longa, pelo menos oito quilômetros, e eu peguei alguns caminhos errados. Era tão tarde quando cheguei lá que a casa dele estava escura – exceto por uma luz na sala de estar. Eles nunca trancavam a porta, então eu entrei. Aaron quase caiu da cadeira.
– Não pergunte. Eu conto de manhã – falei.

1927

TUDO O QUE SENTI FOI DOR

Minha mãe morreu algumas semanas depois. Levine cuidou do enterro da mesma maneira com que cuidava da maioria das coisas – sem ninguém lhe pedir e sem receber agradecimento.

Eu tinha ido ao cemitério quando Myron e Lenny morreram, mas enterrar Mameh foi uma experiência completamente diferente, como noite e dia. Mesmo a ida até o local não foi a mesma coisa. As estradas estavam melhores, então chegamos rapidinho e, em vez de três pessoas de luto, havia vinte e uma pessoas e uma fileira de carros atrás do carro fúnebre.

A maior diferença foi a "normalidade" que parecia haver. Mameh tinha sessenta e cinco anos, o que não era muito jovem em 1927. Ninguém ficou chocado. Ela tinha ficado doente e morrido em casa na própria cama, então era triste, mas não era uma tragédia como tinha sido com Celia, ou com Myron e Lenny.

Apenas Papa e Levine foram ao enterro da Celia. Provavelmente porque não conhecíamos muitas pessoas naquela época, mas talvez tivesse algo a ver com a maneira como ela morreu. Havia tanta culpa misturada com luto. E como explicar a morte de uma mulher jovem e saudável que escorregou com uma faca de cozinha?

Com a epidemia de gripe, todos estavam com medo, e entrar num cemitério era como uma provocação ao destino. Fui ao enterro dos meninos no lugar da Betty e foi bom ela não ter ido. A ideia de ela vendo aqueles caixõezinhos era horrenda. Só de lembrar me dá vontade de chorar.

Antes da cerimônia de Mameh, fui ver os túmulos deles e tentei pensar na minha irmã e nos meus sobrinhos quando eram jovens e saudáveis, mas tudo o que me lembrava era do sangue nas mãos da Celia e da feição no rosto da Betty quando tiraram os meninos dela. Ali, perto daquelas lápides, não tive nenhuma sensação de conforto nem de "encerramento", como dizem hoje. Tudo o que senti foi dor.

Uma coisa não havia mudado: o cemitério era tão desolado quanto me lembrava. As árvores tinham crescido e arbustos tinham sido plantados, mas era janeiro – difícil de acreditar que algo voltaria a ser verde.

Comecei a tremer quando a cerimônia acabou. Não havia vento, e ninguém mais parecia se importar com o frio, mas consegui ouvir meus dentes batendo. Tive que travar os joelhos para não cambalear e, se Aaron não tivesse posto os braços ao redor de mim, eu poderia ter caído, juro por Deus. Pelo menos enterros judeus são curtos.

Quando desceram o caixão até o solo, lembro-me de pensar: "Ela não conseguirá mais me fazer achar que há algum problema comigo".

Mas quando a primeira porção de terra acertou o caixão, percebi que jamais deixaria de querer que minha mãe me dissesse que estava tudo bem comigo e foi aí que comecei a chorar.

A VIDA É MAIS IMPORTANTE QUE A MORTE

Depois do shivá, Papa disse à Betty e a mim que estávamos oficialmente de luto por um ano inteiro, ou seja, tínhamos que ficar afastadas de celebrações e de música ou de qualquer outro tipo de entretenimento. Então nada de festas, nada de ir a sinfonias, nem mesmo ao cinema.

Depois do primeiro mês, Betty parou de prestar atenção às regras. Se os filhos dela quisessem assistir ao novo filme *Our Gang*, ela os levava e ficava para assistir.

– Acha que vou deixá-los num cinema escuro sozinhos?

Eu sentia que estava vivendo o "momento" e não me importava em ficar sossegada. Papa e eu jantávamos no andar de cima com Betty e a família dela, depois ele ia à sinagoga, e eu geralmente ia ler no meu quarto. Era como morar no pensionato.

Não que eu fosse uma ermitã. Estava com pessoas o dia todo no trabalho e continuava indo às aulas. Acho que era história americana naquele semestre.

Minhas amigas telefonavam e vinham à minha casa. Aaron e eu nos víamos o tempo todo; apenas não falávamos de casamento.

Mas quando as flores começaram a se abrir e todos deixaram os casacos de inverno de lado, comecei a me sentir como um cão na coleira. Aonde quer que eu fosse, via casais de mãos dadas, sussurrando coisas um para o outro. Aaron me mostrou um anúncio de um apartamento pelo qual poderíamos pagar. Tomei coragem e perguntei ao meu pai quando poderíamos nos casar.

– Quando quiserem – ele disse.

– Você me disse que teria que esperar um ano. – Eu não conseguia acreditar.

– Falei algo de casamento? – De acordo com o Talmude, se uma cerimônia de enterro se cruzar com uma de casamento, a festa de casamento vem primeiro. A vida é mais importante que a morte.

Pois é, ele poderia ter me dito isso antes.

– Só não pode ser muito chique – Papa disse. – Nada de música nem de dança.

Não era problema. Sempre quis que fosse simples, e Aaron não se importava com coisas chiques contanto que fosse logo.

Mas quando contei à Betty e à Mildred que estávamos pensando em nos casar no início de maio – o que seria dali algumas semanas – elas agiram como se fosse um desastre apenas um pouco menor que o do Titanic. Betty disse que, como ela não tinha filha, essa seria sua única chance de fazer um casamento. E por que eu iria querer estragar isso para ela? Para *ela*, certo? Ela e Mildred reclamaram e resmungaram até concordarmos em esperar até junho para que saísse tudo lindo.

Rita perguntou se podia fazer um chá de panela para me apresentar às outras mulheres da família antes do casamento. Nunca tinha ido a um chá de panela – era uma moda nova na época –, mas a minha cunhada tinha lido um artigo sobre eles na *Ladies' Home Journal* e estava determinada a fazer do jeito que dizia na revista – com cobertura cor-de-rosa e rosas no bolo.

Ela também queria convidar minhas amigas, então passei o número da Gussie e disse que ela entraria em contato com todas as outras.

Rita planejou um chá no sábado à tarde às três horas e disse para todas usarem vestidos bonitos e luvas brancas, se é que você pode imaginar isso.

Irene ligou para mim para perguntar se podia ir à minha festa mesmo sem ter bordado a fronha, algo que Rita tinha pedido a todas as convidadas. Quando falei que não sabia de nada sobre fronhas, ela disse:

– A Gussie não me disse que as fronhas deveriam ser surpresa. Agora estraguei toda essa porcaria.

Quanto mais velha Irene ficava, mais ela xingava. Lembro-me de quando o neto dela fez cocô na fralda durante o batizado e ela disse:

– Puta que pariu! – Alto o bastante para todos ouvirem. A cara do sacerdote era impagável!

No dia do evento, a casa dos Metskys estava cheia de enfeites, lilases e uma dúzia de tias e primas de segundo grau.

Depois de todas terminarem de me abraçar, eu cheirava ao balcão de perfumes da Jordan's.

Rita me presenteou com um enxoval de fronhas e toalhas bordadas com minhas novas iniciais, e eu fingi que não sabia de nada, como se Irene não tivesse dado com a língua nos dentes. Mas havia outras surpresas. Eu sabia que Irene e Helen estariam lá, mas fiquei atônita quando a srta. Chevalier e a srta. Green entraram com Katherine Walters, com quem eu perdi contato depois de sair do *Transcript*.

A srta. Chevalier me deu um beijo na bochecha e disse:

– Estou tão feliz por você, minha querida.

A srta. Green parecia ter diminuído uns cinco centímetros, mas ainda tinha um brilho no olhar.

– Gosto de pensar que tivemos algo a ver com seu casamento, já que conheceu seu noivo na nossa casa.

Ninguém pediu para as Ediths bordarem nada, ainda bem, mas a srta. Green me trouxe uma caixa adorável de cerâmica que ela criou; você costumava guardar sapatos de Barbie nela quando era pequena.

Ter todas essas mulheres juntas num lugar era como olhar um álbum de retratos da minha vida: desde quando eu era um bebê no Clube Sabático do Rockport Lodge até começar a trabalhar no jornal e conhecer Aaron.

E era incrível como todas elas se davam bem. A srta. Green, que só podia ser irlandesa, conversava com Irene sobre a cidade onde nasceu. Katherine e Betty discutiram sobre quem era mais engraçado: Harold Lloyd ou Buster Keaton. Poderia ter dito que era Charles Chaplin, mas não quis me intrometer.

Perguntei à Helen onde Gussie estava.

– Ela só está um pouco atrasada – respondeu Helen. Gussie falou tanto para eu não chegar nem dois minutos atrasada que eu estava ansiosa para fazê-la provar do próprio veneno. Quando ela finalmente chegou, ergueu uma mão como um sinal para que parássemos de falar. Então Irene cantou "tã-dã" e Filomena apareceu.

Não sei se soltei um berro ou se só fiquei lá boquiaberta, mas todas aplaudiram, e Betty gritou:
— Ela não fazia ideia!

Assim que definimos a data do casamento, escrevi para Filomena para perguntar se ela poderia vir. Ela respondeu dizendo que não porque era a semana em que ela tinha prometido levar a professora dela a um xamã nas montanhas e não podia voltar atrás senão seria o fim da amizade. Eu imaginava que seria difícil ela vir e dava para perceber como ela tinha se sentido mal porque foi a carta mais longa que já recebi dela.

Betty estava lá quando recebi o presente de casamento dela, que chegou com um bilhete dizendo para não abrir até o dia do casamento.

Todas sabiam: minhas amigas, minha irmã, até meus novos parentes. Deve ter sido o único segredo que Betty já guardou. Ela tinha procurado o endereço da Filomena no meu quarto, Gussie mandou um telegrama e todas fizeram uma vaquinha para comprar as passagens de trem.

Fazia mais de dez anos que não via a minha melhor amiga. Filomena continuava usando uma trança longa. O cabelo não era mais totalmente preto, mas as pinceladas de branco perto da bochecha a deixavam com um ar glamoroso – não de velha. Só que era o mesmo rosto, mais escuro e pouco desgastado pelo sol, mas tão lindo quanto sempre.

Ela estava usando uma saia longa e um xale listrado, como as indiazinhas dos seus cartões-postais. Havia vários braceletes de turquesa e prata nos dois pulsos, e ela cheirava a algo fresco e amadeirado. Ela me disse que era sálvia, algo que os índios usavam para ter saúde e sorte. Do jeito que falo, ela parece um personagem hippie dos anos 1960, mas ela não parecia tão maluca. Independentemente do que estava vestindo, Filomena se portava como uma rainha.

Quando viu a Srta. Green, Filomena pegou as duas mãos da professora dela e disse:

– Obrigada por me dar vida.

Foi um momento tão doce! Katherine disse que a fez se lembrar de como os alunos na Índia honravam seus professores tocando o chão aos pés deles. Não me sentia apta para isso, mas, antes de a tarde acabar, agradeci à srta. Chevalier por tudo o que ela tinha feito por mim desde que eu era garota.

Queria que eu tivesse uma câmera. Não que eu precise de fotos para me lembrar daquele dia.

Esqueci muito mais do que gostaria de admitir, mas todos os detalhes estão na memória: a cobertura rosa do bolo, os lindos sapatos amarelos da Katherine, os lilases e o som das pulseiras da Filomena quando ela me abraçou. Parecia um carrilhão de vento.

VOCÊ SEMPRE OLHOU PARA MIM COM AMOR

Às vezes, afastamo-nos dos amigos. Você conta tudo um para o outro e tem certeza de que é uma pessoa que conhecerá pelo resto da vida, mas então ela para de escrever ou de ligar, ou você percebe que ela não é tão legal assim, ou ela se transforma numa pessoa de direita. Lembra-se da sua amiga Suzie?

Mas, às vezes, não importa quão longe vocês vivam ou quão pouco conversem – o sentimento persiste. Assim éramos Filomena e eu.

No dia seguinte ao chá de panela, nos encontramos em North End. Ela tinha que ir a um grande almoço de família depois da igreja, então não tinha certeza absoluta de que horas sairia, mas eu não me importei em esperar. Estava sentada num banco em frente à igreja St. Leonard em North End num lindo dia, e as pessoas passeavam pela Hanover Street. Senhoras de vestidos pretos davam comida aos pombos e observavam seus netos brincarem. A cena era exatamente a mesma que minhas memórias de infância me traziam, exceto pelos chapéus diferentes.

Não há muito espaço para escrever num cartão-postal, então eu tinha centenas de perguntas para Filomena. Sabia que algumas das amigas dela do Novo México eram pintoras e que ela passava muito tempo com uma oleira índia chamada Virginia. Sabia que morava sozinha e que assistia ao pôr do sol todos os dias. As vendas da cerâmica dela eram suficientes para sobreviver. Mas era só isso. Era como se eu tivesse um livro para colorir em branco para que ela pintasse.

No início, não reconheci a mulher desmazelada de vestido preto largo que acenava para mim. As irmãs da Filomena a tinham obrigado a tirar a "fantasia" antes de ir à igreja e a se vestir feito uma avó. Estavam furiosas com ela. Como ela poderia vir a Boston para o casamento de uma amiga quando não fez o mesmo na primeira comunhão e na formatura das próprias sobrinhas e sobrinhos? Elas se acalmaram um pouco quando ela disse que as amigas dela tinham pagado as passagens. Acho que se esqueceram de que ela mandava dinheiro desde que se mudou para Taos e, acredite, ela nunca tinha muito sobrando.

Filomena soltou a trança, pegou uma cinta entrelaçada e algumas pulseiras da bolsa e, num minuto, voltou a estar linda. Ela disse que estava morrendo de vontade de tomar expresso.

– Sonho com o café desde entrei no trem.

Fomos a um café onde nem mesmo os chapéus haviam mudado. Nunca vi uma pessoa apreciar nada tanto quanto Filomena apreciou aquele expresso. O garçom também deve ter notado, porque ele trouxe uma segunda xícara antes que ela pedisse.

Ela disse "grazie" e parecia que eram primos que não se viam há muito tempo, conversando com as mãos e interrompendo um ao outro, assim como os judeus, tirando o fato de que tudo parece mais bonito quando dito em italiano.

Filomena trouxera uma pilha de fotografias para me mostrar e as colocou na mesa em fileiras, como se estivesse jogando paciência. Havia algumas delas nas quais ela aparecia sentada à mesa com Morelli e três casais fazendo caretas para a câmera. Tinham sido amigos dela na escola de arte e dividiam um casarão nos arredores de Taos. Filomena disse:

– No começo, ficamos com eles, mas era como morar com os Guardas Keystone.

– Eles se amavam, mas brigavam o tempo todo, e eu nunca sabia quem estava bravo com quem. Eram malucos, mas sempre foram bons para mim. – Ela e Morelli acabaram se mudando para um chalé na terra deles.

Sempre a tinha imaginado numa casinha de telhas de madeira como aquelas em Rockport, mas a casa na foto parecia um formigueiro. Filomena explicou o que era *adobe* e como a casa dela era fresca nos dias quentes. Eu disse que parecia que ela vivia dentro de uma panela de barro.

Ela morreu de dar risada.

Havia uma foto do Bob Morelli sentado numa roda de oleiro, segurando um monte de argila e olhando para as mãos. Isso me fez lembrar de como ele era bonito.

– É uma foto antiga – ela disse.

Nos primeiros anos, Morelli tinha ido para Nova York visitar o filho durante o verão, mas num outono ele não voltou. Disse que seu filho precisava dele, mas Filomena sabia que não era por isso. Ele não podia trabalhar com bronze no Novo México e sentia falta da cidade.

– Eu escrevi contando que ele morreu ano passado? Pois é, acidente de carro. Ainda estou me acostumando com isso.

Eu disse que sentia muito e fui sincera.

Filomena estava tão empolgada para me mostrar as fotos do trabalho dela e havia alguns vasos que me lembravam as criações da srta. Green. Mas a maioria tinha um formato diferente: redondo na parte inferior, mais pontiagudo como bulbos de tulipa, e quase todos bem escuros. Para mim, parecia arte moderna aerodinâmica, mas era um estilo do antigo *Pueblo*[12] chamado *blackware*.

Disse que assim que pôs os olhos sobre as louças, precisava descobrir como fazê-las. Ela me entregou uma foto de uma índia de bochechas enrugadas e cabelo branco curvada sobre uma fogueira.

– Essa é a minha professora, Virginia; minha srta. Green do *Pueblo* – ela disse.

Virginia era uma das poucas que ainda fazia *blackware*, mas quando Filomena pediu para estudar com ela, ela disse que não.

– As pessoas do *Pueblo* não veem muita utilidade para os brancos. Para eles, somos crianças mal-educadas.

Mas Filomena continuou atazanando até Virginia deixá-la pegar a argila das louças dela e o estrume que ela queimava na estufa. Para mim, parecia trabalho que os escravos faziam no Egito, mas quando perguntei se ela era paga, ela riu.

– A Virginia achou que eu deveria pagá-la, e ela deve ter razão. Ela só começou a me ensinar a fazer as louças quando quebrou o braço. Mas agora que está ficando mais velha, acho que ela me deixa ficar porque sabe que manterei a tradição viva. Mas ela jamais diria isso.

Virginia chamou as primeiras tentativas da Filomena de "vira-latas" e "miseráveis". Mas depois que ela parou de quebrá-los ao tirar da estufa, Filomena sabia que estava progredindo.

---

12 Os *Pueblos* são povos nativos da América originários das regiões que hoje compreendem os atuais estados do Novo México e do Arizona. Apesar de apresentarem diferenças entre si, possuem em comum o fato de habitarem em casas construídas com tijolos de adobe, pedras e outros materiais locais. (N. dos E.)

— Estou realmente pegando o jeito agora, mas os turistas não ficam interessados. — Eles queriam lembranças coloridas que as pessoas de suas cidades reconhecessem como algo "de índio". Então ela dava aula de arte para complementar a renda. — De todas do Ensopado de Malucas, sempre imaginei que você seria a professora. Para falar a verdade, gosto de dar aula.

▼

Filomena ficou em Boston durante algumas semanas antes do casamento, e nós sempre nos víamos. Irene deu um jantar para nós com Gussie e Helen, que trouxe o marido e os filhos. Uma noite, Aaron levou Filomena e eu para tomarmos sorvete. Ela tinha muitas obrigações de família, mas fazíamos de tudo para ter um tempo a sós e o assunto nunca acabava porque nada era trivial ou doloroso demais para conversarmos. Não sei quantas vezes dissemos "Nunca contei a ninguém, mas...".

Disse a ela como queria ter sido mais sensível e compreensível com o coitado do Ernie, que tinha trauma de guerra, e como tinha o sonho de tentar salvar aquela pobre menina da fazenda em Minnesota. Confessei que fiquei aliviada pelo fato de a minha mãe não estar no casamento, e como fiquei triste por me sentir daquele jeito.

De alguma forma, contar à Filomena sobre essas coisas fazia com que elas parecessem mais leves e menos terríveis. Eu me lembro de perguntar a ela se era assim que se sentia depois de se confessar na igreja.

— Meu Deus! Não! Quando era garota, achava que estaria numa enrascada se não rezasse todas as ave-marias e pai--nossos. Mas nada de ruim acontecia se eu não rezasse e não me sentia melhor quando rezava. Era como pôr uma moeda numa máquina e não receber nada em troca. Quando tinha doze anos, só ia à igreja quando minhas irmãs me obrigavam — ela contou.

Ela disse que se sentia melhor conversando com alguém que ela podia entender, com alguém que se importava com ela.

– A vez em que quase morri na banheira, o que me fez seguir em frente foi a expressão no seu rosto e no da Irene e aquela enfermeira maravilhosa. Dava para ver como vocês estavam preocupadas, não bravas nem com raiva nem decepcionadas. Só não queriam que eu morresse. E, depois disso, também, você sempre olhou para mim com amor: nada de pena nem de julgamento. Pensei muito nisso, Addie. Você possibilitou que eu me perdoasse.

Não fazia ideia de que era tão importante para ela, assim como ela ficou surpresa ao descobrir o que eu lembrava das nossas conversas naquela primeira semana em Rockport Lodge. Ela mudou a maneira com que eu pensava sobre mim mesma.

– Você me disse que eu tinha um olho bom e que sabia ouvir. Você ria das minhas piadas e levava minhas opiniões a sério. Sabe, Ava, é bom ser inteligente, mas gentileza é mais importante. Ah, querida, mais uma pérola minha para você usar na amostra de bordado. Ou talvez numa dessas almofadas aí.

▼

Acho que não tinha escrito muito sobre as aulas que fazia, porque Filomena queria saber sobre a faculdade e sobre meus professores e sobre as matérias que eu estudara. Quando perguntou o que iria estudar durante o outono, disse que não estava planejando me inscrever. Eu já me sentia uma senhora no meio dos adolescentes de dezoito e dezenove anos e, de qualquer maneira, depois que tivesse filhos, não teria tempo e estaria realmente velha demais.

Não era como hoje em dia. Naquela época, não se ouvia falar de mulher casada fazendo faculdade. Parecia até que tinha dito que iria fugir com o circo ou entrar para um convento. Filomena me deu uma aula sobre mulheres em Taos que abriam empresas aos cinquenta, até sessenta anos. Disse que a sobrinha da Virginia tinha quarenta e poucos quando deixou os filhos com a mãe e se mudou para Albuquerque durante três anos para se tornar enfermeira.

– Você não tem nem trinta anos, ou seja, vai ter cinquenta e poucos quando seus filhos estiverem crescidos, e não precisa esperar por isso. Quando eles começarem a estudar, você pode estudar também e nem precisa se mudar para Albuquerque – ela falou.

Eu disse que talvez, mas isso não bastava para Filomena.

– Dê-me um bom motivo para você não fazer aulas pelo menos até ter o bebê.

O motivo era que eu ainda não sabia sequer por que estava fazendo aulas. Teria sido diferente se eu quisesse abrir uma empresa ou ser advogada. Mas estava fazendo por fazer e nem estava gostando.

Tinha feito aula de literatura pensando que talvez seria professora de inglês como as pessoas tinham me dito para ser desde criança. Era verdade que eu amava ler matérias e romances. Mas os únicos cursos que fiz eram sobre Milton ou Dryden ou Chaucer. Não eram fáceis de entender. E os professores? Não se importavam se entendíamos os poemas, muito menos se gostávamos deles. Nenhuma das minhas tarefas era tão interessante como os autores que eu lia nas revistas ou como os livros que pegava na biblioteca: Willa Cather, F. Scott Fitzgerald, Sinclair Lewis.

Filomena disse que iria falar com Aaron sobre a minha permanência na faculdade.

– Ele apoiará. Você ainda não sabe como é inteligente, assim como não sabe como é linda. Mas o Aaron sabe. Ele também acha que o Sol e a Lua giram em torno de você. O que eu não daria para ter alguém que se importasse assim comigo?

– Mas pensei que você não quisesse se casar – eu disse.

– Isso não tem nada a ver com querer ser amada – ela falou. – Sei que você nunca gostou do Bob e que as coisas não terminaram do jeito que eu queria, mas ele foi o amor da minha vida. O tempo que passei com ele em Taos foi o mais feliz que já tive. Ele achou um ateliê para nós e me fez acreditar no meu talento. Ficávamos juntos dia e noite. Ele dizia que éramos feitos da mesma argila.

Filomena disse que estava "fazendo companhia" a alguém.

– Ele é muito legal, mas só se tem um grande amor na vida. Então foi a minha vez de dar uma lição nela.

– Quem criou essa regra? – perguntei, e listei as viúvas de guerra que conhecia que voltaram a se casar e estavam felizes.

Filomena disse que não estava reclamando. Ela gostava da independência e da privacidade que tinha e do fato de que ninguém julgava o que ela fazia ou deixava de fazer.

Ela admitiu que se sentia sozinha pela família dela – e por mim. Sentia saudade da comida italiana, de café bom e do cheiro do oceano.

– Mas agora meu lugar é naquela paisagem, naquele céu e naquelas montanhas. Não ficaria feliz em outro lugar.

Desde o momento em que Filomena entrou no meu chá de panela, eu queria perguntar se ela voltaria a morar em Boston um dia. Não era a resposta que eu queria ouvir, mas fui sincera ao dizer:

– Então fico feliz por você.

NÃO DEIXE NINGUÉM LHE DIZER QUE AS COISAS NÃO SÃO MELHORES DO QUE ERAM

Não foi um casamento chique. Nada de vestido longo nem véu, como Betty queria, mas acho que fiquei muito bonita em meu vestido bege com pérolas e o chapéu mais lindo que já tive. Não havia música e ninguém dançou *hora*, mas foi bem maior do que eu imaginava e não só porque havia muitos Metskys. Entre minha família, todas as minhas amigas e seus familiares, havia bastante gente do lado Baum também.

Levine segurou um dos mastros da chupá. Ele chorou quando pedi para ele fazer isso. O irmão do Aaron segurou o outro e não lembro quem foram os outros dois homens. Nunca me ocorreu em pedir à Betty ou à Rita. Cinquenta e oito anos atrás, pedir para uma mulher fazer isso teria sido como perguntar quando o homem iria pisar na Lua – algo que só um louco diria.

Não deixe ninguém lhe dizer que as coisas não são melhores do que eram.

▼

Nós almoçamos na sinagoga porque havia gente demais para caber na casa da Betty. Havia mesas longas com toalhas brancas, grandes travessas de arenque, pão de centeio, salada e picles – o de sempre. Havia muito vinho e até uma garrafa de uísque de marca mesmo, um presente de casamento de alguém. Como estávamos num templo, não precisávamos nem pôr numa chaleira, já que não seríamos pegos. A Lei Seca só acabou em 1933, e só me lembro disso porque foi no ano em que sua tia Sylvia nasceu.

Depois de comermos, houve brindes e piadas sobre como Aaron e eu nos conhecemos. Filomena se levantou e pediu para abrirmos os presentes na frente de todos porque havia uma história relacionada a eles.

O presente dela foi um vaso grande *blackware* com dois bicos.

– Chama-se jarro de casamento – ela disse. – As duas aberturas representam a noiva e o noivo, e a alça entre eles os transformam num só.

Num casamento indígena, a noiva bebe de um lado e o noivo do outro, e então estão casados. Se o marido ou a esposa morrer, o outro deve entregá-lo a um casal jovem para se casar. Parecia algo judeu para mim.

Enfim, darei o meu para o primeiro neto que se casar.

Acho que você não precisa se apressar com o Brian só para ganhar uma louça bonita. Mas é algo a se pensar.

▼

Queria que Levine tivesse tirado uma foto minha, do Aaron, da Filomena e do jarro. Ele tirou várias de nós na frente do bolo de casamento que Mildred fez – quatro camadas com cobertura branca. Minha mãe iria dizer que era *goyishe*,[13] mas estava delicioso e não sobrou uma migalha sequer.

Notei que meu pai levou uma fatia a uma senhora mais velha que eu não conhecia. Imaginei que ela estivesse com os Metskys, mas depois soube que ela era membro da sinagoga. Betty disse:

– Ela estava no shivá de Mameh, mas não tem motivo para você se lembrar dela.

Havia um monte de viúvas na casa depois do enterro, e elas levaram panelas de sopa e *kugel* em casa semanas depois disso. Betty as chamava de "abutres", o que era um pouco maldade, um pouco verdade. Toda vez que um homem mais velho perdia a esposa, havia uma competição para ficar com ele. De todas as viúvas, Edna Blaustein havia trazido *strudel* além de ensopado. Ela era uma das mais jovens e estava sempre bonita. Também era a única com coragem para se convidar para a festa de casamento. Tenho certeza de que ela pediu Papa em casamento.

Betty achou horrível Papa não esperar um ano inteiro para se casar com ela, mas ele disse que não havia lei contra isso,

---

13 Os termos iídiches *goyish* e *goyishe* são usados para designar algo que não é judeu. (N. dos E.)

então eles se casaram e ele se mudou para a casa dela, um sobrado de três andares que dava a ela uma boa renda.

No fim das contas, Edna esperara que Papa cuidasse do prédio como o primeiro marido dela, mas ele não sabia nada sobre consertar pias nem recolocar vidros quebrados de janela. E, depois de alguns anos lendo e ensinando na sinagoga o dia todo, ele não tinha vontade de pôr carvão na fornalha.

– Quase fiquei com pena dela – Betty disse. – Quase.

VOCÊ É AQUELA ADDIE, NÃO É?

Aaron e eu saímos numa breve lua de mel: três noites no Hotel Edward em Rockport, Massachusetts. Nosso quarto tinha vista para o mar e a lua cheia refletida na água era tão brilhante que tínhamos que fechar as cortinas para dormir. Era muito lindo e muito romântico.

Durante o dia, mostrei tudo a ele. Pegamos o trem que dava a volta em Cape Ann. Caminhamos nas praias e subimos as grandes rochas de Dogtown. Demos uma espiada nas galerias de arte e compramos balas para trazer para nossos sobrinhos. Comemos peixe todo dia e tomamos sorvete duas vezes por dia.

A casa na colina onde Filomena e eu tínhamos conhecido Morelli não existia mais. Foi levada durante uma tempestade, acho eu. Tudo o que sobrou foram os degraus de granito e a laje que ficava em frente à porta vermelha.

Obviamente, levei Aaron para ver o Rockport Lodge. A mulher que atendeu à porta não queria nos deixar entrar, mas insisti dizendo que eu já tinha ficado hospedada lá e pedi para que pudéssemos dar uma olhada. Ela finalmente disse que eu poderia ficar um pouco no salão, mas Aaron não. A casa estava em silêncio, então sabia que as meninas deviam estar em alguma atividade ao ar livre; não havia razão para mantê-lo lá fora.

– Não vamos demorar – falei. – É nossa lua de mel. Significaria muito para mim.

Não parei de falar até ela deixar nós dois entrarmos, e ela não tirou o olho de nós, como se fôssemos roubar alguma coisa. Não sei o que ela pensou quando a primeira coisa que fiz foi ir direto à cozinha.

O quartinho onde tinha dormindo voltara a ser a despensa e havia uma geladeira grande e nova e o piso de linóleo era recém-colocado. A cozinheira estava à porta, soprando a fumaça do cigarro através da tela. A sra. Morse a teria expulsado com certeza. Mas quando ela se virou, percebi que era a irmã dela, a sra. Styles. Ela estava mais magra e mais grisalha, mas ainda tinha aquela expressão de "Quem você pensa que é?" no rosto.

Tinha mandado uma carta para ela quando soube que a sra. Morse falecera, dizendo que sentia muito e que sempre me lembraria de como ela tinha sido boa para mim, mas nem tinha certeza se ela tinha recebido.

– Conheço você. Você é aquela Addie, não é? – perguntou a sra. Styles.

Fiquei surpresa por ela lembrar meu nome.

– A Maggie falava de você e de como você adorava as tortas dela. Nunca entendi por que ela fazia tantos assados quando estava aqui. Não há nada de errado com um prato de fruta em calda, e só precisa fazer duas vezes por semana.

Eu a apresentei ao Aaron, que disse que gostava de frutas em calda. A sra. Styles deve ter ficado lisonjeada, mas era difícil de saber.

Algumas semanas depois, recebi um bilhete da sra. Styles com uma receita de massa de torta.

Minha irmã ficaria feliz que você ficasse com isso. Eu nunca dei muita importância.

Sei que você acha que as minhas tortas são as melhores do mundo, mas, acredite, não chegam aos pés das da sra. Morse. Às vezes, pergunto-me se aquela irmã dela deixou algo de fora de propósito. Ou talvez seja porque eu uso manteiga no lugar da banha.

1931....

ALGUNS DOS MELHORES ANOS DA MINHA VIDA

Seu avô amava o trabalho dele. A vida toda tentou melhorar as coisas para crianças pobres, mas a verdadeira vocação dele era ser pai. Era um talento nato.

Assim que nossas meninas conseguiam se sentar, ele as levava à biblioteca e pegava livros para ler para elas na hora de dormir. Eu também costumava ouvir. Foi a primeira vez em que ouvi alguns dos contos de fada, e fiquei surpresa ao descobrir como alguns eram assustadores. Sua mãe ficou sem dormir por uma semana depois de "Rumpelstiltskin".

Nós gostávamos tanto dos livros da série *Little House on the Prairie* que ele ia correndo à livraria toda vez que saía uma edição nova e ficávamos acordados até tarde para descobrir o que estava acontecendo com a família Ingalls.

Aaron ficou de coração partido quando tia Sylvia e sua mãe aprenderam a ler e o "despediram" da função. Quando sua irmã e você nasceram, parecia que ele estava segurando o fôlego todos esses anos. Às vezes, íamos a sua casa e ficávamos apenas vinte minutos para ele poder ler uma história para vocês. Ele tinha memorizado metade das do Dr. Seuss. Lembra-se de que vocês saltavam sobre ele quando ele lia *Hop on Pop*?

Éramos os únicos nos dois lados da família a ter filhas, e as tias ficavam extremamente animadas. Betty comprava todas as bonecas que via, e Rita, que tinha dois meninos, só fazia as meninas vestirem rosa até o colégio. A vovó Mildred as ensinou a fazer pão e as levava aos festivais de flores toda primavera e comprava enfeites florais para pôr nos vestidos.

Era como se estivéssemos naquele conto de fadas em que todas as fadas madrinhas trazem presentes para a princesa. Gussie comprava títulos de poupança para cada aniversário. Helen, que era a mulher mais bem vestida que já conheci, nos deu as lindas roupas de segunda mão da filha dela. A srta. Chevalier nos deu livros, e Katherine Walters comprava um diário novo para cada uma todo ano.

Quando Betty descobriu que tínhamos pedido para uma menina do bairro ser babá, ela quase me matou. Esse era o trabalho *dela*.

▼

Quando fiquei grávida, estava morrendo de medo de não ser uma boa mãe. Ficava deitada sem dormir e preocupada com todos os erros que iria cometer: derrubar, gritar, importunar, até envenenar. Levei alguns anos para pegar o jeito na cozinha. Ainda bem que bebês não dão muito tempo para pensar. Você se apaixona por eles e, quando percebe o quanto retribuem esse amor, a vida é muito simples. É claro que fiquei fascinada com cada espirro e bocejo e, quando meus bebês começaram a falar, tinha certeza de que eram gênios, e o seu avô e suas tias concordaram.

Lembro-me da Irene dizendo que todos acham que seus filhos são gênios até entrarem no jardim de infância. Fiquei um pouco ofendida com aquilo até ver que duas outras crianças tinham começado a ler três meses antes das minhas.

Ser mãe não era tão assustador como pensei que seria, não só porque Aaron era um bom pai, mas porque eu não tinha que inventar a roda. Aprendi com Betty que era bom crianças se divertirem entre elas, irem para o chão e brincarem. E observei como Irene falava do filho e da filha dela quase como se fossem adultos. Não havia jeitinho infantil de falar e nada de rodeios na casa dela. Irene sempre dizia a verdade e dava nome aos bois. Isso não era nada comum nos anos 1930. Quando o garotinho dela, Milo, disse "pênis" num jantar de família, foi como se ele tivesse assassinado o Papa.

Quando os filhos da Irene estavam na escola, ela arrumou um emprego como gerente de escritório da Liga de Controle de Natalidade de Massachusetts, e não mantinha isso em segredo da família do Joe. Eles ficaram horrorizados e tentaram forçá-lo a obrigá-la a pedir demissão, mas Joe sabia melhor que ninguém que era impossível *obrigar* Irene a fazer qualquer coisa. E ele a amava por causa disso.

Irene, Joe, Aaron e eu éramos um quarteto. Passávamos tanto tempo juntos, nossos filhos eram como primos e quando Joe perdeu o emprego durante a Depressão, não parecia caridade convidá-los para jantar duas vezes por semana. Não que não tenhamos sentido os efeitos também. Comíamos muito feijão e me lembro de pôr jornal num par de sapatos para usá-los por mais um verão. Mas, comparado às outras pessoas, tivemos sorte. Aaron não perdeu o emprego, mas o que fez a maior diferença foi que Levine nos levou para morar num dos prédios dele em Brookline e não nos deixava pagar o aluguel.

– É só cortarem a grama – ele dizia.

A grama na frente do sobrado de três andares era tão pequena que dava para cortar com uma tesoura comum. Mas esse era o meu cunhado. Foi um sabe-tudo a vida toda. Se perguntasse ao Levine que horas eram, ele dava uma aula sobre como o relógio de pulso dele era o melhor do mercado e só um idiota compraria outro. Mas acho que ele nunca despejou nenhum dos inquilinos que moravam nos prédios dele.

É estranho dizer, mas passei alguns dos melhores anos da minha vida durante a época da Depressão, porque foi quando tive sua mãe e sua tia. Elas não eram nem um pouco como suas xarás. Sua mãe, Clara, era o oposto da Celia. Clara era uma rebelde que começou a falar aos sete meses e, depois que começou a andar, eu nunca mais me sentei. Sua tia Sylvia não era nada parecida com a mãe biológica do Aaron, Simone, que era famosa pelo senso de humor dela e por começar os abraços dos Metskys. Minha Sylvia não disse uma palavra até conseguir falar sentenças completas e sempre se magoava demais, mas era a pessoa mais gentil e leal que já conheci.

Muito do que uma pessoa é tem a ver com o temperamento. Acho que minha irmã Celia provavelmente nasceu sem defesas, como Betty nasceu com a pele de um rinoceronte. Eu fico no meio. O fato de eu ter nascido nos Estados Unidos e de ter ido à escola me ajudou. Mas havia algo embutido no meu cerne também; algo que me deixava me unir às amigas e professores que me ajudaram ao longo do caminho. Acho que minhas meninas herdaram isso de mim.

As duas também foram bem na escola. Sua mãe foi a oradora oficial em Northeastern.

Você não sabia? Que horror! Deveria entrevistá-la da próxima vez. Ou talvez seja melhor você esperar ficar um pouco mais velha, quando já estiver mais longe do frescor da adolescência.

▼

Ah, sim, sua mãe e eu brigamos quando ela estava no colegial. Eu não gostava das amigas dela – um bando de riquinhas que a tratavam como um animalzinho de estimação e a fizeram começar a fumar. Ela achou que eu estava dizendo a ela como deveria viver a vida e que a tratava feito uma criança de cinco de anos de idade. Nós duas estávamos certas, mas só depois de ela terminar a faculdade é que conseguimos admitir.

OS VELHOS AMIGOS SÃO OS MELHORES

No ano em que as duas meninas estavam na escola, decidi que iria fazer algumas aulas durante o dia. Aaron pegou o catálogo da Simmons e perguntou se eu estaria interessada em Trabalho Social com Jovens Delinquentes. Tenho certeza de que ele faria aquele curso se pudesse, mas, depois de anos ouvindo as histórias do trabalho do Aaron na Liga do Bem-Estar Infantil, parecia interessante para mim também. Nunca tinha pensado em trabalho social porque essas aulas eram ministradas no centro da cidade. Mas Aaron disse que não havia problema; o bonde ia até o centro também, e nós poderíamos almoçar juntos, só nós dois.

Então me inscrevi e pronto. Assim que a professora abriu a boca, percebi que era isso que tinha que fazer. Ann Finegold era uma dessas pessoas que ilumina o local onde está. Você não imaginaria só de olhar pra ela: tinha uns quarenta e poucos anos, um metro e meio de altura, rechonchuda, cabelo crespo e inteligentíssima.

Ela nos contou que o trabalho social era uma profissão recente que ainda estava se descobrindo. Chamava de uma "ciência criativa" e disse que, na opinião dela, os melhores assistentes sociais eram inteligentes e compassivos e, apesar de nos dar ideias e ferramentas para ajudar o próximo, não podia nos ensinar a nos colocarmos no lugar da pessoa.

– Se vocês ainda não sabem como fazer isso, deviam largar o curso e pensar em outra linha de trabalho – ela dizia.

Ann nos fez lembrar da Irene: nada de mentiras. Ela me fez pensar no professor de Shakespeare também, porque ele era tão apaixonado pela matéria e curioso acerca de nós. Ann insistiu para que todos usássemos o primeiro nome em sala, algo que não acontecia naquela época.

Fiz todos os cursos que ela lecionou, e ficamos muito amigas. Nossos maridos também. Você provavelmente não se lembra, mas eles foram ao seu bat-mitzvá.

Quando tive que fazer meu trabalho de campo, Ann me mandou para o Hospital Beth Israel, onde entrevistei mulheres que esperavam no pronto-socorro.

Recebi uma lista de perguntas para fazer: idade, onde nasceram, escolaridade, estado civil, motivo da ida ao hospital.

Havia uma mulher – tinha a minha idade, mas parecia vinte anos mais velha – que respondeu tudo com um tom de voz monótono e baixo. Quando perguntei quantos filhos ela tinha, ela parou e me olhou feio. Então, como se estivesse admitindo algo terrível, sussurrou:

– Três filhos vivos, mas engravidei seis vezes.

Não pude fazer nada a não ser abraçá-la e dizer a ela que tinha duas filhas vivas, mas que também tinha engravidado quatro vezes.

Tive dois abortos espontâneos antes de sua mãe nascer e tinha certeza de que fora minha culpa: tinha comido algo errado ou pegado um bonde numa rua esburacada ou talvez não deveria ter ido ver aquele filme de terror. Ou então era um sinal de que eu não deveria ter filhos porque não tinha nascido para ser mãe.

Não contei a ninguém sobre como me sentia devastada ou sem esperança. Não fazia ideia de como era comum perder uma gravidez. Betty foi me ver no hospital depois que perdi pela segunda vez. Ela percebeu que eu não tinha tocado nos biscoitos que ela trouxe no dia anterior.

Eu disse que não estava com vontade de comer.

Mas, em vez de reclamar como sempre, ela se sentou perto de mim na cama e me contou que também tinha perdido um bebê.

– Foi depois que você se casou. Queríamos muito uma menininha.

– Por que não me contou? – perguntei.

– Não sei – ela respondeu.

As mulheres pensavam que deviam agir como se nada tivesse acontecido, como se perder um bebê que se desejava não fosse importante. E se você dissesse algo, as pessoas achavam que você esqueceria tudo isso quando tivesse um bebê saudável. Queria dar um soco na cara de todos eles.

A Betty chorou. Eu chorei. Nunca ficamos tão próximas.

Depois daquelas entrevistas no pronto-socorro, nunca fiz outra sem perguntar a uma mulher quantas vezes ela tinha ficado grávida, e fazer essa pergunta abriu uma porta que ninguém tinha notado que havia.

Ouvi histórias de abortos intencionais e de meninas solteiras cujos pais e mães batiam nelas ou as empurravam da escada para que elas perdessem. Ouvi de mulheres que tinham perdido sem saber o que estava acontecendo com elas e depois quase morreram de infecção. Muitas disseram que nunca tinham contado a história delas a ninguém antes, e a maioria achava que o que acontecia era culpa delas próprias.

Quando contei à Ann o que ouvi, ela disse que eu tinha material para um livro. Acho que ri dela; estava criando filhos e era difícil para mim ler tudo o que era preciso e fazer os trabalhos dos cursos, quem dirá escrever um livro. Mas nunca me esqueci da ideia.

Quando as meninas estavam no colégio, comecei a fazer o meu mestrado. Quando terminei, tinha entrevistado mais de duzentas mulheres. Não perguntei apenas de gravidez mas também sobre como tinham aprendido sobre sexo e a primeira experiência sexual. Não podia acreditar em como muitas delas não sabiam nada na noite de núpcias, ou, pior ainda, quantas foram estupradas. Havia dias em que ia para casa tremendo, e Aaron me abraçava até eu me acalmar. Depois de todos os anos em que ele passou no bem-estar infantil, não ficava surpreso com nada.

Falei sobre o que estava aprendendo com minhas amigas do Clube Sabático também. Sempre mantivemos contato, mas durante a Segunda Guerra Mundial, nós ficamos extremamente próximas. Irene perdeu um sobrinho no Pacífico. O filho da Helen foi ferido na Inglaterra. E o nosso Jake foi morto na Itália; ele era piloto, um herói. Todas nós fizemos o possível para amenizar o choque da Betty e do Levine, mas eles só voltaram a viver plenamente quando o primeiro neto nasceu. Eddy deu o nome de Jonah Jacob a ele, em homenagem ao irmão.

Durante todos esses anos, Filomena continuou mandando cartões-postais e, de vez em quando, eu recebia um envelope com um esboço ou um quadro que ela fazia. Contanto que não fosse extremamente caro, fazíamos uma ligação interurbana ao menos uma vez por mês.

Os velhos amigos são os melhores, e eu dediquei meu livro a eles. Levei quase vinte anos para terminar. *Perguntas não feitas* foi lançado no mesmo ano em que *A mística feminina*.

Gussie ficou furiosa porque meu livro se perdeu com toda a comoção causada pela Betty Friedan.

– Aquela mulher roubou seu momento.

Eu disse a ela para não ser boba. Escrevi meu livro para assistentes sociais; jamais seria um best-seller. Mas foi um sucesso à sua maneira. Por causa dele, consegui uma vaga de professora na Universidade de Boston e recebi muitas cartas de mulheres me agradecendo por escrever o livro. Não dá para dizer o quanto elas significaram para mim.

AINDA MORRO DE SAUDADE DELE

Seu avô e eu fomos para o Novo México duas vezes. A primeira vez foi quando as meninas tinham doze e catorze anos. Foi nossa primeira viagem longa em família.

Andamos a cavalo, fizemos caminhadas, e Filomena nos levou para a aldeia *Pueblo* onde a professora dela morava. Virginia estava bem fraquinha àquela altura, mas seu rosto se iluminou ao ver Filomena. Fomos todos convidados para entrar na casa.

Uma noite, Filomena deixou as meninas fazerem uma noite do pijama na casa dela. Elas acamparam, e Filomena as acordou no meio da madrugada para ver a chuva de meteoros. Sua mãe e sua tia Sylvia não pararam de falar disso o caminho inteiro de volta no trem.

Aaron e eu fizemos uma segunda viagem quando as meninas estavam na faculdade. Fomos só nós dois dessa vez. Pegamos um carro discreto, porém potente, e bebemos vinho no vagão de restaurante. Parecia uma segunda lua de mel. Ficamos na casa da Filomena, que morava numa mansão com o marido. Imagino que não estava esperando por essa. Ela se casou quando tinha quase sessenta anos e sempre disse que ficou mais surpresa que qualquer pessoa.

Saul Cohen era um colecionador de arte da Filadélfia que se apaixonou pelas louças da Filomena numa visita a Taos e comprou tudo o que ela tinha para vender. Quatro semanas depois de se conhecerem, recebi um telegrama que começava assim:

Sente-se.

Está na caixa com todos os cartões-postais.

Eles moraram em Taos quase o ano inteiro, mas Saul voltava muito para o leste para ver os filhos e netos. Filomena ia com ele, então eu a via com bastante frequência. Ela veio para o enterro da srta. Green e para a reunião de cinquenta anos de todas as meninas do Clube Sabático.

Quando Aaron faleceu, ela pegou um voo do Novo México para o enterro e ficou comigo um mês inteiro.

Ainda morro de saudade dele. Espero que você tenha a mesma sorte que eu nesse quesito. Não que ele fosse perfeito. Seu avô roncava demais, e eu nunca o vi comer um pedaço de fruta fresca. Como alguém pode não gostar de maçã, de melancia e nem de framboesa? Isso me deixava louca, e tenho certeza de que eu o deixava louco quanto a isso.

Conforme envelhecia, Aaron passou a ter muitas manias. Odiava televisão – não assistia sequer à PBS comigo. Para ele, toda música popular composta depois de 1945 era lixo, e achava que eu só fingia gostar dos Beatles para que meus alunos achassem que eu era descolada.

Mas ele gostava mesmo de experimentar coisas novas: fazer pães, tocar guitarra, pescar. Quando começamos a alugar a choupana em Gloucester, ele lia tudo o que encontrava sobre Cape Ann e perguntava sobre as histórias aos antigos sicilianos nos cafés da Main Street. Eles o adotaram e o ensinaram a xingar em italiano e a beber sambuca.

Mas depois que descobriu que eles iriam votar no Ronald Reagan, levou seu jornal ao Dunkin' Donuts e nunca mais falou com eles. Ele odiava o Reagan. Eu sempre achei que a eleição tinha algo a ver com a doença dele.

▼

Seu avô era incrível. Se ele estivesse na minha festa de aniversário, teria feito um discurso tão romântico que todos ficariam com os olhos marejados. Foi uma pena ele não estar presente, mas pior ainda foi ele perder o casamento da sua irmã e a sua formatura em Harvard. Ele iria ficar tão orgulhoso. Harvard.

Como disse, morro de saudade dele. Mas a vida continua.

1985

AGORA HÁ UM MOTIVO PELO QUAL SEGUIR EM FRENTE

Minha festa de aniversário foi maravilhosa, não foi? Tantas pessoas: familiares, colegas da Simmons e da Universidade de Boston, meus alunos e meus amigos. Irene faz oitenta e cinco no mês que vem, e Gussie está usando andador, mas continua forte. É claro, também pensei em todos que já não estão mais entre nós: a srta. Chevalier, Helen, Katherine, Betty e Herman.

Filomena se sentiu mal por não poder ir, mas o quadril dela não curou rápido o bastante para que ela pudesse viajar. Estou pensando em pegar um avião para vê-la. Não conte a sua mãe, está bem? Ela se preocupa demais comigo quando viajo sozinha. Obviamente preferia ir com seu avô.

Mas quem sabe você não vai comigo? É uma parte tão linda do país e você nunca viu. Você não terá tempo para férias de verdade depois que as aulas começarem, e seria um presente meu.

Só você e eu. Por mais que o seu Brian me ame, não irá querer sair de férias com a mãe da sogra. Se você realmente se casar.

Ai, não! Talvez eu esteja virando uma *yenta* mesmo!

Mas, de qualquer maneira, pense no assunto.

▼

Foi um pouco desconfortável, todos esses discursos de aniversário sobre como sou um ser humano incrível. Mas ouvir sua mãe e sua tia falarem sobre como elas têm sorte de me ter como mãe? É um sentimento que todos deveriam conhecer.

Mesmo assim, preciso dizer a você: foi um pouco como estar no meu enterro. O que me faz lembrar: quero que você se certifique de que haja piadas e risadas assim quando eu morrer. Você foi a mais engraçada de todas: não acredito que contou a eles que fumamos maconha no meu aniversário de oitenta anos.

Talvez você acrescente isso no meu elogio fúnebre. E, por favor, quero que *você* fale. Seria difícil demais para sua mãe e sua tia, e é tão emocionante quando um neto fala.

Não olhe assim para mim. Eu estou bem. A médica disse que espera ser tão saudável quanto eu quando tiver oitenta e cinco. E, enfim, eu não vou morrer antes de ouvir alguém chamar você de Rabina Ava Miller.

Fico tentando imaginar o que meu pai diria da bisneta dele se tornando rabina. Acho que ele explodiria.

São cinco anos para terminar a escola rabínica, certo? Terei noventa quando você se formar. Ah, me desculpe, quando for *ordenada*.

Agora há um motivo pelo qual seguir em frente.

AGRADECIMENTOS

Sou grata à equipe da Biblioteca Schlesinger da Universidade de Harvard, que reorganizou seu calendário para catalogar mais de cinquenta caixas de documentos relacionados ao Rockport Lodge para o meu uso: Susan Earle, Kathryn Allamong Jacob e Sarah M. Hutcheon.

Obrigada pela generosa assistência a Bridget Carr, Orquestra Sinfônica de Boston; Katherine Devine, Biblioteca Pública de Boston; Susan Herron, Sociedade Histórica de Sandy Bay; Jane Matlaw, Centro Médico Beth Israel Deaconess; Maureen Melton, Museu de Belas Artes de Boston; Ethel Shepard, Sindicato Feminino de Crittenton; Ellen Smith, Universidade Brandeis; Donna Webber, Faculdade Simmons.

Pelas lembranças do Rockport Lodge compartilhadas por Chris Czernik, Rosalyn Kramer, Deb Theodore e Pattie Chase. Dexter Blumenthal e Joe Mueller por fornecerem a assistência inicial de pesquisa. Obrigada a Ellyn Harmon, Amy Fleming, Joyce Friedman e Marilyn Okonow pelo apoio e pelas sugestões e a Denise Finard, Ben Loeterman, Harry Marten, Nancy Schon, Sondra Stein, Jonathan Strong e Ande Zellman por estarem do meu lado quando precisei de vocês.

Obrigada a Amanda Urban da ICM e à equipe da Scribner, Roz Lippel, Susan Moldow e Nan Graham: agradeço por acreditarem em mim.

Meus parceiros do grupo de escrita de longa data, sábios e gentis, Amy Hoffman e Stephen McCauley, participaram de cada passo dessa minha marcha. Janet Buchwald por fornecer um olhar fresco quando era desesperadamente necessário. À minha família por aturar minhas loucuras além do normal. Obrigada à minha mãe, Helene Diamant, ao meu irmão Harry Diamant, à minha filha Emilia Diamant e, principalmente, ao meu marido, Jim Ball, que aguentou minhas crises e nunca perdeu a fé mim.

A Bob Wyatt por me convencer a não desistir várias vezes. Sem a ajuda dele, você não estaria segurando este livro.